「行き先を聞いたのは別に止めようとか、
そういうことを考えて聞いたわけではありません。
貴方たちを止めることは
無理だと分かっていますから」
「ですからこう聞きます。
私たちの手伝いは必要ですか？」
フラウ
エルド共和国の代表者の一人。
ルリカ、クリスのことを
知っているようだが……？
～エルド共和国編～
異世界ウォーキング⑥

セラ
幼い頃ボースハイル帝国に
連れ去られた
ルリカ、クリスの親友。
ルリカ & クリス
行方不明の親友を探している
幼馴染みの冒険者。
フィロ
幼いルリカ、クリス、セラの
面倒を見ていた姉貴分。
幼馴染み3人組、久々の里帰り!

ソラ
異世界召喚された高校生。
この世界を見て回っている。
ミア
フリーレン聖王国の
元聖女。
シエル＆ヒカリ
ソラの旅についてくる精霊と、
エレージア王国の元間者《スパイ》。

湖は激しく泡立ち、
やがて水が盛り上がると人の形になった。
そいつが手を挙げると、
空気中にいくつもの球体が出来上がり、
腕を振り下ろすとそれが俺たちの方に
弾丸のように放たれた。
「ソラ、やっぱりあの子は
精霊だと思います」

6
異世界ウォーキング
～エルド共和国編～
あるくひと
[illust.]
ゆーにっと
Walking in another world

口絵・本文イラスト
ゆーにっと

装丁
AFTERGLOW

CONTENTS

Walking in another world

プロローグ

「主、朝ご飯出来た！」

そう言って抱き着いてきたのは黒髪黒目の少女のヒカリだ。

ヒカリはエレージア王国の元間者《スパイ》で、俺を密《ひそ》かに監視していたが、紆余曲折《うよきょくせつ》あって俺と一緒に旅をするようになった。

その首には特殊奴隷の証《あかし》である銀色の三本線が入った首輪が光る。

そのヒカリだが、実は解析のスキルを覚えたことで年齢が分かった。

そろそろかな？　とは思っていたが既に一二歳を超えていることが判明したため、ギルド登録も出来るし、竜王であるアルザハークが必要なら身分証を発行してくれるとも言ってくれた。

元々ヒカリと奴隷契約をしたのは身分証を作れなかったという事情があったから、この機会に奴隷契約を解除して何らかの身分証を入手しようと思った。

そのことを話して奴隷商館に足を運んだのだが、「嫌！」と解除する直前になって拒絶された。

俺だけじゃなく同行していた仲間たちも驚いた。滅多なことで大声を上げないヒカリのその反応に。

「別に解放されたからって、今までの関係が変わるなんてことはないんだぞ？」

「……それでも嫌……」

言い聞かせたが嫌々と首を振る。

最後には俺に抱き着いたまま動かない。

「そんなに嫌か？」

心なしか体が震えているように感じた。

俺が頭をなでなでしてやると、それが徐々に収まっていった。

「分かった。ヒカリが嫌ならしなくていいよ」

「……うん」

俺の言葉にヒカリが小さく頷《うなず》いた。


「？　主、どうしたの？」

「何でもないよ」

まさか奴隷商館での一幕を思い出していたとは言えない。

「そう？　それより主、樹、大丈夫？」

俺が精霊樹《エリアナの》を見ていたのに気付いたヒカリが尋ねてきたから、俺は「ああ、大丈夫だぞ」と答えた。

目の前に聳《そび》え立《た》つのは精霊樹。それを鑑定、解析すれば、

【精霊樹】　＊＊＊が生み出した樹。魔力値　10000／10000

という鑑定結果が表示された。

昨夜月桂樹の実を収穫したけど魔力値は減っていない。

「主、行く！」

二人並んで精霊樹を見上げていたが、ご飯が出来たと呼びに来たのを思い出したヒカリに手を引かれて皆のいる場所に向かった。

「ヒカリちゃん、ソラを呼んできてくれてありがとね」

ヒカリと一緒に皆のところに行くと、最初に声を掛けてきたのはミアだ。

ミアはフリーレン聖王国の元聖女で、魔人の姦計《かんけい》で偽聖女の烙印《らくいん》を押されたことがある。

その誤解は解けたけど、魔人に命を狙われたこともあって、聖王国に留《とど》まるのは危険だと考えて俺たちと一緒に旅をしている。

ふと出会った頃のことを思い出していたら、考えていたことを言葉にしていた。

「ミアは髪を伸ばそうとは思わないのか？」

今でこそ髪は短く切り揃《そろ》えられているが、以前のミアの髪は背中まであった。今の髪型になったのは、聖王国の聖都から脱出するためだった。

俺の言葉を聞いたミアはちょっと驚いた表情を浮かべたが、

「今はこのままでいいかな？　それともその、ソラは、長い方がいいの？」

と髪を掻《か》き上げながらそう言ってきた。

俺がどう答えればいいか迷っていると、

「ソラ、遅い！　シエルちゃんが待っているんだよ」

とルリカの声が飛んできた。

ルリカは俺がこの異世界に召喚されたエレージア王国の王都で出会い、冒険者としての生き方……戦い方や解体の仕方など色々教えてくれた。

鍛練所で初めて剣を交えた時のことを思い出すと、今でも身震いする。

ある意味俺がこの世界で生きてこられたのはルリカやその相棒であるクリスのお陰だ。

そのクリスはルリカのそんな様子を見て「仕方ないですね」とでも言いたげに困った表情を浮かべていた。

クリスは外見こそ人種《ひとしゅ》と変わらないけど、実はエルフだ。

今は瞳《ひとみ》と髪が金色だけど本来は銀色で、尖《とが》った耳も丸みを帯びた耳へと変化させている。

昔は精霊の力を借りて外見を変化させていたけど、今は胸元に光るセクトの首飾りによって姿を変えている。

「ルリカはシエルに甘いさ」

そう呆《あき》れた声を上げたのはセラだ。

セラは猫の獣人で、ボースハイル帝国との戦争で行方《ゆくえ》不明になっていたルリカとクリスの幼馴染《おさななじみ》だ。

ルリカたちが、生まれ故郷であるエルド共和国を離れて王国にいたのも、セラともう一人、クリスのお姉さんであるエリスを探すためだ。

そのことを聞いていた俺は、聖王国の聖都メッサの奴隷商館でセラを発見して保護した。

魔王の居城があり、魔人が住むと言われている黒い森の過酷な環境で戦っていたため、魔物との戦いでは頼りになる存在で、マジョリカのダンジョン攻略では何度も助けられた。

今はダンジョンで稼いだお金で奴隷からは解放されている。

俺たちが席に着くと、それまで目の前の料理に釘付《くぎづ》けになっていたシエルが顔を上げてこちらを見てきた。

シエルは俺と契約している精霊で、アンゴラウサギのような可愛《かわい》らしい外見をしている。

マスコット的な存在であるが、その秘めたる力で今まで何度も俺たちを助けてくれた。

一時期調子を崩していたが、成熟した月桂樹の実を摂取して見事復活を果たした。

俺を含めたこの六人と一匹で、現在エリス捜索の旅をしている。

もっとも俺は未知の世界を歩いて回れるため、不謹慎だけどちょっと嬉《うれ》しい。

旅先では今まで見たことも体験したこともないようなものにも出会っているしね。

「はい、ソラさん。スープです」

そして今この場には、もう一人いた。

それが今俺にスープを手渡してくれたユイニだ。

彼女はここルフレ竜王国の竜王の娘で、第一王女になる。

普段の彼女は耳の上の側頭部から角が伸びているのだが、今はそれがない。特徴的なオッドアイも今は金色になっている。

少し前まではクリスからセクトの首飾りを借りていたが、今は使えるようになった変化の魔法で姿を変えている。

「ありがとう」

俺がスープを受け取ると皆に料理が行き届いたことになる。

それを見たシエルがソワソワし始める。

皆がその様子を微笑《ほほえ》みながら見ている。

シエルの円《つぶ》らな瞳が俺に向けられた。

俺が頷くとシエルは飛び掛かるような勢いで料理を食べ始めた。

それが合図となって俺たちも食事を開始した。ルリカだけはシエルの食べる様子を眺めながらゆっくり食べている。

こうしてユイニとここで食事をするのもこれが最後かな?

今回俺たちがアルテアのダンジョン七階に来ているのには理由があった。

それはユイニが変化の魔法を使えるようになったというのにも関係している。

ユイニが変化の魔法を使えるようになったのは、【精霊樹の加護】を授かったからだ。

そしてその【精霊樹の加護】だが、実は俺とクリスも授かっていた。たぶんだが、精霊樹に魔力を注いだことが影響しているのだと思う。それ以外に心当たりもないし。

この加護は名前こそ同じだけど効果は人それぞれ違う。

例えば俺の加護はスキル【ウォーキング】の『一歩歩くごとに経験値1取得』の取得数が条件を満たすと変わるというものだ。ステータスパネルの表示も『一歩歩くごとに経験値1+α取得』になっていた。

検証した結果。10000歩を超すと経験値にボーナスが入ることが分かった。

例えば10001から20000歩は、歩歩くごとに経験値が2取得され、20001から30

000歩は一歩歩くごとに経験値3取得となる。

そのためその日の総歩数が40372歩いたとすると101860経験値が増えることになる。

またこれは日付が変わるまで効果が継続されて、日を跨《また》ぐとリセットされる。

クリスは加護を授かったことで契約した精霊との繋《つな》がりが強くなったようで、精霊魔法を少ない魔力で使えるようになったのと、精霊と契約出来る枠が増えたようなことを言っていた。

そしてユイニは変化の魔法を使えるようになり、精霊樹から声が聞こえるようになったそうだ。

今回月桂樹の実を収穫しに来たのも、精霊樹から『月桂樹の実が成熟するから収穫においで～』という声が伝わってきたみたいで、それを確認しに来たのだ。

実際来てみたら、ユイニの言う通り月桂樹の実は月明かりを受けてキラキラと輝いていた。

二日後に定期船が出港することもあり、急いで収穫に来たわけだ。

収穫された月桂樹の実は同行していた親衛隊の人たちが昨日の夜のうちに持って帰って、俺たちはそのままアルテアのダンジョン七階に泊まった。

シエルとクリスの精霊が名残惜しそうだったのも残った理由の一つだが、やはり俺たちもここで過ごすのが最後だからというのもあった。

何故《なぜ》なら二日後の定期船で、俺たちもアルテアを発《た》つことになっているから。

本当だったらユイニの弟妹であるサークとサハナも一緒に過ごせればよかったのだが、残念ながらあの二人はまだ七階に入ることが出来ないのだから仕方ない。

「それじゃ帰るか？」

片付けを終えた俺は影と名付けたゴーレム（ゴーレムコア・タイプ影狼）を呼び出し、アイテムボックスから馬車を取り出した。

「歩いていかないの？」

俺の突然の行動にルリカは純粋に驚いていた。いや、驚いているのはルリカだけじゃないな。

……日頃の行いから驚かれるのは仕方ない。

「あまり遅いとユイニが大変だろう？　それに俺たちもやらないといけないことがあるし」

今回の月桂樹の実の収穫は予定になかったことで、ユイニも仕事を急遽《きゅうきょ》取りやめて駆け付けていた。

俺たちもアルテアを旅立つ前に確認したいことが色々あるから、今日ばかりは急いで帰りたいというのがあった。

あともう一つはちょっと皆を驚かせたかったという悪戯心《いたずら》があった。

俺は影に対して手を翳《かざ》すと、変化の魔法を唱えた。

すると狼の姿をしていた影の姿がみるみる変化して馬になった。

「ソラ、これは？」

「変化の魔法で影の外見を変えられるようになったんだ。これで昼間でも堂々と馬車を利用することが出来るよ」

馬になった影を、ヒカリがペタペタと手で触っている。

NEW
【変化Ｌｖ１】

効果は外見を変化させるというものだ。

この変化には二種類あり、一つは単純に姿形を変える効果で、もう一つが体の大きさを変えるというものだ。

前者の姿形を変化させた場合だが、例えば影だと特殊スキルである影による攻撃が使えなくなるなど色々と制約も出てくる。

ちなみに俺が顔を変化させても、スキルを使えなくなるということはなかった。

後者の体の大きさを変える場合だと、体を巨大化させるとその分消費エネルギーが増えるようで、ゴーレムだと稼動時間が短くなる。逆に小さくすれば長くなるが、その分力が落ちるというデメリットもある。

ただゴーレムコア・タイプ守り人であるエクスの場合は、体の大きさを俺たちと同じぐらいのサイズにしてもそれ程のデメリットはないようだった。

確かに力は落ちるけど、その分動く速度が上がったからね。

これで常日頃から護衛として一緒に行動させても違和感がなくなるが、問題点が一つだけあった。

それは重量の問題で、エクスは馬車に乗れないというものだ。

「それじゃ行こうか！」

皆が馬車に乗り込むと、俺は早速影に走るように指示を出した。

影は徐々に速度を上げて駆けていくと、二時間もかからず階段まで到着することが出来た。

もっと速度を上げることも可能だったが、これ以上速度を上げると振動が激しくなるから断念した。うん、ルリカの無言の笑顔が怖かった。

「主、寝る」

そろそろ寝る時間かと思っていたら、ヒカリが部屋にやってきた。

ヒカリはそのままベッドの中に潜り込むと、枕元で休んでいたシエルに手を伸ばし抱きかかえた。

シエルは慣れたもので身動《みじろ》ぎ一つしない。

契約解除の一件以来、ヒカリはこうして誰かのベッドに潜り込むようになった。まるで一人で寝ることを恐れているかのように。

「向こうで寝なくていいのか?」

今日は夕食の時にユイニとリハナがクリスたちと一緒に寝るような話をしていた。俗にいうパジャマパーティーみたいなのをやるようだった。

「うん、今日は主とシエルと寝る」

ヒカリが納得しているのならいいか?

しばらく無言で横になっていると、ヒカリが話し掛けてきた。

「……主、クリス姉のお姉ちゃん、見つかる?」

「そうだな。行ってみないと分からないけど、見つかるといいな」

竜王が教えてくれた黒い森の中にある町。そこではエルフが生活しているという話だった。

他にも行き場を失った人たちが保護され、集まって生活しているとも言っていた。

「……うん、離れ離れは寂しい……」

ヒカリはそう呟《つぶや》くと、眠ってしまった。

俺はヒカリの安心しきった寝顔を確認すると、寝る前にステータスを呼び出した。

ステータスの表示画面には、前回確認した時と変わったところがあった。

一つ目はウォーキングスキルの項目の『一歩歩くごとに経験値＊取得』の『＊部分が1＋α』になっていて、もう一つは『前回確認した時点からの歩数＋経験値ボーナス』という項目が増えたことだ。この経験値ボーナスが＋αってことかな？

名前「藤宮そら」　職業「魔導士」　種族「異世界人」　レベルなし
HP630／630　MP630／630（＋200）　SP630／630
筋力…620（＋0）　体力…620（＋0）　素早…620（＋0）
魔力…620（＋200）　器用…620（＋0）　幸運…620（＋0）

スキル「ウォーキングLv62」
効果「どんなに歩いても疲れない（一歩歩くごとに経験値1＋α取得）」
経験値カウンター　208171／1690000
前回確認した時点からの歩数【919707歩】＋経験値ボーナス【262806４】
スキルポイント　1

習得スキル
【鑑定LvMAX】【鑑定阻害Lv7】【身体強化LvMAX】【魔力操作LvMAX】【生活魔

法ＬｖＭＡＸ】【気配察知ＬｖＭＡＸ】【剣術ＬｖＭＡＸ】【空間魔法ＬｖＭＡＸ】【並列思考ＬｖＭＡＸ】【自然回復向上ＬｖＭＡＸ】【気配遮断ＬｖＭＡＸ】【錬金術ＬｖＭＡＸ】【料理ＬｖＭＡＸ】【投擲《とうてき》・射撃ＬｖＭＡＸ】【火魔法ＬｖＭＡＸ】【水魔法ＬｖＭＡＸ】【念話ＬｖＭＡＸ】【暗視ＬｖＭＡＸ】【剣技ＬｖＭＡＸ】【状態異常耐性Ｌｖ８】【土魔法ＬｖＭＡＸ】【風魔法ＬｖＭＡＸ】【偽装Ｌｖ９】【土木・建築ＬｖＭＡＸ】【盾術ＬｖＭＡＸ】【挑発ＬｖＭＡＸ】【罠《わな》Ｌｖ８】【登山Ｌｖ７】【盾技Ｌｖ５】【同調Ｌｖ６】【変換Ｌｖ７】【ＭＰ消費軽減Ｌｖ６】【農業Ｌｖ４】【変化Ｌｖ２】

上位スキル
【人物鑑定ＬｖＭＡＸ】【魔力察知ＬｖＭＡＸ】【付与術ＬｖＭＡＸ】【創造Ｌｖ９】【魔力付与Ｌｖ８】【隠密Ｌｖ７】【光魔法Ｌｖ４】【解析Ｌｖ６】【時空魔法Ｌｖ３】

契約スキル
【神聖魔法Ｌｖ６】

スクロールスキル
【転移Ｌｖ６】

称号

【精霊と契約を交わせし者】
加護
【精霊樹の加護】

精霊樹が完全復活し、竜王と戦ってから二週間が過ぎていた。

すぐにアルテアを発たなかったのは、精霊樹の様子や肥料の作り方、それからトウマたちの状態の経過観察をする必要があったからだ。

あとはマルテ行きの定期船も頻繁に行き来してないというのもある。

トウマたちは王国から逃げ出してきた実験体で、奴隷紋をその身に刻まれていた。

奴隷紋は戦闘能力を格段に向上させる効果がある反面、その身を徐々に蝕《むしば》んでいき最悪死に至る。

トウマたちが竜王国に来たのは、奴隷紋から解放されるためだった。

現在はシエルの活躍によって、トウマたちの奴隷紋はすっかりなくなっている。

俺は改めて習得スキルを眺める。

時空魔法を重点的に使用していたため、他のスキルのレベルは殆《ほとん》ど変わっていない。

「目的地は黒い森の中……何か戦闘に役立つスキルを覚えた方がいいのか？　しかし……一日中、歩いたからか、歩数に対して得られた経験値ボーナスの量が多いな」

俺は精霊の加護による恩恵を実感しながら、スキルリストに目を通して何かないか探すのだった。

閑話・1

「ここがそうか？」

迷いの森と恐れられ、この国の人間すら滅多に近寄らない場所。そこに生息する魔物はこの国で出る普通の魔物と比べても凶悪で、何処《どこ》か森全体が黒い森の雰囲気に似ていた。

森を抜けた先にある洞窟《どうくつ》の奥に、この国の南側地域を支える水源があるという話だったが……。

「あの者の言ったことは本当だったということか……」

誰かが呟いた言葉で思い出すのは黒衣を纏《まと》った一人の男のことだ。

『混乱と制裁を！』

新たな指令は相変わらずの無茶ぶりだったが、上の命令は絶対だ。

拒否することは出来ない。

失敗はそれこそ死を意味する。

特に今回は……皇帝陛下からの勅命だという話だ。

だからこそ確実な成果を上げる必要があるのだが、それが難しいのは長いことこの地で活動していた俺たちにはよく分かっていた。

一見して長閑《のどか》に見える国だが、戦争の影響か人々の警戒心は強い。

俺たちと同じ匂いのする者の気配も多く感じる。

仲間たちと何が出来るか話し合ったが、妙案は浮かんでこない。

時間だけが無駄に経過し、どうなっているのかという問い合わせも増えた。

そんな時だった、その黒衣の男が俺たちの前に姿を現したのは。

男は俺たちの事情を何故《なぜ》か知っていて、提案してきた。

不審に思ったが、話を聞いていくうちに不思議とやってみようという気になっていった。

その方法しかないと思った。

その考えは何故か今も変わらない。

「行くぞ！」

俺たちは洞窟の中に足を踏み入れて慎重に進んでいく。

洞窟内は地面が濡《ぬ》れ、蒸し暑い。

水の流れる音が聞こえてくる。

閉鎖された空間なのに音が反響しない不思議な空間だ。

魔物の気配はないが、次第に口数が少なくなっていく。

やがて俺たちは洞窟の終着点に到着した。

その光景に思わず感嘆の声が漏れた。

洞窟の奥は広い空間になっていて、その中央には泉があった。

天井は星がちりばめられたようにキラキラとしている。

泉の水は澄んでいて、天井から注がれた光が水底を照らして仄《ほの》かに輝いている。

俺のような男にすら、綺麗《きれい》だと思わせる光景だった。

「おい」

その言葉で我に返った。

見惚《みと》れている場合ではない。

俺はアイテム袋からそれを取り出した。

『これを水源に投じてください』

そう言って男が差し出してきたのは、拳《こぶし》大の丸い水晶のようなものだ。

手の中のそれは禍々《まがまが》しい気配を発している。

見ているだけで心がざわついた。

俺が周囲にいる仲間たちの顔を見回すと、彼らは静かに頷《うなず》いた。

俺も頷き返すと、それを目の前の泉に投じた。

透き通るように澄んでいた泉の中に、水晶はゆっくり沈んでいく。

「何も起きないぞ?」

誰かが言った。

水晶を泉に投じてから既に五分ぐらい経《た》ったが何も起こらない。

騙《だま》されたか?

そう思ったその時、泉の水面がうねりを上げ、洞窟内に風が吹いたと思ったら水飛沫《みずしぶき》が頬を打った。

そして先程まで透き通っていた水は徐々に黒く染まると、何かが水面から姿を現し……俺は黒い水に呑《の》み込まれ、意識はそこで途切れた。

第1章

「ヒ、ヒカリ。ま、また来いよ。その時には俺の方が強くなっているからな！」

元気一杯に叫ぶサークの声に見送られて、俺たちはアルテアを出港した。

出発の日が近付くにつれて何処か元気のなかったサークも、最後の最後で吹っ切れたのかヒカリに声を掛けてきた。

まあ、サハナに背中を押されて抵抗出来なかったというのもあったみたいだけど。

それでも自分の言葉で話したからなのか、サークの表情はスッキリしていた。

ユイニもその姿を見てちょっと嬉《うれ》しそうだったな。サハナはため息を吐《つ》いていたけど。

定期船から降りる時に仮面を装着する。なんかこれをするのも久しぶりだ。

マルテに到着したら、まずは皆で屋台を巡り料理を購入した。屋台の主人たちも俺たちのことを覚えていたみたいで、驚いていた。

長いこと姿を見せなかったから、もう竜王国から旅立ったと思っていたようだ。

その後に寄るのは冒険者ギルド。魔物の出没状況などの確認をするためだ。

「ルリカ姉、どうだった？」

「魔物に関してはビッグボアの目撃情報が増えているみたいね。それとサイフォンさんから伝言が届いてた」

サイフォンは【ゴブリンの嘆き】というパーティーのリーダーだ。

初めて出会ったのは王国の冒険者ギルドだったが、その後エーファ魔導国家のマジョリカで再会を果たし、一緒にダンジョンを攻略した。

その後王国にエルフがいるかもしれないという情報を得たため、竜王国に行くという俺たちの代わりに王国へ調査しに行ってくれた。

「サイフォンは何て？」

サイフォンたちにはクリスの姉を竜王国では見つけられなかったことと、次にエルド共和国に向かうことを冒険者ギルドの伝言サービスを利用して伝えていたはずだ。

王国での調査報告は前にも受け取っていたはずだけど、何か調査に進展があったのだろうか？

「それが共和国に行くことを伝えたら、サイフォンさんからあることを頼まれたの」

共和国に行くならフィスイという町に寄って、サイフォンの妻であるユーノの弟の様子を見てきて欲しいと頼まれたみたいだ。

そこはサイフォンたちの故郷で、何でもユーノは両親の反対を押し切って家を飛び出した過去があり、弟のことを心配しているということだ。

黒い森を目指すにあたり、前もって何処を通るかは話し合っていた。

ルリカたちの生まれ故郷であるルコスの町は、帝国との戦争の傷跡が大きく、住むことが出来なくなった。

他にも似たような村、町が存在し、そこに住んでいた人たちが集まって新たにナハルの町が出来た。

共和国内ではルリカたちの第二の故郷であるそのナハルの町に寄る以外は、最短距離を進んでいく予定だった。

フィスイはそのルートから逸《そ》れてしまうが、サイフォンたちには何度も世話になっている。可能ならその願いを叶《かな》えてあげたいが……。

「フィスイの町には町の名前にもなっている有名な果実があるみたいで、物凄《ものすご》く美味《おい》しいそうです」

クリスのその追加情報に、一人と一匹が反応した。

ヒカリとシエルの純粋な瞳《ひとみ》が俺たちを見てくる。目は口ほどに物を言うというがまさにその通りだ。

「……俺は賛成かな。皆は？」

俺は苦笑しながら意見を求めたが、反対の声を上げる者はいなかった。

「ヒカリ、それとシエル。ありがとうな」

ヒカリたちにお礼を言ったのは、迷っていた俺を後押ししてくれたからだ。

あとは物凄く美味しいなんて言われたら俺だって気になる。凄《すご》くじゃなくて、物凄くだからね。

それにサインフォンたちの故郷がどんなところかというのも気になっていた。エルフ信仰とかもね。

「ならサイフィンさんにそう連絡するね」

「あ、けど俺たちが訪ねても大丈夫なのか？　その、ユーノさんの弟に会うんだよな？　それとも遠くから様子を確認するだけでいいのか？」

「あ〜、それも聞いておくね。遠くから無事を確認するのか、近況を伝えて欲しいかで対応も変わってくるもんね」

ルリカはそう言って受付の方に戻っていった。


俺たちはその後マルテで一泊することなく町を出た。

盗賊……トウマたちの問題で止まっていた物流は今ではすっかり元通りになっていて、多くの馬車が行き来している。これには月桂樹の実の出荷量が増えたことも関係しているみたいだ。

俺たちは町を出ると人気《ひとけ》がないところまで歩き、そこからは影を呼び出して馬車で移動した。もちろん外見は変化の魔法で馬に変えてある。

マルテから山岳都市ラクテウスに行くには、山道の手前までは馬車で移動することが出来るが、そこから先は歩いて登る必要がある。

ラクテウスまで続く山道は、人が二人並んで通れるぐらいの道幅しかないが、道は整備されていて歩きやすかった。

登っている時に下山する人たちに会ったが、彼らは共和国から来た商人で護衛を連れていた。

別に鑑定で職業を確認したから知っているのではなくて、話し掛けられたからだ。

月桂樹の実の噂《うわさ》を聞いたようで、本当にたくさん流通しているのか聞かれた。

「以前に比べて多くなったと思いますよ？」

としか答えられなかったが、それを聞いた商人たちは目を輝かせていた。

たぶん間違っていないはず。実際のところ行って買えるかは分からないんだよな。

採取した月桂樹の実を大量にユイニから分けてもらったのもあって、商業ギルドでは買っていないから販売状況が分からないのだ。

山に入って二日後。俺たちはラクテウスに到着した。

ラクテウスに到着してまず驚いたのは、その物々しい雰囲気だ。

ラクテウスは左右を高い山に挟まれた谷間にある町で、山と山を繋《つな》ぐように防壁が横に長く延びている。防壁の上には等間隔に見張り台もある。

話を聞けば元々ここは砦《とりで》だったみたいだ。

それは遥《はる》か昔。エルド共和国が出来る前の時代に種族間の争いが多発していて、勢力拡大を狙う者たちが竜王国に攻めてきたことがあった。

その時防衛拠点として建てられたのが、ここラクテウスだ。

争いが終わって長い年月が経っているのに砦としての機能を残しているのは、立地的に大規模な改修が出来なかったためだ。

「これを見た後だと、ラクテアは長閑な町だったと思わずにはいられないね」

ミアの言う通りラクテアは木の柵《さく》で囲まれている程度で、防衛とは無縁だった。

それは魔導国家側の山路が厳しい環境で登るのが大変だというのもあったんだろうけど。いわば自然が守ってくれている。

あとはムトンのほのぼのとした雰囲気がそう感じさせたのだろうな。

ムトンが町中をのんびりと歩く姿は、その外見と相まって牧歌的で平和そのものだった。

そんなラクテウスだが、住民は獣人の比率が多いようで、セラを見て何やらアピールしてくる若者が多くいた。

何をしているのか聞くと、あれは獣人特有の求婚ポーズだと、宿の女将《おかみ》から教えてもらった。

「それで何故求婚を？」

「若い娘がいないってのもあるんだけどね……健康的で強さを感じたからじゃないかい？」

確かにセラは強い。それこそ村の若者の中に敵《かな》う者はいないだろう。

しかし獣人ってのは強さが魅力の一つなのだろうか？

「セラ、もてもてじゃない」

ルリカの揶揄《からか》うような言葉に、セラはうんざりしたような表情を浮かべて言った。

「ただ珍しいだけさ。ボクなんかクリスやミアに比べると全然可愛《かわい》くないさ」

セラも十分魅力的だと思うけど、それを不用意に口にしない。

変に飛び火しても困るからね。ルリカに揶揄われでもしたら大変だ。

そんなセラの言葉に、クリスは視線を自分の胸元に落としていた。

うん、それも見なかったことにしよう。

夜になると住民の多くが宿の食堂に食事をしに集まり、色々と話を聞くことが出来た。

ラクテウスの主な産業は農業で、栽培されている作物は一般的に流通しているものもあれば、高原ならではの気候を利用した貴重な野菜もあるそうだ。

ただし急な斜面が多いため、ラクテアのような畜産はやっていない。

そうなると肉を入手するには山に入って魔物や野生の動物を狩るか、他から買う必要があるが、ここ最近までは共和国側からの商人の足が遠のいていた。

その大きな要因は月桂樹の実の買い付けが難しかったからだ。

一応珍しい野菜も栽培しているが、それを買うためにわざわざここまで来てくれる商人は少ないという話だった。

現在特産品を作ろうと、野菜を使った酒造りを始めたそうだが、まだ売り物になるような味ではないとのことだ。

「共和国だと、確か……フィスイって町で良質な野菜や果物が採れるって話でよ。必要ならそこで買えばいいって断られたりもするんだよ」

肉を我慢すればいいだけだが、肉をたくさん食べたい時もあると一人の若者が叫ぶと、「そうだ、そうだ」と同意の声が上がっていた。

その中にはヒカリとシエルの姿もあったが……肉好きだからな、ヒカリたちは。気持ちがよく分かるのだろう。


「大丈夫だと思うけど、気を付けて行くんだよ」

女将さんたちに見送られ、二日後に俺たちはラクテウスを発《た》った。

町の人たちからは珍しい野菜をはじめ、試作段階と言っていた野菜を使ったお酒を譲ってもらった。お勧めの調理方法も教えてもらったから、今度試しに作ってみよう。

料理スキルの力を借りれば、さらに美味しいものが作れるはずだ。

食が充実するのは素直に嬉しい。

美味しいものは心を豊かにする、と何処《どこ》かの偉い人が言っていたような気がする。

ラクテウスから共和国方面への山道は、緩やかな斜面で殆《ほとん》ど真《ま》っ直《す》ぐ下りることが出来た。魔導

国家側のルートに比べると、上りと下りの違いを別にしても雲泥の差だ。

こちらの山道は向こうと違って山頂でも暖かく、雪が積もっていなかったというのもあるけど。

ただ山の中腹辺りから下側には魔物の反応が結構あり、冒険者らしき人の姿も多く見掛けた。

ラクテウスに続く山道周辺には魔物の反応はなかったから、安全に移動出来るように定期的に狩っているのかもしれない。

ラクテウスにいた男たちもこちら側に魔物を狩りに来ることがあると言っていたしね。

国境都市ベルカに到着したのは、ラクテウスを発ってからちょうど四日後だった。

ベルカの町は魔導国家側の国境都市リエルと比べると行き交う人の数も多かった。

それにはエルド共和国内の魔物の分布が関係しているそうだ。

「この辺りの山間部は魔物が多く出るからな。俺たち冒険者にとってはいい稼ぎになるんだ。あとは山道から比較的近い場所に出る魔物は弱いから、新人冒険者が活動しやすいんだよ」

ベルカに入場する列に並んだ際、待つ間に冒険者から聞いた話によると、共和国は特に魔物がいるところといないところの差が大きいそうだ。

そのため魔物の少ない地域だと自警団が冒険者のように働くところもあるとか。

ただ一点、予想外だったのは、ベルカに入る時に時間がかかったことだ。

ルリカとクリスは問題なかったが、俺たちは他国の人間ということで厳重にチェックされた。

今までいくつかの国を渡り歩いてきたけど、ここまで厳しいチェックは初めてだ。

セラの生まれはエルド共和国だが戦争の時に連れ去られたこともあって、それを証明するものもなかったため、俺たちと同じような扱いだった。冒険者として登録したのは聖王国だったしね。

ルリカとクリスと一緒じゃなかったら、もっと厳しかったかもしれない。

ただ途中から、門番の態度が急にやわらかくなったような気がするのだが……気のせいか？

「ここから先は、町から町への移動が大変になりそうだな。もしかして町の中も自由に歩けなかったりするのか？」

「それはないと思います。あと、今後はこれほど厳重なチェックはないはずです。ここが隣国と……ルフレ竜王国との国境だから特に厳しいんです」

「けどここを迂回《うかい》して、他の町に直接向かう人だっているんじゃないのか？」

それこそ山道を外れて、ベルカを通らず共和国内に入ることだってやろうと思えば可能だ。

俺たちが王国から脱出する際、森の中を突っ切って聖王国に入ったのと同じように。

「それは大丈夫です。ここで入場する際にチェックを受けたと登録された情報は、共和国内の全ての町で共有されますから。お婆ちゃんが言うには遺跡で見つかった技術を使っているそうです」

クリスはその点は心配ないと教えてくれたから、ホッとした。

「あ、ただ揉《も》め事《ごと》を起こすとすぐ警備隊が飛んでくるから、注意してね」

とルリカから注意を受けた。

◇◇◇

「次の目的地はスゥの町なんだよな？」

「はい。湖が近くにある大きな町です。物流の要衝で……そうですね。王国で言うと中継都市フェシスに似ているかもしれません」

クリスの言葉でフェシスでのことを思い出した。

あそこはルリカとクリスと別れた町で、シエルと契約を結んだ町だ。

「ソラ、どうしたんですか？」

フェシスでのことを思い出していたらクリスに心配されてしまった。

「なになに、何の話？」

クリスと話していたら、ミアが気になったのか聞いてきた。

「いや、昔のことを思い出していただけだよ」

俺がそんなことを言ったら、興味を持ったのか色々聞かれた。

さすがにこの場で話すのは難しいので、宿を取ってから話した。


俺が異世界召喚されたことは話したけど、王国で活動していた時のことはあまり話していない。

「そうそう、ソラのことは噂では知ってたんだよね。南門都市から王都に戻ってきたら、配達の依頼ばかり受ける変わり者がいるって」

「そうですね。一日にいくつ配達の依頼をこなせるかとか、どれだけ重い物が持てるとか賭《か》けの対象になっていたみたいですよ」

それは初耳だ。

けどミアとセラ、何でそんな呆《あき》れた顔で見てくる？　配達の依頼は安全でお金がもらえる最高の仕事だったんだぞ。ウォーキングとの相性も良かったし。

「初めてゴブリン討伐に行った時は大変だったね。ソラが負傷したからクリスが慌てちゃって」

「そ、そんなことありません」

「けど今思うと、ゴブリンの討伐を済ませて村の人たちが宴会を開いてくれたんだけど、あの時突然料理が消えたのってシエルちゃんの仕業なの？」

ルリカの言葉に、シエルはドヤ顔で頷《うなず》いている。

けどシエル、あの時騒がれてかなり慌てていたよな？

護衛依頼のことやタイガーウルフと遭遇したことは、当たり障りないように話した。

深手を負ったことを濁したのは、余計な心配をさせないためだ。

「そういえばソラ、鉱山に行った時の報奨金は受け取ったんですか？」

「報奨金？」

「その調子じゃ受け取ってないね。結構な額が振り込まれたんだよ」

クリスとルリカの言葉で思い出した。鉱山の町アレッサのことか！

確か鉱石発見の情報提供で報奨金をもらえるかもという話だった。

けどあれから死を偽装するためにギルドカードとか全て破棄したから……結構な額か、聞くと後悔しそうだからいくらもらったか聞くのはやめておこう。

その後もルリカとクリスはその頃のことを懐かしそうに話し、ミアたち三人はそれを聞いていた。

ヒカリも俺たちがフェシスにいた頃はまだ俺の監視をしていなかったそうで、その話に聞き入っていた。

シエルはここぞとばかりに知っていると身振り耳振りで主張していた。

ある意味一番付き合いが長いのはシエルだしな。

会ったタイミングも一番早かったわけだし。ルリカたちとはタッチの差だけど。

ちなみに最初シエルの名前を「シロとかハクとか」にしようとしたと答えたら、センスがないと言われてしまった。


話が一段落したところで冒険者ギルドに向かい、サイフォンからの伝言をルリカたちが確認しに行った。

ギルドは大きく、昼間なのに人で賑《にぎ》わっている。併設された食堂では昼間からお酒を飲む人の姿もあったほどだ。

壁に貼られた依頼票は魔物の討伐依頼が多い。ビッグベア……熊の魔物らしいが、戦ったことがない魔物だ。Cランク以上推奨となっているから、それなりに強いということかな?

「ソラ、珍しい依頼があるよ」

ミアの見つけた依頼は、

【求・水魔法を使える魔法使い】


とあって、水を精製する仕事のようだ。

報酬は一日銀貨三枚。さらに精製した水の量によって報酬の上乗せがあるみたいだ。

ただ規定量に達しないとペナルティーとして報酬は下がるともある。

場所はスゥか首都フラーメンとなっており、依頼主の商会が、そこまでの移動費を支給してくれるらしい。

見れば同じような依頼が三つあって、別々の商会が依頼を出している。細かい条件は商会ごとに少し差がある。

「お、見掛けない……顔だな？　何をそんなに真剣に見てるんだ？」

依頼票を見比べていたら、一人の冒険者に話し掛けられた。ジロジロ見てきたのは仮面をしているのが珍しいからか？

「あちこちの冒険者ギルドを見て回ったのですが、珍しい依頼だと思って」

俺の視線の先を見た冒険者は、何の依頼票を見ていたのか気付くとため息を吐《つ》いた。

「ああ、それか。報酬は確かに魅力的かもしれないが、お勧めはしないな」

「そうなのですか？」

個人的な感覚になるが、十分規定量は精製出来るような気がする。

町中で安全に作業が出来て、銀貨三枚なら人気が出そうなのに。

「……正直言って要求が高い。魔法使いでも中級レベルの魔力がないと条件を達成するのは難しいぞ。特にここところこの商会は新人では確実に無理だ。まあ、それでも受ける奴《やつ》は多いんだけどな」

そのうちの一つの商会名に見覚えがあるんだが……特に親しくしている商会はなかったはずだ。

「主、ここ、無礼な奴がいた商会」

ヒカリがクイクイと袖《そで》を引っ張って、聖王国で揉めた時のことを言ってきた。

アウローラ商会……ああ、そうか、オークに襲撃されていたテンス村を助けた時に、俺たちを罵いて逃げたあの商人が所属していた商会か。思い出した。

「ま、とにかくやるならよく考えることだ。仲間と相談したりな。というか君は魔法使いなのか？」

「いえ、俺は商人です。仲間を待っている間、どんな依頼があるかを見ていました。色々教えてくださり、ありがとうございます。それより何で水をこんなに必要としているんですか？」

ふと気になり聞いてみた。

「どれぐらい前だったかな？　嵐が発生して川の上流の方で山崩れとかの災害が起きてな。その影響なのか、川の水量が減って困っているんだ。そのせいで何処かの町の井戸が涸《か》れたって話だ……って、結構有名な話なんだがな。もしかして竜王国から来たのか？」

俺が頷くとその冒険者は「なるほどな」と納得していた。

水を必要としているのは、共和国内の水不足のためだけでなく、他にも黒い森への進攻を目前に備蓄品としても必要なため依頼が入っているそうだ。

ラクテウスで聞いた魔物の話を聞くと、どうも山の中腹よりも下に出る魔物の強さが上がっているような気がするとも教えてくれた。

「もしかしたら魔王の影響かもな」

とその冒険者は呟《つぶや》いていた。


ベルカの町を見て回って一日過ごし、翌日にはスゥの町を目指して出発した。

最初の二日間は馬車を利用し、最後の一日は徒歩で移動することになった。

最後の一日を徒歩にしたのは、馬車のまま町に入ると影を呼び出したままにしないといけないのと、馬車を預けるために余計なお金がかかるからだ。

遠くにスゥの町が見え始めた頃、右手に広がる草原の中に大きな窪地《くぼち》が姿を現した。

野球場よりも一回り以上大きなその窪地の下の方には僅《わず》かな水が貯《た》まっているだけで、ひび割れた地面が露出していた。

「これがクリスの言っていた湖……か？」

本来ならこの窪地には水が満ちていたのだろう。その証拠に乾涸《ひから》びた水草らしきものが窪地上部に付着していた。

「話を聞いていた以上の水不足みたいです。ナハルも心配です」

湖の状態を見ながら、クリスも困惑していた。ここまで深刻だと思ってなかったみたいだ。

この湖に流れ込む川の上流は東にあり、ナハルの南側を流れているため影響があるかもしれないという。

俺たちは南門の前に並ぶ列の最後尾に着くと、順番を待った。

聞こえてくるのは嵐の話や、水のなくなった湖の話が多い。特に湖は綺麗《きれい》だった面影がなくなってしまい、残念だという声が多かった。

それを聞いた俺も、是非水を湛《たた》えた状態の湖を見てみたいと思った。

スゥの町は物流の要衝ということもあって、メイン通りには多くの宿が並んでいた。

そのどれもが二階建ての木造建築で、町の景観にもこだわっているのか同じ造りで統一されていた。

違いがあるとしたら、宿の名前が彫られた看板ぐらいかな？

また町の中心には各種ギルドの建物や、主要施設があるとのことだ。そのどれもがやはり木材を使って建てられている。

エルド共和国は木材が豊富らしく、木造建築が中心なのだそうだ。

スゥの町に近付いた時に木材を載せた馬車を見掛けたが、

「あっちに確かリュスという町があって、そこは良質な木が採れる伐採場になっているんです」

とクリスが教えてくれた。

クリスの指差した方の道を見れば、遠くに木材を運ぶ多くの馬車があった。

その木材を積んだ馬車は、スゥよりもさらに北側を目指して走っていった。


俺たちはいくつかの宿を回り、泊まれる宿をやっと見つけた。

なかなか泊まれる宿が見つからなかったのは、商人と冒険者の数が多く部屋が空いてなかったからだ。

その冒険者たちは、主に例の水を精製する依頼を受けた人たちだ。

なるほど。あの時の冒険者がお勧めしないと言ったのには、こういう事情もあったからか。

◇◇◇

翌日西門から町を出ると、整備された道が真っ直《まっす》ぐ延びていた。

フィスイの町への行き方は二通りあり、徒歩で行くか、国が管理している専用の馬車を利用して行くかのどちらかだ。

　ただ国が管理している馬車は数が少なく、次のフィスイ行きの馬車は今フィスイに行っている馬車が戻ってきてからの出発になるため数日待つ必要があるそうだ。

　俺たちは徒歩で行くことにして、とりあえず町から離れたところで影を呼び出して馬車で移動することにした。

　何故《なぜ》スゥ、フィスイ間が国の管理する専用の馬車しか通っていないのか、その理由は森の入り口に到着して分かった。

「確かにこれは……普通の馬車だと無理そうね」

「凸凹《でこぼこ》しているさ。それに穴も多いさ」

　森の中を通っている道は、一目見て馬車が通れるとは思えないほど状態が悪い。

　一応石が敷き詰められているが車輪がちょうど嵌《はま》りそうな隙間が多く、凹凸が目立つ。こんな道じゃ徒歩でも注意しないと足を挫《くじ》いてしまいそうだ。

　むしろこんなところを通れる馬車があるのかと疑うレベルだ。道幅も狭いし、馬車が辛《かろ》うじてすれ違えるぐらいしかない。

　これなら街道ではなく木の近くの舗装されていない地面を歩いた方が歩きやすそうだ。

「一回だけ馬車が使えるか試してもいいか？」

　それでも俺は空いた隙間から、車輪の幅を広く作り変えれば通れるかもと思い試してみた。

　結果は隙間にこそ嵌らないけど、凹凸が酷《ひど》いため車体が傾いたりとバランスが悪い。また伝わる振動も激しく、馬車から嫌な音が聞こえてきた。これで進むのは無理がある。乗っている俺たちの体にも負担がかかる。

俺たちは素直に歩くことにしてフィスイの町を目指した。

森の中に入った翌日、ちょうど休憩のために馬車を止めていた人たちに会って話を聞くことが出来た。

「この馬車は特別製でね。この道に特化した造りになっているみたいなんだよ。原理は分からないんだけどね。説明するよりも見た方が早いかな？」

そう言って男が一台の馬車を走らせると、馬車は何事もなく進んでいく。

注意して見ていると、隙間に落ちるはずの車輪がまるでそこに地面でもあるかのように落ちることなく進んでいる。

「えっ」

と思わず言葉が漏れた。

「驚いただろ？　俺も初めて見た時は驚いたものさ」

一度馬車を止めた御者が戻ってきて、俺たちの反応を見て満足そうに頷いている。

気分を良くしたその人は、他にも色々な話をしてくれた。

「この辺りは木……というか植物の成長が早くてね。例えば木を切り倒して切り株を取り除いても、すぐに新しいものが生えてきてしまうんだ。だから遥《はる》か昔はこんな道はなかったみたいでね。それを昔の偉い人が色々やって、今では失われた技術で道を作ったって話だ」

そう言われた俺は改めて敷き詰められた石に視線を落とした。

注意してみると確かに魔力的な流れを感じる。魔力察知を使うとさらにはっきりした。

【ブルム鉱石】鉱石だけど手触りは石そのもの。力の抑制、封印の効果がある。とっても頑丈。


鑑定した結果がこれだ。

失われた技術か……一体誰が開発したんだろう？

俺は手で石……ブルム鉱石を触ってみたが、鑑定通り触れた感触は石だった。

「ただこの馬車だけしか通れないと不便だろ？　だから整備して隙間を埋めようと試みたことがあったらしいんだが、不思議と埋めたはずの隙間が翌日には元通りになっているってことで、諦《あきら》めたみたいなんだ」

御者の人も初めてこの道を通った時はそう思い、先輩御者に聞いたら既に先人が試したあとだったみたいだ。

「それじゃあな。この辺は魔物なんて滅多に出ないが、気を付けてな！　君らがフィスイにどれぐらい滞在するか分からないけど、もし帰る時にタイミングが合えば馬車を利用するといい。よし、それじゃ皆、出発しよう！」

御者の言葉に、護衛らしき人たちが乗り込むと、馬車は走り出した。

馬車の数は全部で五台あり、荷台の中には人の座るスペース以外にはぎっしりと木箱が積まれているのが見えた。

結局フィスイの町に到着したのは二日後だった。

「冒険者に町人に商人に……特殊奴隷？」

フィスイの町に到着して入場する際、身分証を確認した門番は戸惑っていた。

「ああ、いや、すまない。入場してくれて大丈夫だ。ただ一つ聞きたいんだが、この町には何の用で来たんだ？」

「私たち、知り合いの冒険者にあることを頼まれて、フィスイまで来たんです」

クリスが言葉を選びながら答えた。

サイフォンたちの名前を出していいか考え、とりあえず伏せることを選んだようだ。

「そ、そうか。何もない町だがゆっくりしていってくれ。それと、だ。森の奥の方には入らない方がいい。近頃凶悪な魔物が山から下りてきているようなんだ。一応討伐依頼を受けた冒険者はいたんだが返り討ちに遭ってな。命に別状はないみたいだが重傷だ。再度ギルドに依頼は出しているんだが、受け手がいないらしくて困っているんだよ」

どうもこの門番の人が戸惑っていたのは、最初にルリカとクリスとセラの三人が冒険者と知って討伐依頼を受けに来てくれたのか！　と思ったのに、その後のミアの町人、俺の商人の身分証を見て混乱したみたいだ。

それにしても注意をしっかりしてくれるなんて、好感の持てる門番だ。

ついでに宿の場所を尋ねたら、すぐ近くにある二階建ての建物がそうだと教えてくれた。

二軒の二階建ての建物が並び、片方が宿屋で、もう片方がギルドの複合施設とのことだ。冒険者ギルドをはじめ、商業ギルドや錬金術ギルドが一つの建物の中で業務を行っているそうだ。

俺たちはひとまず宿に寄り、そこで宿泊の手続きをしてまだ日が高かったから少しだけ町の中を散策した。

フィスイの町は畑の中に家が点在しているという町並みで、隣の家までの距離がかなり離れている。

既に農作業が終わって家に戻ったのか、人の姿は見えない。

町全体は森に囲まれていて、森との境界線に木の柵《さく》が建てられているだけの簡易な作りだ。

こんなんじゃ魔物の襲撃があれば簡単に突破されてしまう。門番の人も凶悪な魔物が出ると言っていたし、大丈夫なのだろうか？

日が暮れる前に宿に戻ると、店主が夕食の準備をしているところだった。

宿の一階は他の町と同じように食堂になっているようだが利用客はいない。

主に利用する人は野菜を買い付けに来る商人たちで、先日出発したばかりだそうだ。

たぶん森の中で会ったあの商人一行がそうなのだろう。

今は外から来た冒険者のパーティーが一組宿に泊まっているだけみたいだ。

店主の話では外から冒険者が来るのも珍しいそうだから、もしかしたら門番の人が話していた負傷した冒険者たちなのかもしれない。食事も部屋の方に運んでいると言っていたしね。

この町へ冒険者が来ないのは、滅多に魔物が出ないこともあり、冒険者としての仕事が少ないからのようだ。それは町が襲われないというだけでなく、フィスイの町を囲む森にも現れないということだった。

山の方まで行けば魔物はいるが、その魔物が山を下りて森に迷い込んでも普通ならすぐに山へ戻っていくと教えてくれた。

ただ今回は何度も森で魔物が目撃され、木には縄張りと言わんばかりの印が付けられているのを発見して、ギルドに討伐依頼を出したそうだ。

食事を終えて部屋に戻って窓の外を見れば、真っ暗闇の中にポツリポツリと家の灯りらしきものが浮かんでいるのが見えたのは、家がまばらに立っているからかな？

「それでユーノさんの弟が住んでいる場所は分かったのか？」

翌朝、クリスたちが宿の店主に確認するという話だったが、無事分かったそうだ。

確か名前はリーノだったか？　俺もクリスたちから名前だけしか教えてもらってないんだよな。

サイフォンからユーノはいいところのお嬢様だとか聞いた覚えがあるけど、町の有力者みたいな家なのかな？

「うん、分かったわ。ただ早い時間に行っても迷惑かもだし、少し時間を潰《つぶ》してから行きましょう」

というルリカの言葉を受けて、町を散策することにした。

「けど長閑《のどか》ね……雰囲気が私の住んでいた村にちょっと似ているかも」

ミアが町の様子を見ながらそんなことを言ってきた。

俺たちが町の中を見て回っていると、昨日は見掛けなかった人の姿があった。既に農作業を始めているみたいで、農作物に水をやっている人、収穫している人がいた。

農作業をする人の姿を見ると、どうしてもアルテアのダンジョンのことを思い出してしまう。

だからだろうか、興味本位に畑の土にスキルを使っていた。

【フィスイの土】精霊の祝福を受けた良質の土。ただし範囲内から出ると効果は消滅する。


その鑑定結果に、昨夜宿の人から聞いた話を思い出していた。

ここフィスイは農業を生業《なりわい》としている町で、畑で採れる野菜や、森の中で採れる果実は美味《おい》しくて他の町から買い付けに来るほど人気がある。

その辺りはラクテウスでも聞いたから知っていた。

ただフィスイで栽培された野菜が他とは違うのは、味だけでなく品質が……鮮度が長く保持される。

もちろん時間が経《た》てば普通の野菜と同じように傷みはするみたいだけど。

そして一番注目すべき点は、その成長速度だ。

種や苗を植えてから収穫するまでの日数や、果実を採ってから再び生《な》るまでの期間が短い。

そのためそれほど広くない農地にもかかわらず、共和国での一大産地となっている。

ここで採った種や苗を他の場所で植えると普通の速度で育つらしいから、この地が重要な役割を果たしているのだろう。

しかし精霊の祝福を受けた土か……精霊＝エルフというイメージだし、サイフォンたちのエルフ信仰はここからきているのだろうか？

「ルリカ姉。そろそろ行く？」

「そうね。時間もいい頃合いだし、それじゃそろそろ行こうか」

ヒカリの言葉にルリカが頷《うなず》く。

ルリカについて向かった先にあった家は、二階建ての大きな一軒家だった。

大きさは宿やギルドの複合施設と比べても遜色《そんしょく》ない。

この町の民家の多くが平屋建てということを考えると、やはりサイフォンの言う通りいいところのお嬢様なのだろう。

「ルリカ姉。大きい」

「そうね。この町の長《おさ》の家だし立派よね」

ん？　長？　町長ってこと？

俺が驚いてルリカの方を見ると、目が合ったルリカがニヤリと笑った。

「ごめんなさい。ルリカちゃんがソラを驚かせようって」

クリスのその言葉に、ミアとセラも頷いている。

俺とヒカリ以外は、宿の店主から既にリーノの正体……町長であることを聞いていたそうだ。

宿の人と話していた時は、俺とヒカリはシエルにご飯をあげていたからな。

「ん？　何ですか、貴方《あなた》たちは」

家を訪れると年配の男性が出てきた。

「はじめまして、私、冒険者のルリカと言います。今回サイフォンさんからお願いされて、リーノさんに会いに来ました」

サイフォンという言葉に、男がビクリと体を震わせた。

「……それを証明することは可能ですか？」

男のその言葉に、クリスがいくつかの話をすると家の中に無事通された。

サイフォンから伝言を受けた内容を話したのだろう。

部屋に通され待っていると、ドタバタとした足音が近付いてきて、勢いよくドアを開けて入ってきた者がいた。

「皆さんが姉さんとサイフォン兄さんの知り合いなんですね！」

開口一番出た言葉がそれだった。

「リーノ様。それはどうかと……」

続いて入ってきたあの年配の男に注意を受けていたけど。

あれがユーノの弟のリーノか……見た感じ若い。いや、かなり若い。もしかしたら俺と同じぐらいか少し上ぐらいの年齢かもしれない。

確かにこの世界では一二歳からギルドに登録出来るし、子供でも早い段階から働く者は多い。

それでもそれが町を取り仕切る長となると話は別だ。あくまで俺の勝手な考えだけど。だって大変だし重圧が凄《すご》そうだし。

あれ？　けどそうなると両親というか、親はどうしたのだろうか？　もう亡くなっていて、それで若くして後を継いだとかになるのか？

「すみません。改めまして、姉さんの……ユーノの弟でリーノと言います。一応フィスイの町長をしています。えっと、どうかしましたか？」

俺が悩んでいたのが伝わってしまったのか、そう聞いてきた。

「あ、いや、随分若いなと思って」

ユーノの弟だし、二〇代ぐらいのイメージを勝手に持っていたからね。さらにルリカたちから町長だと聞いて。

ユーノの正確な年齢は聞いたことがないけど、落ち着いた雰囲気とその外見から大人なイメージが強かったというのもある。

「ああ、父が早くに引退してしまったので仕方なく、ですよ」

リーノが苦笑しながら言う。

亡くなったわけではなかったんだな。もし亡くなっていたら死んだからと言いそうだし。

「本当、困ったものですよ」

と言って話してきた理由には困惑させられたけど。

健康そのものだった前町長……リーノの父親が早々に引退して息子に町長を任せたのは、ユーノとの思い出の詰まった家で、この町で過ごすのが辛《つら》いから。

それはユーノのことを嫌いになったわけではなく、思い出の詰まった家や町で過ごすとどうしてもユーノのことを思い出してしまい悲しくなるからだそうだ。リーノも辛そうな父親の姿を何度も目にしたと言ってきた。

そのためリーノは町長になるための教育を小さい頃から受けて、一五になった時に引き継ぎが完了すると父親は母親と共にフラーメンに移住してしまったとのことだった。ちなみにリーノは一八歳らしい。

「……ユーノさんのことを恨んでいるのですか?」

一通り話を聞いたクリスがおずおずと尋ねた。

「いえ、恨んではいませんよ。元々父さんの後を継ぐのは分かっていましたから。まあ、こんなに早く任されるとはさすがに思っていませんでしたけど。それに姉さんの気持ちも少しは理解出来ますからね」

とにかくリーノの父親はユーノのことを可愛《かわい》がると同時に厳しく育てたそうだ。主に男を寄せ付けないように。

幼い頃のユーノはお転婆で、習い事が嫌で家を飛び出しては同年代の子たちを引き連れては森の中を探検したりと、色々と無茶なことをしたそうだ。

「本当にあの時は大変でしたよ」

あ、なんかリーノが遠い目をしている。目から光が一瞬消えたような気がした。

一体どんなことがあったのか……怖くて聞けない。触れない方が良さそうだ。

けど正直言って想像出来ないな。

それとも魔法使いというのは、幼い頃はお転婆だったりするのか？

思わずクリスを見たら、俺と目が合ったクリスは「何ですか？」と首を傾《かし》げていた。

「それで姉さんは元気ですか？」

リーノからの質問に、俺たちは王国でのことや魔導国家のことを話せる範囲で話した。

さすがに国の機関に所属しているとかは話せないからね。

ただユーノたち……ゴブリンの嘆きの面々には色々助けてもらったから話題が尽きなかった。

特にマジョリカでは散々お世話になったし。

「そうですか……楽しそうで、幸せそうで安心しました。しかしサイフォン兄さんと結婚ですか

「……兄さんには苦労をかけますね」

どちらかというとサイフォンの方が迷惑を掛けていた気がするが……子供の頃の話を聞く限り立場が逆転していたみたいだしな。サイフォンが振り回されている姿が想像出来ないけど。

「……リーノ様……」

そこまで黙って聞いていた年配の男が、リーノに何事か耳打ちした。

それを受けてリーノは驚いた表情を浮かべ、黙り込んでしまった。

「……皆さんは、姉さんたちと一緒にダンジョンに潜っていたんですよね？」

しばらくしてリーノが口を開いた。

「ええ、一緒に戦いました」

その問いに俺は答えた。

「皆さんの冒険者ランクを伺っても？」

「私とクリス、セラが冒険者登録をしていて、Cランクになるよ」

ルリカの言葉にリーノは驚いていた。

それは三人がCランクであることと、冒険者ではない俺たち三人もダンジョンに潜ったことに。

「そう、ですか……ダンジョンに挑むほどの腕を持つ皆さんを見込んで……いえ、やはり何でもありません。今日は姉さんの近況を知らせてくれてありがとうございました」

葛藤《かっとう》する様子が一瞬リーノから伝わってきたが、それはすぐに掻《か》き消されて笑顔で頭を下げてきた。

「ユーノさんたちに伝えたいことがあるようでしたら、私たちの方で伝えますがどうしますか？」

「なら、たまには町に顔を出してくださいと伝えてもらっていいですか？　僕も姉さんやサイフォン兄さんたちに会いたいですし。それから両親は今、フラーメンに住んでいる、とも」

「分かりました。必ず伝えます」

クリスのその言葉に、リーノは再度「よろしくお願いします」と頭を下げた。


結局リーノの家を出たのは、それからさらに三時間経ってからだった。

昼を挟んだから、今日の朝一で収穫したという野菜を使った料理をご馳走《ちそう》になった。

生野菜に焼き野菜、蒸し野菜にスープと野菜尽くしの料理だった。

野菜本来の味もそうだが、それに使われているドレッシングが美味しかった。ヒカリもパクパクと食べていた。思わずドレッシングの作り方を聞いたほどだ。

ま、まあ、俺たちの食事する様子をジッと食い入るように見ていたシエルのためというのもある。

『あとでしっかり再現するから、今は我慢してくれな』

俺が念話で告げたら、不承不承頷きフードの中に潜り込んできた。

「これが町自慢のスイーツです。フィスイの実を熟成させて甘味を強くしてから、ミルクとはちみつを混ぜて作ったアイスです」

そして最後に出てきたのは薄赤色をしたアイスクリームだった。

リーノのアイスの説明に、フードが小刻みに震えたのは言うまでもない。

俺が「お土産《みやげ》にもらえますか？」と尋ねたら収まったけど。

「……けど、何か無理しているようだったさ」

セラの言う通り、楽しく話しているようだったのに、リーノからは時々迷いのようなものが見え隠れしていた。

その件に関しては、一つだけ心当たりがある。

「ねえ、ちょっと冒険者ギルドに寄ってみない？」

そしてそれは俺だけでなく、ルリカたちも感じていたことのようだった。


「討伐依頼、ですか？」

宿の隣にあるギルドの複合施設。受付は三つあったが、話は何処《どこ》でも聞けるようだ。

もっとも今は受付に一人しかいないから、自然と話を聞くのはその人からになった。

最初戸惑っていた受付のお姉さんも、ルリカたちがギルドカードを見せると話をしてくれた。

現在この町の抱えている問題はやはり魔物だったが、それはただ単に強い魔物が出没したからだけではなかった。

何でもその魔物の目撃情報のあった範囲に、フィスイの実が採れる場所があるらしい。

それは町にとっても重要な果実で、特産品の一つというだけでなく、町で年二回行われる祭祀《さいし》で使うお供え物としても必要なものだという。

「エルフ様が好んで食べたという言い伝えがあるんですよ！」

受付のお姉さんは興奮ぎみに語った。

この時、何故《なぜ》フィスイの町がエルフを信仰しているのかその理由も分かった。

何でもフィスイの町近くの森には遺跡があり、その遺跡の壁画にエルフらしき人たちが描かれているとのことだ。ちなみに祭祀を行うのは遺跡の前らしい。

ただそれだけならエルフ信仰には繋《つな》がらないのだが、この地……正確にはエルド共和国内の各地でエルフが起こしたとされる奇跡が語り継がれている。フィスイにもそれが童謡や詩《うた》となって残っているそうだ。

そもそもエルフは一般的に自然と共に生きる種族というイメージが強く、植物の成長が早いこの地の特殊な環境がそれをより一層強くしていた。

「私たちの今の生活があるのは、エルフ様が残してくれたその恩恵があるからなんですよ」

熱く語るそのお姉さんに若干気圧《けお》されながら、俺たちは黙ってその話を聞いていた。

エルフ云々《うんぬん》は別として、精霊の祝福を受けた土地であることは間違いないだろう。鑑定結果もそのことを指し示していた。

「えっと、すみません。話が逸《そ》れてしまいました」

我に返ったのか、お姉さんは恥ずかしそうに頬を染めて話を続けた。

今困っているのは、その祭祀が一週間後に行われるからみたいだ。

そのためフィスイの実が必要なのだけど、それを収穫することが出来ない。

何度か町の人で収穫をしに向かったのだが、フィスイの木に近付くと決まって魔物が現れて襲われるとのことだ。

町の方に逃げると途中で追いかけるのをやめたため、今のところ町の人に被害は出ていないらしい。

またその時、森の中の木の実や果実が食い荒らされていることが分かったため、魔物は定期的に森に入って果実などを食べているのではないかということだ。

「それで他の町で討伐依頼を出してもらっているんですが、来ていただいたCランク冒険者が返り討ちに遭ってしまったんです。今はBランク以上か、もしくは複数のCランクパーティーを集めての討伐を考えているのですが全然人が集まらないんです」

人が集まらない理由の一つとして、Bランク以上の冒険者が他の依頼に駆り出されてしまったことと、Cランク冒険者が戦い返り討ちに遭った魔物が、ただのビッグベアだけでなく変異種もしくは上位種が交じっていたことが分かったからだ。

今の時点で討伐依頼が受注されていないということは、ほぼ絶望的なのだろう。

スゥの町から馬車を飛ばしても二日はかかる距離だし（そもそも専用馬車しか通れないからこれも当てに出来ない）、そこからさらに森に入って魔物が目撃された場所まで行って探すとなるとさらに最低でも二日はかかる。

「それでリーノさん、言《い》い淀《よど》んでいたんですね」

たぶん俺たちのことを心配して言い出せなかったんだろうな。

町のためを思えば提案だけでもすべきだと思うが、サイフォンやユーノの知り合いである俺たちを危険な目に遭わせたくないと思ったのだろう。

「ソラ……」

話を聞いたクリスたちが、俺の方を見る。

その瞳《ひとみ》は討伐依頼を受けたいと言っている。

俺としてもサイフォンたちの故郷は守りたいと思う。

ただ、まずはどのような魔物かをしっかり調べておく必要がある。

ビッグベアはCランク以上推奨となっていたけど、ダンジョンではそれ以上の魔物とも戦ってきたと自負しているから、戦闘に関してはそれほど心配していない。

問題は魔物が出没する場所だ。

今回はただ魔物を倒すだけでなく、森への被害を出さないようにしないといけない。

それを考えると可能なら森ではなく山の方に誘導して戦いたいが、話を聞く限り難しいだろう。

俺が悩んでいると、

「討伐依頼中ですが、森の中で採れるものは自由に採ってもらって大丈夫です。もちろん常識の範囲内で、ですが……」

とギルドの受付のお姉さんは前のめりになって言ってきた。

勝手にそんなこと言って大丈夫か心配になったが、その必死な様子に是が非でも受けて欲しいという想《おも》いは伝わってきた。

フィスイの実もそうだけど、森は食材の宝庫になっているみたいだしな……。フィスイの実を使ったアイスは美味《おい》しかったし、他にも色々な料理に使えそうだった。

宙に浮かんでいるシエルが血走った目を向けてきて「受けて、受けて、受けて」と言っているような気もする。

「……ビッグベアが目撃された位置と、周辺の地理の説明をお願いしてもいいですか？」

俺の言葉に受付のお姉さんはホッとしたようだったが、我に返ったのか心配そうな表情を浮かべた。

たぶん祭祀があるから早く解決したいという思いと、前の冒険者が負傷したことを思い出して、俺たちだけに依頼を任せるのは危険かもと思い直したのかもしれない。

特に俺たちパーティーはルリカたち三人がCランク冒険者だが、他の三人、俺たちは冒険者じゃないから三人で依頼を受けると思っているのかもしれない。

「やっぱ森での戦闘になりそう。けど出来ればこの辺りで戦いたいね。フィスイの木からも離れているし、少し開けているみたいだからクリスも魔法を使いやすいかも」

ルリカが地図の一点を指しながら意見を言う。

「あとは数さ。何体いるのさ？」

「すみません。正確な数は分からないんです」

前向きに話し出した俺たちの姿を見てオロオロしながらも、お姉さんは丁寧に受け答えしてくれる。

木についた爪痕《つめあと》や足跡の痕跡《こんせき》、冒険者の証言から少なくとも五体以上はいるだろうとのことだ。

「とりあえず明日調査に行ってみよう」

フィスイの実が生《な》る木に近付くと高確率で遭遇するという話だし、そのまま戦闘に突入してもいいように準備が必要だ。

あとは遭遇しなかった場合のことも考える必要がある。その場合は探すことになる。

「あの、本当に行くのですか？」

「大丈夫よ。それに本当に危険だと思ったら引き返してくるから」

ルリカの言葉に、「絶対ですよ」とお姉さんは念を押してきた。

「皆さん、待ってください。ギルドから連絡をもらいました」

森に入ろうとしたところで、リーノに呼び止められた。

慌てて走ってきたのか、息を切らしている。

リーノはルリカたちというよりも、俺とミア、ヒカリの方を心配そうに見てきた。

「大丈夫よ。ソラはこう見えて商人として色々な国を回ってきたから魔物とは戦えるし、ミアも神聖魔法の使い手だしね。ヒカリちゃんは……ソラの護衛みたいなものだから強いよ？」

強いと言われたヒカリは、任せる！　といった感じで頷《うなず》いている。

それでもリーノが心配そうだったから、俺は影とエクスの二体のゴーレムを呼び出した。

「こ、これは……」

突然目の前に現れた二体に、リーノは一歩後ろに下がった。

「これはダンジョンで入手したゴーレムだよ」

俺の指示通りに動くゴーレムを見て、リーノは目を丸くしていた。

「……分かりました。ただくれぐれも気を付けてください」

その言葉に俺たちは深く頷いた。

あとは一応ギルドの人から森の中で果実とかを採ってもいいと言われたが大丈夫か確認したら、

採り過ぎなければ大丈夫と言われた。

　森の中に入ってしばらくすると開けた空間に出た。

　その中心にあるのは石造りの白亜の建物だ。

　遥《はる》か昔からあると聞いていたが、外観からは劣化した様子は見られない。

　それを見たシエルがフラフラと建物に吸い寄せられるように近付いていく。

　俺たちもその後を追った。

「空気が澄んでいます。それにたくさんの精霊がいます」

「本当、神聖な雰囲気もあるね。教会の祈りの間にいるみたい」

　クリスの言葉を受けて、ミアもそんなことを言った。

「主、今度お昼寝しに来たい」

　ヒカリの言う通り、ここで寝たら気持ち良いかもしれない。

　ムトンの毛皮に包まれて寝たら幸せな気分になれそうだ。

　ポカポカと暖かいし、何処となくマジョリカを発《た》つ前に遊びに行ったあの森と様子が似ていた。

　俺はＭＡＰを改めて表示させ魔力を籠《こ》めた。

　受付のお姉さんに教えてもらった場所も表示範囲に入っているが魔物の反応はない。

　ひとまず進みながら様子見かな。

　仮に魔物……ビッグベアが出なかったら山の方にまで足を延ばす必要があるかもしれない。

　森に入って一日目。ＭＡＰに魔物の反応は現れなかった。

「けど歩きやすいね。木と木の距離も十分だし、人が歩くことを前提に木を植えたって言われても私は信じるわ」

ルリカの言葉通り歩きやすい。エクスが歩いても余裕があるし武器も振り回せる。

それは一本一本の木の枝が横に伸びて、傘が大きいというのもあるだろう。

ただこれだけ間隔が広いから、ビッグベアも活動しやすいんだろうけど。

「主、あの果実採ってもいい？」

ヒカリが指差す先には黄色の果実が複数生っている。

いつの間に移動したのか、シエルはすでに果実の前にいてこちらを見ている。


【アラギアの果実】酸っぱくて甘い不思議な果実。


鑑定するとアラギアの果実という名前だということが分かった。

「……鑑定したけど問題ないよ。リーノも言ってたけど、採り過ぎなければ大丈夫だよ」

「うん、エクス肩車！」

ヒカリが頼むと、エクスはヒカリの前で背を向けて屈んだ。

ヒカリを肩に乗せてエクスが立ち上がると、ちょうど手を伸ばせば採れる位置に果実があった。

ヒカリはそれを採ると一口齧《かじ》った。

途端に顔を歪《ゆが》め、遅れて「美味しい！」と声を上げた。

その様子を見ていたシエルも果実を食べると、口をすぼめて目をギュッと閉じたが、しばらくして目を大きく見開いて耳をフリフリしている。

「はい、主。ミア姉たちも」

ヒカリから手渡された果実を一口食べれば、強い酸味が口の中に広がった。

思わず「酸っぱい」と叫びそうになったが、時間が経《た》つと口の中の酸味が甘くなった。

「不思議な味ね」

その変化にミアたちも驚いていた。


その後も目的地に向かいながら色々な木の実や果実を採りながら進んだ。

あくまで通り道にあり、目に付いたもの限定でだ。

ただその途中である出来事が起きた。

「主、アイテム袋が使えない」

ヒカリが喉《のど》が渇いたから水筒を出そうとしたら、アイテム袋から取り出せないというのだ。

「あ、ボクも使えないさ」「私のも駄目ね」「私は使えます」「私も取り出せない」

それを受けて四人が確認したら、クリス以外の三人もアイテム袋が使えないという。

俺はアイテムボックスが使えるし（今まで収穫したものは全て俺が預かっている）、試しに予備のアイテム袋も使ってみたが問題なかった。

色々試した結果。アイテム袋に問題があるわけではないことが分かった。

ただアイテム袋が機能するのは、俺とクリスが使用した時だけだった。だからクリスがヒカリの持つアイテム袋を使えば、中のものを取り出すことは出来た。逆にクリスの持つアイテム袋をルリカが使うと駄目だった。

俺とクリスの二人と四人の違い。俺は人種《ひとしゅ》に分類されるが異世界人だし、クリスはエルフ種だ。他は……。

「精霊と契約しているから？」

四人との大きな違いはそれだ。あとは精霊樹《エリアナの》の加護か？

そしてここは精霊によって祝福された土地。関係があるのかもしれない。

だからギルドの受付のお姉さんもリーノも、森の中で果実を採り過ぎなければいいと許可を出したのかもしれない。アイテム袋が使えなければ、採れる量は高が知れているのだから。

「何か必要なものがあったら俺たちに言ってくれな」

アイテム袋を使えなくても、ここでならそこまで不便ではない。セラが斧《おの》を持って歩くことになったけど、軽々と持ち運んでいるし。預かろうと言ったけど、

「問題ないさ」

と軽々と斧を振り回していた。

これだけなら森を散策しながら、のんびり過ごしたとなるのだが、残念ながら二日目の昼前に魔物の反応を捉《とら》えた。

「どうやら山の方からこっちに向かってきているな」

森の中に反応がなかったことを考えると、森には住み着いていなかったということか。

このまま進めば、ちょうどフィスイの木の辺りで魔物とかち合うだろう。

しかも時間的にちょうど日が落ちるかどうかのタイミングだ。

「ソラ、数は分かる？」

「……数は一七。そのうちの五つは反応が強いな」

「それじゃその五体が変異種もしくは上位種と考えた方がいいね」

ルリカの言葉に俺は頷く。

「とりあえず影を先行させておくよ。影、この地点まで移動して待機だ」

俺はMAPを見ながら指示を出すと、影は勢い良く駆け出し森の中へと消えていった。

「やはり魔物はビッグベアだ。色違いの三体が上位種で……残り二体が変異種なんだと思う」

MAP上で影と魔物の反応が重なったところで同調のスキルを使用した。

影の見ている光景が見えてくる。

見下ろすような視点になっているのは、影が木の上にいるからだろう。

別れる前に隠密のスキルを影に使ったからか、魔物には見つかっていないようだ。

ただ本能的に何かがいると感じ取ったのか、辺りを警戒するような動きを見せている。

「ソラ、色は何色ですか？」

魔物の様子を話していたら、クリスが尋ねてきた。

「赤色でまだら模様が入っている」

「レッドベアですか……少し厄介かもしれません」

「そうなのか？」

「はい。ここは森の中ですからね。レッドベアは追い詰めると体に炎を纏《まと》わせて襲ってきます。その前に倒す必要があるのです」

「それでソラ、変異種はどんな感じなの？」

クリスに続けて、今度はルリカが聞いてきた。

「レッドベアよりも体が大きく……腕が四本ある？」

変異種と思われる二体は、脇腹の辺りから左右に一本ずつ腕が伸びている。

また通常のビッグベアよりも毛並みが黒い……その姿を見ていると呪いによって異形へと変貌《へんぼう》してしまったブラックボアを思い出す。

「ソラ、どうしたのよ？」

俺は今見たことをそのままルリカたちに話した。

クリスが言うには、ビッグベアの変異種の記録はあるが、そのような姿形のものは聞いたことがないらしい。

「とにかく警戒して行くよ。先に通常のビッグベアを素早く片付けて、次に上位種の順番ね。変異種は……ソラ、お願いね。ミアはソラの補助をしてあげて」

ルリカが素早く指示を出していく。

万が一呪いによって変異しているなら、俺とミアが相手した方がいいだろう。

その的確な指示に異を唱える者はいなかった。

そしてビッグベアの集団に戦闘を仕掛けたのは、予想通り日が暮れる直前だった。

俺たちはスペースのある場所を探しながら進み、戦いやすい場所を見つけたら影に念話で指示を送った。

影が木から降りて身を晒《さら》せば、ビッグベアが襲い掛かってきたからそれを利用して誘導させた。

戦いに関しては、少しだけ予定と違った。

これはレッドベアの身体能力がビッグベアよりも格段に上だったため、最初に俺たちと遭遇するのがレッドベアになりそうだということだ。変異種は通常の個体に交じって走っている。

「ソラ、森に被害を出さないでレッドベアの体を水で濡《ぬ》らせますか？」

「体を濡らすと何かあるのか？」

「一応弱体化させることと炎の攻撃を防ぐことが出来ます。ただ弱い水魔法だと炎によって防がれるので濡らすことが出来ません。私の水魔法だと威力が弱いですし、精霊魔法の方は強過ぎるので森に被害が出てしまうんです」

クリスが使う通常魔法は火と風がメインだからな。

それと今になって言ってきたのは、レッドベアを素早く倒す必要が出てきたのと、変異種はまだ到着しないため俺の手が空いたからみたいだ。

「ルリカ、水魔法でレッドベアを攻撃したい。誘導出来るか？」

俺は水の壁を作るウォーターウォールを使うことをルリカに伝えた。

「分かったわ。セラもいいわね」

「問題ないさ」

ルリカとセラが動くと、それに釣られてレッドベアの三体も進行方向を変えた。

ウォーターウォールは攻撃というよりも防御寄りの魔法だが、体を濡らすことを第一の目的とするなら都合がいい。周囲への被害も出さなく済むし。

ただ普通のウォーターウォールでは駄目だ。体当たりしたら相手を吸い込むような柔らかさ。さらには厚みを増して閉じ込めるようなイメージで魔力を練って魔法を使った。

ルリカたちに注意を向けていたレッドベアは、突然鼻先に現れたウォーターウォールを避《よ》けることが出来ずに吸い込まれていく。

水の壁から逃れようと暴れるが、そう簡単には逃れられない。

けどそれも長くは続かず、レッドベアは水の壁を打ち破り脱出した。

「ルリカ、チャンスさ。一気に行くさ」

それでも体がすっかり濡れたからか、それとも水の壁から脱出した時に力を使い果たしたからか、レッドベア三体は二人によって瞬く間に討伐された。

特にセラは弱っているとはいえ斧の一振りで倒していた。さすが強い。

「それじゃソラにミア、私たちが残りのビッグベアと戦っている間は変異種をお願いね。クリスは私たちの補助を頼んだわよ」

次に現れたのは通常のビッグベアと変異種のビッグベアだ。

立ち上がればエクスよりも頭二つ分は高い。


【名前「――」 職業「――」 Lv「65」 種族「ブラックベア」 状態「変異・呪い」】


鑑定すればあの時のブラックボアと同じように、状態が「変異・呪い」となっている。

それにレベルも高い。通常のビッグベアよりも三〇近く高いし、上位種と比べても一〇以上の差がある。

単純にレベルだけを考えると、Cランク冒険者だけではきついな。それでも狩るなら二〇人以上は必要だろう。二体いるし。

厄介なのがブラックベアの纏っている黒い靄《もや》で、俺の方に纏わりつこうと伸びてくる。これに触れると呪い状態になる。

ミアの祝福が防いでくれるから被害はないけど、普通のパーティーが襲われたらひとたまりもない。この攻撃があるとBランク冒険者でも辛《つら》いかもしれない。

さらに厄介なことにブラックベアの二体はお互いの隙を埋めるように連携を取っている。

嫌らしいのが俺だけでなくミアを狙おうとしてくるところだ。

俺はブラックベアが間合いから離れてミアの方に向かおうとするたびに挑発を使って引き付けている。

今は我慢の時だと防御主体で戦っていたら、念願の援軍が到着した。

クリスが風の精霊魔法でブラックベア一体を拘束すると、祝福を受けたルリカとセラが急襲した。

タイミングよく挑発を使って俺の方に意識を向けていたブラックベアは、左右から受けた攻撃でその命を散らした。これで残り一体。

ただ俺たちが最後の一体に意識を向けるよりも早く、生き残ったブラックベアは近くの木に体当たりを喰《く》らわすと、折れたその木を俺たち目掛けて投げてきた。

しかしそれは大きく逸《そ》れて……

「ミア、危ない。避けて！」

クリスの悲鳴に似た叫び声が聞こえた。

見れば投じられた木がミアの方へと向かっている。木が大きいから避けられない。

俺は考えるよりも先に転移でミアの前に飛び、盾を構えたと同時に盾に木が激突した。

その衝撃の強さに体が仰《の》け反《ぞ》りそうになったが、どうにか体に力を入れて踏み止《とど》まった。

盾越しに受けた衝撃の強さに腕が痺《しび》れ、思わず安堵《あんど》の吐息が出た。

これがミアに直撃していたらと思うと背筋が冷たくなった。

「大丈夫か？」

背中越しにミアの息遣いを感じながら尋ねたら、

「うん、ありがとう」

という声が返ってきた。

その声を聞き再び安堵のため息が出た。

「ごめん、逃げられた」

けどその隙に、ブラックベアは戦線を離脱してしまった。

その判断力の良さに舌を巻く。魔物の多くは好戦的で、一度戦いが始まると退《ひ》かないものが多いが、たまに劣勢になると逃げる個体がいる。

ルリカたちもクリスの声で短い時間だがブラックベアから目を離したようで、視線を戻した時にはその場から消えていたそうだ。

すぐに探索スキルを使ったけど、既に追うことが出来ないほど距離が離れていた。

「それでどうするの？」

「追おう。ブラックボアと同じような感じだったし、確実に仕留めないと呪いが伝染するかもしれない」

ミアの問い掛けに俺は間髪いれずに答えた。

それに自然発生したのか、それとも別の原因があるかを調査したい。

「シエル、もしかしたらまた力を借りるかもしれない。その時は頼んだぞ」

ルフレ竜王国では、呪いで汚染された場所にシエルが俺たちを導いてくれた。

MAPで魔物は追えるけど、汚染された場所は俺では分からないからな。

俺の言葉にシエルは任せろとでもいうように、耳を大きく振って応えた。

ならその前にすることがある。

逃げたブラックベアを追いかけた場合、祭祀《さいし》に間に合わなくなるかもしれない。

だから俺は影に手紙を持たせると、それをリーノに渡すように指示を出した。

◇◇◇

ブラックベアの追跡は、MAPに反応が表示されたから楽に行うことが出来た。

そうして俺たちが辿《たど》り着《つ》いたのは、山の中にある洞窟《どうくつ》だった。

ゴツゴツとした大きな岩が、まるで洞窟の入り口を隠すようにいくつも転がっていた。

洞窟内は暗く、光魔法で照らしながら進んだ。明るくなった洞窟内を見渡すと、予想以上に狭く感じる。あの体格のブラックベアでは行動が制限されそうだ。

ただ俺たちの方にもデメリットがあって、二人並ぶことは出来るけど武器を振り回すのは難しそうだ。

「主」

「ああ」

二〇分ほど歩いたところで、ヒカリが小声で言ってきた。

ゆるやかに曲がっているせいで姿は見えないが、あの先にブラックベアの反応がある。

「主、注意を引いて。背後に回る！」

そしてそんなことを言ってきた。

「どうやって？」

と尋ねたら、

「任せる！」

と自信満々に言ってきた。

心配ではあるが背後に回って挟撃出来たら楽に倒せるかもしれない。

洞窟の強度も分からないし、下手に長引いて暴れられて、落盤なんてことになったらその方が怖い。

「ミア、ヒカリに祝福を頼む。それとここは狭いから俺たち二人で戦う。少し離れてもらっていいか？」

ここで一番注意すべきはあの体格を使った体当たりだ。

耐えられるとは思うが、受け止められなかった場合は背後にいる彼女たちにも被害が及ぶ。

「ソラ、ヒカリちゃん、無理はしないでね」

ミアから祝福をもらい、俺たちは先行して進む。

「ヒカリ、いいか？」

ヒカリがコクリと頷《うなず》くのを見て俺は一歩踏み出した。

すると視界にはブラックベアが映り、体勢を低くして……前脚をついていた。

俺が気付くと同時に突進してきたから俺は腰を低くして盾を構えた。

大して助走もついてないにもかかわらず、その体当たりは強い衝撃をもたらした。大木を受け止めた時の比ではない。

勢いで二メートルほど押されたが、それでもどうにか耐えることが出来た。もっと勢いがあったらブラックベアと壁に挟まれていたかもしれない。

するとその時俺の横を風が抜けていった。

その風を追って俺は目を瞬かせた。

「嘘……」

と思わず呟《つぶや》いていた。

ヒカリが壁を走っていた。まるでアニメやＣＧ映像を見ているようだ。

ヒカリは壁を伝ってブラックベアの背後に回り込むと、上体を起こして俺に攻撃を仕掛けようとしたブラックベアに跳び掛かり、首元深くにミスリルの短剣を突き刺した。

俺は前に倒れてくるブラックベアを避けると、

「上手《うま》くいった」

と先程までブラックベアのいた場所に立ち、満足そうに頷くヒカリと目が合った。

ブラックベアを倒したあと、確認のため気配察知を使ったが他に反応はなかった。

「シエル？」

けどシエルは洞窟の奥が気になるのか、宙に浮いたまま奥の方をジッと見ている。

「何か気になることがあるのか？」

俺が尋ねるとシエルはコクリと頷いた。

俺たちは顔を見合わせ、奥に行くことにした。

シエルが気になっている以上、何かあると考えた方がいい。

そう思い進んだ先には、目を背けたくなる光景が広がっていた。

「何これ……」

ミアが口を押さえ、顔を顰《しか》めた。

洞窟の最奥は広場になっていて、そこには無数の魔物の遺体が転がっていた。原形の分からない肉片も飛び散っている。

血と腐敗の臭いでえずきそうになったがどうにか耐えた。

このままだと辛いから風魔法を使って臭いを上空に吹き上げると、風の層を作って臭いが下に落ちてこないようにした。

これで臭いはどうにかなったけど、凄惨《せいさん》な光景は変わらない。

悪臭は尚《なお》も死体から発せられているから、時間が経《た》てばまた臭いが充満するだろう。

「ソラ、あそこから強い魔力を感じます」

クリスが指差したのは、死体が幾重にも重なった一角だ。

俺が魔力察知を使って確認すれば、確かに強い魔力の気配を感じた。

「ミア、とりあえずこの空間を浄化してもらっていいか？」

さすがにこれをアイテムボックスに収納しようとは思えなかった。

そのままにするとアンデッドになるかもしれないから最終的には燃やすなりする必要があるが、それはここを出る時だ。

ミアが聖域を展開してくれている間に、俺たちは魔力の発生源を調べることにした。

魔物の死体を一体一体どけていくと、一番下から出てきたのは拳《こぶし》大の漆黒の水晶だった。

「痛い」

水晶に手を伸ばしたヒカリが、小さな悲鳴を上げた。

「大丈夫か？」

俺が心配すると、ヒカリは目尻《めじり》に涙を溜《た》めながら小さく頷いた。

「皆さん、下がってください。良くないものを感じます」

クリスの言葉に、一端距離を取ったが俺とミア以外の四人は水晶から目を離さない。

言った本人であるクリスでさえも、距離こそ取ったのに水晶に目を向けたままだ。顔を振って視線を外すのに、すぐに視線が戻ってしまう。

おかしいと思いヒカリをよく見ると、額にじんわりと脂汗が浮かんでいた。

「辛いのか？」

と尋ねながらヒカリのことを鑑定すると、

【名前「ヒカリ」 職業「特殊奴隷」 Lv「50」 種族「人間」 状態「魅了・呪い」】


となっていた。

ミア以外の三人も確認すると状態が魅了になっていた。呪いとなっていないのは、水晶を触ったのがヒカリだけだからだろう。

俺とミアが四人にリカバリーを唱えると、水晶からやっと目が離せて、ほっとしたようにため息を吐《つ》いていた。

「ミア、あれを浄化出来るか?」

俺が四人の状態を説明すると、

「……やってみるね」

と答えて、距離を保ちながら水晶を中心に聖域を展開し、そこに祝福も追加した。

眩《まばゆ》い光に包まれて、祝福の光が水晶に降り注ぐ。

水晶は光の中に消えていったが、一際大きな魔力の高まりを感じた次の瞬間、光は掻《か》き消えた。

ミアはもう一度試みたが結果は変わらない。

それどころか水晶から感じる魔力は益々強くなり、地面が黒く染まり周囲にあった魔物の死体を呑《の》み込んでいく。

魔物を呑み込んだ黒い染みはさらに拡大していく。

ミアが聖域を再び展開して俺たちを囲んでくれなかったら危なかったかもしれない。

けど安心は出来ない。

今や広場で黒く染まっていない場所は俺たちの周り以外殆《ほとん》どない。

このまま水晶の魔力が高まり続けるのか、それが収まるのかは分からない。

＊＊＊

【隷呪の魔石】


こんなことなら先に鑑定しておけば良かったと思ったのに結果はこれだった。解析も使ったのに分かったのは名前だけだ。

「とりあえず試したいことがあるんだ。ミア、力を貸して欲しい」

待つだけでは駄目だと思い、俺はミアに祝福をお願いした。これで呪いは防げる。

手に持つミスリルには魔力を流し、光魔法の付与は……祝福と同じように反発して水晶の力が強まるかもしれないのでやめておいた。

魔力を流した武器の一撃ならセラの方が上かもだが、セラでは隷呪の魔石に近付くことが難しい。

だけど俺なら転移で飛べるし、あの黒い領域の中でも状態異常耐性があるから祝福の効果が消えても耐えることが出来る。失敗したら転移で戻ってくればいいし、それに魅了も防ぐことが出来る。

俺は転移で飛ぶと地面に降り立った。

黒い染みが俺の体に纏《まと》わりつくように伸びてきたが祝福がそれを防いでくれる。

俺はその隙に上段からミスリルの剣を振り下ろした。

剣技のソードスラッシュを上乗せした渾身《こんしん》の一撃だ。

それなのに手に受けた衝撃は硬い、の一言に尽きる。

剣は弾《はじ》き返されて手は痺《しび》れ、祝福の効果が切れると体が重くなってきた。

何だこれ。下手したら竜王の鱗《うろこ》並、それ以上に硬いぞ。

俺は変換を使ってSPをMPに変えると転移で聖域の範囲内に戻った。

「リカバリー」

俺の様子を見たミアがすかさずリカバリーをかけてくれたから、気怠《けだる》さが抜けた。

「あれは今の俺じゃ壊せそうもないな」

「ソラが無理ならボクでも無理さ」

「……けど、水晶から感じる魔力は弱まっています」

「そうね。見てよ。さっきまで広がっていた黒い染みが止まっている。ううん、むしろ範囲が狭まっているよ」

改めて地面を注意して見ると、ルリカの言っていた通りだった。

これは時間が経てば元に戻るのか？

それとも衝撃を与えればそれが早まるとか？

「少し様子を見た方がいいかもね。下手に手を出すのは危険かもしれないし」

それはルリカの言う通りだが、

「……ミアは大丈夫か？」

と聖域を展開して魔法を使い続けているミアに尋ねた。

「マナポーションもあるし大丈夫よ。あ、ただ聖水を周囲に撒《ま》いてもらっていい？　そうすれば必要な魔力を抑えられるから負担も少なくなると思う」

俺はミアに従いアイテムボックスから聖水を何本か取り出すと周囲に撒いた。

俺が聖域を使えたら手伝うことが出来るのに、残念ながら俺が使える神聖魔法はヒールとリカバリーの二種類だけだからな。

シエルも今回ばかりは何も出来ないようで、しょんぼりしてヒカリの肩に乗っている。


一時間が経過した。

ミアが肩で息をしながら座り込んでいる。

地面に広がっていた黒い範囲は既に広場の半分ほどに減っている。

そのため聖域がなくてもどうにか留《とど》まることが出来ている。

あれから俺も二回ほど隷呪の魔石を叩《たた》いたが、それは三〇分経っても大して黒い範囲が縮小されなかったからだ。

「勢いが弱まっても傷一つ付かず、か……」

最初の一撃ほどの反動はなかったが、それでも硬かった。

ただそのお陰でミアが聖域を使わなくても良くなったんだよな。

「けどあれ、どうしましょうか？」

問題はそこだ。

クリスも隷呪の魔石をそのまま放置するのは危険だと思っている。

破壊出来たら一番だけど、今の俺たちの装備では難しそうだ。

なら洞窟《どうくつ》を埋めてしまえばどうかだが、問題はこの隷呪の魔石が元々何処《どこ》にあったかだ。

魔物が何処かから見つけて運んだならまだいい。けどこれが人為的に用意されて、ここに運ばれたというなら話は別だ。

洞窟を埋めただけでは掘り起こされる可能性がある。

俺がそう思ったのは、やはり奴隷紋のことがあったからだろう。

考え過ぎかもしれないが……いや、どちらにしろ隷呪の魔石が危険なものであることには変わりないか。

また、あれが活性化した原因が何かだ。ただ単に魔法に反応したのか、それとも神聖魔法に反応したのかが分からない。

いや、今からでも魔法を一つ撃ち込めば確かめることは可能だけど怖くて出来ない。

「いっそ隔離するか……」

「隔離ですか?」

俺の呟きに、クリスが反応した。

「ああ、アイテムボックスに収納したらどうかと思ってさ」

手で触れると呪いにかかるかもしれないが、それは我慢すればいいだけだ。

問題はアイテムボックスに不具合が出ないか、だな。

未知なものだし、中に入っているものが汚染されたら目も当てられない。

特に食品関係が駄目になったらヒカリとシエルは悲しむ。最悪一人と一匹が寝込む可能性だってある。

「……ソラのスキルで、攻撃を防ぐ魔法がありましたよね？　あれを使って封じ込めるというか、閉じ込めたり出来ませんか？」

普通、シールドは外からの攻撃を防ぐために使うが、それを逆にするような感じか？

イメージ的には隷呪の魔石をシールドで囲って、内側に閉じ込めるというところか。

アイテムボックスの効果を付与したアイテム袋を作製して、さらにそれにシールドを付与すればいけるか？

あと実験としてアイテム袋を二つ作って、一つは隷呪の魔石を入れるためのものに、もう一つは隷呪の魔石を入れたアイテム袋を入れるアイテム袋を作って、そこに食料品や素材を一緒に入れて汚染されるかを確認してみるか？

俺は思い付いたら早速アイテム袋を二つ作ると、それぞれにシールドを付与した。

そして転移で隷呪の魔石の傍らに飛ぶと、それを拾い上げてアイテム袋の中に放り込んだ。


洞窟を出ると、俺は土魔法を使って洞窟内を完全に埋めた。

魔物の死体は隷呪の魔石の起こした黒い染みが全て呑み込んでしまったため処理する手間は省けたが、死体を吸収したことで隷呪の魔石の効果範囲が広がったかもしれないと思うと、先に死体を処理してから隷呪の魔石を調査するべきだったと後悔を覚えた。

もっとも洞窟内の魔物を火で焼くのは危険だからやらないのが普通だから、後回しにしたのは仕方ない。

「どうする？　少し休むか？」

ブラックベアを追いかけて、この洞窟まで夜通し休まず移動していた。

さすがに洞窟に入る前には交代で休んだが、洞窟内の一件で疲労が色濃く見えている。なかでもミアが一番辛《つら》そうだ。俺は洞窟から出る間にすっかり回復して元気だったけど。

俺たちは洞窟から離れた場所に移動すると、食事をしながら休むことにした。

「ミア、辛かったら寝ててもいいからな」

「そうね。ミアは休みなよ」

「けど寝過ごしちゃうかもしれないし……」

「大丈夫、大丈夫。そうなったらソラが背負ってくれるし。もちろん変なところを触らないようにしっかり私たちが見ておくからさ」

ルリカが冗談交じりに言っている。冗談だよね？　俺はそんなことしないよ！

ただ食事を済ませるとすぐにミアは眠ってしまったのを見ると、やはり疲れていたのだろう。

俺たちは洞窟でのことをはじめ、他愛《たわい》もないことを話しながら体を休めていたが、俺はヒカリが会話に入らず、ずっと黙っていることに気付いた。

「疲れたならヒカリも一眠りしたらどうだ？」

「……大丈夫」

声に元気がないし、大丈夫のように見えない。

シエルも気になったのか、落ち着きなくヒカリを見上げている。

「……何も出来なかった、から」

ヒカリはミアを見ながら肩を落として言った。

「ヒカリちゃん、それは違うよ。それを言ったら私だって何も出来なかったし」

「ボクだってそうさ」

ヒカリが何を気にしているのか察したルリカとセラが慰めている。

ヒカリも励まされて元気が出たのか、少しだけ顔が明るくなった。あくまで少しだけだ。

「まだ何かあるのか？」

「……うん。熊、食べられないのは残念」

ヒカリはコクリと頷《うなず》くとぼそりと呟《つぶや》いた。

「熊？　ビッグベアのことか？」

「うん。ボアの時と一緒だから」

そこまで聞いてヒカリの言いたいことが俺にも分かった。

確かに最初にビッグボアを討伐した時は、変異種のブラックボアから何らかの影響を受けて危険かもしれないということでそのまま処分した。

その時ヒカリとシエルが非情に残念がっていたことを思い出した。

ビッグベアは食べたことのない魔物だ。

肉好きのヒカリとしては食べてみたいと思っていたのかもしれない。

俺としても未知の食材だから気になってはいた。

特に上位種となると通常よりも美味《おい》しい可能性は高い。

「そのことだがヒカリ。森で倒して回収したビッグベアとレッドベアだが、素材は駄目になってないし、肉も食べられるぞ」

以前の俺だったらさすがに危険だと判断して処分したと思うが、解析スキルを覚えたことで死体でも詳しく状態を知ることが出来るようになった。

俺は解析結果から汚染されていないことを説明すると、ヒカリは口元を綻《ほころ》ばせた。

「本当？」

「ああ。すぐには無理だけど、時間がある時にまた解体しような」

それを聞いてヒカリは安心したのか、ミアに寄り添うように眠ってしまった。それにシエルも続いた。

その安心しきった寝顔を見て、残された俺たち四人は顔を見合わせて笑った。

ヒカリらしいといえばヒカリらしいけど、やっぱ元気なのが一番だからね。


森を抜け、そろそろ遺跡のある場所に到着するというところで、リーノの姿が見えた。その傍らには影とエクスも控えている。

「あ、ルリカさん。それにソラ君も」

リーノは俺たちを認めると、声を上げながら手を振ってきた。

影とエクスが近寄ってきたため、ゴーレムコアに戻して回収した。

「良かった、無事戻ってきてくれて。それと手紙もありがとうございました。皆さんのおかげでフィスイの実も収穫出来たので、予定通り祭祀《さいし》を行うことが出来ます。もうすぐ始まるので皆さんも是非参加していってください」

リーノに連れられて遺跡の前まで移動すると、そこには多くの人たちが集まっていた。

既に俺たちが魔物を討伐したことが伝わっていたのか、感謝の言葉を告げる人が多い。特に年配の人ほど感謝の度合いが強い。

俺たちが思っていた以上に、この祭祀は町の人にとって大事なものなのかもしれない。いや、ギルドの受付の人だってあの熱量なんだから、やはりエルフ信仰が強いんだろうな。

だからこそ祭祀で使うフィスイの実が収穫出来なくて困っていたのだろう。

お礼を言ってくる人の中には、町中を見て回っていた時に会った農作業していた人の姿もあった。

祭祀はリーノの開始の挨拶《あいさつ》と共に遺跡の扉が開けられて、厳かな雰囲気のなか行われた。

白いワンピースのような服に身を包んだ六人の女性が扉の前で舞う。その後、フィスイの実をはじめ、収穫された野菜類を載せた器を持った着飾った六人の男女が遺跡の中に入っていく。

六人が中に入ると薄暗かった遺跡内に灯りが灯《とも》り、祭壇の前に器を置いて祈りを捧《ささ》げている。

それが終わると町の人たちが順番に遺跡の中に入っていき、祭壇の前で静かに祈りを捧げる者や、感謝の言葉を口にする者が続いた。

「ソラ君たちもどうぞ」

その列に、俺たちも並んでいいとリーノは言った。

それを聞いていた周囲の人たちから反対の声が上がらなかったから、俺たちは列の最後尾に並び順番を待った。

列はゆっくりと進んでいき、俺たちもついに遺跡の中に足を踏み入れた。

遺跡の中は中央に祭壇があるだけのシンプルな造りだった。

壁の方に視線を向ければ、確かに耳の長い人……エルフが描かれた壁画がある。

壁画には色々な場面が描かれていて、エルフに頭を下げているような人種《ひとしゅ》の姿もある。エルフの周りに浮かぶ光のようなものは、もしかして精霊を表しているのかな？

他にもエルフが植物に杖《つえ》を翳《かざ》しているような描写もある。

たぶん耳が長い人がエルフだと判断されたのは、比較対象として人種の姿があったからだと思う。

俺たちも前の人に倣って祭壇の前で膝《ひざ》を突き祈る。

感覚的には神社仏閣で行う神頼みみたいなものだろうか？　けどあれは願いが叶《かな》ったらお礼として言うんだったか？

俺は心の中で『無事エリスが見つかりますように』と『黒い森で新たな発見がありますように』と呟いた……二つは欲張り過ぎたかな？

祈りを捧げて顔を上げると、シエルが祭壇の近くに浮かんでいた。

その目はフィスイの実に釘付《くぎづ》けになっている。

『シエル、それは食べちゃ駄目なものだからな』

俺が注意すれば、何かあたふたしているけど、もしかして食べようとしていたのか？

全ての人が祈りを捧げ終わると、ここからは宴会が始まった。

飲めや歌えで騒がしくなり、先程までの厳かな雰囲気は一気に吹き飛んだ。

リーノは俺たちの席を中央近くに用意してくれていたけど、それはさすがに断った。

町の人たちは、

「祭祀が無事行えたのはあんたらのお陰なんだから遠慮しないで」

なんて優しい言葉を掛けてくれたけど、目立つ場所にいるとシエルが食事を摂《と》ることが出来ないからね。

祭祀で振る舞われた料理は、野菜や果実中心で肉料理は少なかった。

森の中には野生の動物も生息しているけど、町で狩りをする人が少ないのも影響しているそうだ。

「肉は野菜を売ったお金で買えばいいしな」

というのが大多数の意見だそうだ。

魔物じゃないとはいえ、野生の動物だって油断ならない相手だしね。

俺は町の人たちの楽し気な様子を眺めながら町自慢の料理に舌鼓を打つ。

今ここにいる人たちは二〇〇人近くいるが、残りは町の方に残って騒いでいるそうだ。こちらへの参加は交代制で回っているとリーノは言っていた。

遺跡の周りは確かに開けているけど、これ以上の人が集まるとさすがに窮屈になるだろうしね。

今回祭祀に参加した人の中にはサイフォンたちのことを知っている人もいたようで、リーノから近況を聞いた人たちが尋ねてきた。

「本当だったのか」「サイフォン……勇者だな」「ユーノちゃん、願いが叶って良かったね」「前町長には秘密だな」

と話を聞いた人たちは口々に呟いていた。

多くの人たちがサイフォンたちのことを知るとユーノの父親の耳に入るのではと思ったけど、その心配はなさそうだ。

最終的に祭祀は夜まで続き、参加した子供たちが寝静まる頃にお開きとなった。

◇◇◇

昨夜は町に戻らずそのまま祭祀に参加したため、翌朝ギルドの方に顔を出した。

「ビッグベアが十二体。それに上位種のレッドベアが三体に……変異種が二体？」

ルリカの報告を受けて魔物を確認した受付のお姉さんは顔を引き攣《つ》らせていた。

話し合いの結果、全ての魔石とビッグベア三体とレッドベア一体以外は全て売ることになった。

本当はもう少し残したかったけど、町の肉事情を知ってしまったため拒否することが出来なかった。

「解体場所を借りたいのですがいいですか？」

肉を多く譲ったせいか、二つ返事で許可が下りた。

俺たちは早速血抜きの準備を始め、血抜きをしている間に買い物を済ませた。

町の人たちは魔物を討伐したことを知っていたようで、野菜や果実、お酒と色々買ったけど、どの店でも感謝の言葉と共に値引きしてくれた。

その後ギルドに戻れば一体のビッグベアの血抜きが終わっていたから、俺たちはクリスの指示に従って解体を始めた。

ビッグベアの毛皮の手触りは少し硬くてゴワゴワしているから寝具などで使うには適していないが、創造や錬金術の素材としていつか利用出来るかもしれないと思い取っておいてもらったのだ。

「主、すぐ食べられる？」

一体目の解体が終わったヒカリが、血で濡《ぬ》れた手で額の汗を拭《ぬぐ》っている。

そんなことをするから額が血まみれだ。

俺は洗浄魔法で綺麗《きれい》にしてあげると、

「そうだな。宿に持っていって料理出来るか聞いてみるか？」

と言えば嬉《うれ》しそうに頷いていた。

解体の様子を見守っていたシエルも小躍りしている。

この日は結局そのままギルドの倉庫に籠《こも》り、残り三体の解体を終わらせた。

途中でヒカリが宿に肉を届けて夕食の料理で使ってくれないか頼んだお陰で、その日の夕食にはビッグベアの肉が並び、ヒカリは美味しそうに頬張っていた。

あ、食堂には俺たちしか客がいなかったこともあって、シエルも宿の人から隠れながらビッグベアの肉を無事食べることが出来たと言っておこう。


この日の夜。俺は寝る前に隷呪の魔石の確認をすることにした。

アイテム袋から出しても隷呪の魔石に変化はない。取り出すと相変わらず皆の視線を集めたため、部屋の隅に移動した。

「魔力は安定しているけど、手に持つと気怠《けだる》さを少し感じるな」

ステータスを見れば呪い状態になっている。

俺はアイテム袋に隷呪の魔石を戻すと、もう一つのアイテム袋からウルフの肉や薬草類、素材など、入れていた物を取り出して鑑定していく。

その結果分かったことは、隷呪の魔石の影響は受けていないということだ。

まだ数日しか経《た》っていないから、もう少し様子を見る必要はあるけど一先ず安心した。

「それじゃ今日は休もう。明日は一日体を休めて、出発は明後日だな」

何だかんだ忙しく動いていたから休息は必要だし、俺も町の中をもう少し見て回りたいからね。

今日はヒカリはミアと、シエルはルリカと一緒に寝るようで、部屋の灯りを消す前にそれぞれ移動していた。

俺もベッドに横になると、寝る前にステータスの確認をする。

名前「藤宮そら」　職業「魔導士」　種族「異世界人」　レベルなし
ＨＰ640／640　ＭＰ640／640（＋200）　ＳＰ640／640
筋力…630（＋０）　体力…630（＋０）　素早…630（＋０）
魔力…630（＋200）　器用…630（＋０）　幸運…630（＋０）

スキル「ウォーキングＬｖ63」
効果「どんなに歩いても疲れない（一歩歩くごとに経験値１＋α取得）」
経験値カウンター　２３０２２３／１７５００００
前回確認した時点からの歩数【８４４６４１歩】＋経験値ボーナス【９００５３７】
スキルポイント　２

成長したスキル
【状態異常耐性Lv9】【変化Lv3】
（上位スキル）
【光魔法Lv5】【時空魔法Lv4】

特筆すべきは状態異常耐性のレベルが上がったところか……。

もしかして隷呪の魔石。状態異常耐性を上げるのに役立てることが出来るかも？　あ、けど魅了の効果を周囲に振り撒《ふま》くからそれは危険か。

そしてウォーキングスキルのレベルが上がっているからスキルポイントが2になっている。

討伐依頼を受けたりと、旅の予定が当初よりも遅れている。いついつまでに何処《どこ》に行くと決めているわけではないけど、時間を短縮出来るところでは短縮した方がいいだろう。

そうなると馬車で移動するのが一番だけど、速度を上げ過ぎたり、道の状態によっては使えない。

そのなかで一番問題になっているのは振動だ。馬車酔いを起こす人もいるし、馬車の耐久力の問題もある。一応頑丈に作ってはあるけど。

だから今回習得するスキルを選ぶ際に注目したのは、衝撃を吸収するという効果だ。

例えば馬車に吸収を付与して衝撃を和らげることで、凸凹《でこぼこ》道でも快適に移動出来るのではと考えた。あの森の中の道もこれで通れるかもしれない。

あとはこのスキル、盾などに付与して防御力を上げられるかもしれないとも思ったのだ。ブラックベアの攻撃が強烈だったからね。

これが上手《うま》くいって整備のされていない悪路を馬車で移動出来るようになれば、仲間の体力を温存することに繋《つな》がるし、馬車の速度を上げることが出来れば時間短縮にもなる。

それに移動時間が短縮出来ればその分、散策に使える時間も増えるはずだ。素早く森の手前まで馬車で移動して、薬草採取や果物探しとかね。

もっともこの世界には馬車で移動出来ない場所もまだたくさんあるからな。特に森の中の村や、町から遠く離れた僻地《へきち》にある村とか。そういうところこそ未知の発見が多かったりする。ベーコンとの出会いもそうだった。

NEW
【吸収Lv1】

必要スキルポイントは2。

衝撃を吸収する以外にも、生命力や魔力を吸収することが出来るみたいだ。なんか吸血鬼みたいなスキルだな。

魔力を吸収とか、もしかして魔法を吸収することも出来るのかな?

明日は町を見て回りながら遺跡を目指して、森の中で馬車の改造をしてみよう。

そして明後日にはフラーメンに向けて出発だ。

閑話・2

「例の変異種が討伐された」

「……それは……本当か？」

俺の言葉に仲間の一人が大きく目を見開いた。

分からなくもない。俺だって最初にそれを聞いた時は驚いた。

確か鑑定のスキルを持っていたあいつの話だと、魔物のレベルは60を超えていたはずだ。

しかも変異種となっているから通常の同レベル帯の魔物よりも強化されている。

今、手の空いているBランク以上の冒険者はこの国にはいないはずだ。例の新しく発見された遺跡の影響で、皆出払っている。

共和国内にあるダンジョンの町にはいるかもだが、ダンジョンで生計を立てている奴《やつ》は、高ランクになるほどダンジョンから離れなくなるからな。

俺たちもその新しい遺跡は気になるが、今は手を出すことが出来ない。高ランク冒険者だけでなく、兵士による厳重な警備体制が敷かれているからだ。

しかし、あの帝国の駄犬たちは大いに役に立ってくれたな。

あの嵐による混乱のお陰で、俺たちは自由に暗躍することが出来た。

まさか遺跡が発見されるとは思わなかったが……。

ただ水の枯渇は予想外だった。国からの指示通りだったら駄犬たちに渡した水晶を水源に投じることで、嵐の他に毒を含んだ水が流れる予定だったのにそれが不発に終わった。

もっとも魔物を変異種に変えるという例の水晶は、人知れず使うことが出来た。あの水晶は時間が経てば経つほど変異種の魔物を強化してくれるという話だった。

その話が事実なら、いずれはBランク、Aランク冒険者でも変異種を狩ることが出来なくなるかもしれない。

そう思っていた矢先の討伐されたという報告だ。

「……とりあえず例の水晶は一度回収すべきだな」

魔物が討伐された以上、別の場所で使って新たに変異種を生み出すのがいいだろう。あれは特別製で、他の一度きりの使い捨てとは違う。

またあいつらに渡したものと違って、一日、二日ですぐに効果は発揮されない。

「ああ、しかしまた山歩きか……」

「森を迂回《うかい》するルートにするか？」

「いや、目立たないのは山ルートだ。冒険者に扮《ふん》して山に入った方がいいだろう」

この国に所属する同業者たちは正直侮れない。

昔からこの国で活動していた者の話では、帝国との戦争を境に大きく変わったと言っていたな。

「ここだよな？」

俺はその言葉を呆然《ぼうぜん》と聞いていた。

確かにここだったはずだ。

けどそこに洞窟《どうくつ》は存在しなかった。

手分けして周囲を探索したがやはりない。

山崩れでもあって入り口が塞《ふさ》がった？

そんなことを考えるほど俺の頭は混乱していた。だって山崩れが起こったような痕跡《こんせき》などなかったのだから。

最初の場所に戻り注意深く探ったら、やはりここが件《くだん》の場所ということが分かった。完全に入り口が塞がれているが間違いない。

俺たちは入り口が埋まっているだけだと思い掘ってみた。

表面に近い場所は岩だったが、やがて土に変わった。

土の部分をさらに掘り進めたが、途中で手を止めた。

振り返れば一〇メートルほど進んだことが分かったが、土の層はまだ続く。

「魔法で洞窟を埋めた？」

思わず呟《つぶや》き、馬鹿な、と内心で否定した。

頭の中で洞窟の構造を思い出す。

一本道だが奥の広がった空間まではそれなりに距離があった。

通路だって大型の魔物が通れるぐらいには広かった。

それだけの空間を魔法で埋めるとなると、かなりの人数が必要になるはずだ。

特にこれは攻撃魔法では出来ない。土を出して埋めるという作業は生活魔法寄りの技術が必要だ。

もし俺がこの洞窟を埋めろと言われたら、何処かから土を運ぶ方法を素直に選ぶ。

「どうする？　まだ掘り進めるか？」

聞いてきた仲間も答えは分かっているのだろう。

俺たちに選択権はない。

これが自然によるものなら別だが、間違いなく人の手によるものだ。自然に埋まったなら、土だけでなく岩が交じっているはずだから。

ということはその何者かは奥まで進んだに違いない。

「……最悪のことを想定して別部隊に援軍を頼もう」

同じ国の者とはいえ、部隊が変われば競争相手《ライバル》だ。

それでも今回は手を借りるしかない。

水晶がこのまま洞窟の中に埋まっているなら問題ない。俺たちが回収すれば済むことだ。

しかしあれが持ち出されでもしていたら大変だ。詳細に調べられて出処《でどころ》が万が一バレたら、もう王国には戻れない。それどころか懲罰隊が手配されるかもしれない。

その前に取り返すなり処分するなりする必要がある。

そうなると洞窟を掘る者と、水晶を持ち出した可能性があるのは誰かを調べ上げ、監視する者が必要だ。一番可能性があるのは討伐依頼を受けた奴だろう。

俺たちはもろもろの準備をするため、一度国境都市ベルカへと戻ることにした。

第3章

俺たちはリーノをはじめ何人かの町の人たちに見送られてフィスイの町を出発した。

「そろそろいいかな？」

MAPを呼び出して周囲を確認したが人の反応はない。

俺は影を呼び出しアイテムボックスから馬車を取り出した。

「本当に乗るの？」

ルリカの腰が引けているのは、来る時に試した馬車の様子を思い出したからだろう。

どうもルリカは獣王国で乗った魔獣馬車の一件以来、激しく揺れたりする馬車がトラウマになっているみたいだ。

ルリカたちも昨日、吸収の魔法を馬車に付与しているのを見ていたが試運転は出来ていない。

一応盾に付与して、エクスとの模擬戦で吸収の効果は確かめてあるけど。

ただ吸収の付与は、同じ物に付与する場合はレベルが上がらないと上書き出来ないから、付与だけで熟練度を上げるとなると新しい対象物を用意しないといけないことも分かった。

「とりあえず俺が乗って試すよ。それを見て判断してくれて構わないからさ」

来る時に試したら揺れが酷《ひど》かっただけでなく、軋《きし》むような音が聞こえた。

吸収の効果が何処まであるか……。

俺が馬車の御者台に座ると、ヒカリとミアがそれぞれ左右に座ってきた。

「一人じゃ分からないでしょ？」

「主を信じる」

確かに他の人の意見も大事だ。

ヒカリ、信じてくれるのは嬉《うれ》しいけどもう少し慎重になろうな？

影に指示を出してゆっくり馬車を動かす。まずは歩く速度ぐらいだ。

馬車が動き出すと、ルリカたちも追うように歩き出した。

振動は……感じるけど街道の悪路を通る時に似ている。十分及第点だと思う。

速度を上げると多少振動が強くなったが、ヒカリとミアに尋ねたら問題ないとのことだ。

試運転が終わりルリカにも確かめてもらったが「うん、これなら大丈夫」と安心してもらえたため、ここからは馬車を利用して進むことになった。


「それじゃスゥは素通りして、そのままフラーメンに向かえばいいんだよな？」

俺は手綱を引きながらルリカたちに尋ねた。

前回スゥの町に寄った時は滞在したのは一日だけだったが、買い物は済ませてある。買い物といっても屋台の料理とかなんだけど。

「人も多いみたいですし、宿が取れるかも分からないですからね」

クリスの視線の先には、町に入ろうとする人や馬車が長蛇の列を作っていた。

俺は右に進むように影に指示を出した。もちろん影の外見は変化によって馬になっている。

途中湖だった窪地が視界に入ってきたが、前回見た時よりも水が減っていて、底が見える範囲が増えているように見えた。

「心配ですね」

クリスも湖の状態を見て険しい表情を浮かべていた。

スゥからフラーメンまでは二日かかった。フィスイからだと四日だ。

馬車の速度は変に目立たないように周囲の馬車と同じ速度で走らせていたが、ゴーレム馬車は疲れ知らずだから夜も走らせることが出来る。

そのため予定よりも早くフラーメンの近くまで来ることが出来た。

ただフラーメン近くになったら馬車をアイテムボックスに収納して歩いた。

歩いていると多くの馬車が追い越していったが、やはり木材を運ぶ馬車が圧倒的に多かった。

荷台も普通の馬車よりも長く、馬力がいるのか馬車を牽《ひ》く馬の数も四頭と多かった。

「んー、これで退屈な時間も終わるね」

ミアが大きく伸びをしながら言った。

スゥからフラーメンへの街道は、ちょうど平原の真ん中を突っ切るように通っているから見晴らしがいい。

馬車の中だとやれることも限られるからね。向こうの世界と違って時間潰《じかんつぶ》しのための遊び道具なんてないし。歩いて進む時には不要だったんだけどね。

ミアは退屈しのぎに裁縫をやろうとしたけど、酔ったためやめていた。

「あれがフラーメンか……」

見えてきたのは木組みの防壁だった。村や小さな町なら分かるがここは首都だ。

火魔法で簡単に燃やされるのではないかと思ったら、

「あれは燃えない木を使っているそうです。強度もあるので簡単に破壊も出来ません」

とクリスが教えてくれた。

どんな木かはクリスも詳しく知らないというが、昔モリガンから教わったそうだ。

モリガンはクリスたちの育ての親であり、色々なことを教えてくれた先生でもある。

防壁が木で作られているお陰か、他の町と比べると温かみを感じた。

「フラーメンには二、三日滞在して、それからナハルに行く感じか？」

フラーメンはエルド共和国の首都ということで他の町と比べても広い。国の中央に位置しているから、東西南北から色々な人、物が集まるという特徴もある。

東に行けばルリカたちの第二の故郷であるナハルがあり、北に向かえばマルガリという町があり、さらにその先にアルコニトの町がある。そこが帝国と接している最北端の町だ。

西に進むと今通ってきたような平原が広がり、フリーレン聖王国と接した場所に国境都市サルジュがある。

この国境都市サルジュを北側に進むと岩山に囲まれた町があり、そこにはこの国唯一のダンジョンがあるという。

ただここのダンジョンは共和国と聖王国が共有で管理しているらしい。

ダンジョンは色々な恩恵をもたらしてくれるから、互いの国境近くにあるということで争いの種にならないように取り決められたそうだ。

ちなみにこのダンジョンは既に最下層まで攻略済みだという。

マジョリカのマギアス魔法学園で司書をしていたセリスがダンジョンを攻略したことがあると言っていたけど、ここがそうだったりするのかな？

町の名前はベルクというが、皆、岩山の町と呼ぶそうだ。

「向こうには何があるんだ」

俺は入場を待つ列に並びながら、北西の方角に見えるものを指差してクリスに尋ねた。

距離はかなりあるけど、見晴らしがいいから辛《かろ》うじて小さく見えていた。山に黒い何か？

ここから見えるということはかなり大きい？

「向こうにあるのはバルトの町ですね。あの先に峡谷があって帝国に繋《つな》がっています。先の戦争で帝国はあの谷を通って侵攻してきたので、戦争後に新しく作られた町の一つなんです」

クリスたちがこの国を出る時は町づくりが始まったばかりで何もなかったそうだ。

「城塞《じょうさい》都市バルトは圧巻だぞ。まだ完全に完成はしてないみたいだが、あれが完成すればもう帝国の新兵器に怯《おび》える必要もないってわけだ」

俺がクリスから話を聞いていたら、突然前に並んでいた人が振り返り話し掛けてきた。

その人は商人で、何度か取引でバルトに行ったことがあるそうだ。

鉄で出来た大きな門に、強固な防壁に囲まれた城塞は、何人《なんぴと》もこの地に通さないと声高に言った。

その後も「凄《すご》い、圧巻」と繰り返し言葉を発し、手振り身振りを交えて興奮してバルトのことを褒《ほ》め称《たた》えていた。

その様子に大袈裟《おおげさ》だなと思ったが、口に出すことはしなかった。

ただ新兵器という単語が気になりどんなものか尋ねたら、大きな筒から鉄球を飛ばす武器だと教えてくれた。

一瞬大砲？　と思ったが、話を聞く限り鉄球は衝撃で標的を壊すタイプで、爆発するようなことはないみたいだった。

これは先の戦争で初めて帝国が使った武器で、いくつもの村や町がその被害に遭ったらしい。

その後も男の話は続き、結局入場するまでの間話を聞くことになった。

別れる時に仲間の商人から、

「うるさくて悪かったな。けど仕方ないんだ。あれを直《じか》に見たら兄ちゃんたちもきっとこうなる」

と是非足を運んでみてくれと言われた。

そんな強く言われたら気になるじゃないか……エリスを探す旅が終わったら絶対行こう。

◇◇◇

「ヒカリ、どうした？」

フラーメンに入場して宿を探していると、ヒカリの様子がおかしいことに気付いた。

「……見られてる」

その一言に体が反応しそうになって、ギリギリのところで堪《こら》えた。

ヒカリの言葉通りなら、変な動きを見せると相手にも伝わってしまうからな。

「それは本当か？」

「……うん。嫌な感じする」

俺は神経を尖《とが》らせて周囲を探ったが、人も多くて残念ながら分からなかった。

ここは共和国の首都だし、保護対象としてクリスたちが見られている可能性もある。

そしてこの件に関しては、ヒカリ以外の四人も分からないようだった。

「とりあえず宿を探しましょう。話はそれからね」

ルリカの言葉に従い、俺たちは引き続き宿を探した。

今回は選ぶ条件として、風呂《ふろ》があるところを探した。

「昔だったらクリスの洗浄魔法で済ませたんだけどね」

「仕方ないさ。風呂は気持ちいいさ」

「うん、本当にそう。それに疲れている時は、ゆっくり浸《つ》かりたくなるよね」

セラの言葉を受けて、ミアも賛成に回っていた。

宿によっては風呂のないところもあるからな。特に安宿には高い確率でない。お湯をもらって体を拭《ふ》くしかないが、それも有料だったりする。

結局何軒か宿を回ったけど、部屋が空いてなかったり料金が高かったりとなかなか決まらなかったため、街中を散策しながら商業ギルドを訪れて、そこでお勧めの宿を紹介してもらった。

「あー、気持ち良かった」

一足先に部屋に戻って休んでいたら、ミアたちが風呂から戻ってきた。

ここは大浴場のある宿にもかかわらず料金は安い。何故《なぜ》かというと街の中心から離れているのと、外観が結構ボロボロで見栄えが悪いからだ。

商業ギルドの人が言うには、知る人ぞ知る穴場スポットらしい。実際中に入って驚いた。外とのギャップが凄い。外観を整えるだけでも流行《はや》りそうなのに勿体《もったい》ない。

今日はもう寝るだけだけど、その前に皆で話し合った。明日からの予定やヒカリが言っていた件についてだ。

とりあえず明日、午前中は宿で休んで疲れをとる。馬車移動とはいえ、やはり気付かないところで疲れは溜《た》まっている。

午後は商業ギルドで聞いた屋台が集まっているという屋台街でお昼を食べたら、武器防具屋をはじめ冒険者用具を売っているお店を回ることにした。首都だけあって品揃《しなぞろ》えも良さそうだし、黒い森で使う物もここで揃えておきたい。

ナハルの話も聞いたけど、今のところ国からの支援も行われているし、遺跡を目指す多くの商隊がナハルへの物資も運んでいるということで問題ないだろうということだった。

「監視？　の件に関してはヒカリちゃんに任せた方がいいわね。私たちじゃ気付けなかったし、不自然に動くと相手に気取られちゃうかもだしね。私たちは気付いてません、といった感じで油断させた方が尻尾《しっぽ》を掴《つか》めるかもしれないし」

それはルリカの言う通りだ。

ヒカリに負担がかかってしまうが、当の本人は胸を張って頷《うなず》いている。

一応俺も気配察知と魔力察知を使いながら警戒だけはしておくか。仮にいたとしても誰が監視者かなんて分からないかもだけど、挙動の怪しい者は見つけられるかもしれない。

「あと一つ気になる建物があったけど、あれは何の建物なんだ？　ほら、中央にあったあの大きな建物」

フラーメンのメイン通りとなる大通りは、木造の家であることは同じだが他の町と違って二階建て以上の家が立ち並んでいた。宿泊している宿周辺は中心地から離れているからか、平屋建ての家が多いけど。

また街の中心地にはギルドや教会などの主要施設が集まっていた。その中でも一際大きな歴史を感じさせる建物があった。

「あれはこの街の象徴となっている議事堂だと思います。共和国には王がいない代わりに、各町の代表が集まり国の方針を決めています。議事堂はそのための話し合いを行うところです」

とクリスがその建物について教えてくれた。

いわゆる民主主義というやつか。

「おばあも昔言ってた。一人に権力を持たせるのは危険だって」

それが賢王ならいいけど、愚王だったり暴君だったら悲劇しか生まれないか……。

「けど一番は、一人に責任を負わせるのが一番駄目だって言ってたかな」

ルリカは昔を思い出しているのか、何処《どこ》か遠くを眺めている。

おばあ……モリガンはエルフだって話だ。きっと長い年月で色々なことを見てきたんだろうな。

「中に入ることは出来ないと思いますが、明日は全ての用事が終わったら近くまで行ってみませんか？　今日は宿を探していたからゆっくり見ることが出来なかったですし」

クリスの言葉に嬉《うれ》しそうにしたら、何故か皆から生暖かい目を向けられた。

いいじゃないか。木造建築であんな大きな建物は向こうの世界でだって見たことがなかったんだから。

ただ監視がいるかもしれないし、いつものように料理を買い漁《あさ》るのは控えた方がいいかもという意見が出たら、

「厳選して美味《おい》しいものを探す」

とヒカリが拳《こぶし》を握りしめていた。

シエルも任せろと意気込んでいるから、

「監視がいるとシエルは外で料理は食べられないからな」

と注意したら絶望的な表情を浮かべ、そのままフラフラとベッドの方に飛んでいくとそのままゴロンと横になってしまった。


翌朝食事を済ませた俺たちは、お昼になるまで宿でゆっくり過ごした。お風呂が利用可能と聞いたから俺たちはもちろん使わせてもらった。

他に人がいないから仮面を外して濡《ぬ》れたタオルを目元に当てると、目元が解《ほぐ》れて気持ちいい。

のんびり昼まで過ごしたら、予定通り宿を出て屋台を中心にお店巡りをすることにした。

この街の屋台は、他の町と違って通りや広場で商売をするのではなく、屋台街と呼ばれる屋台専用の場所で商売をしている。

「色々あって迷う」

ヒカリがキョロキョロと屋台を見回す。

シエルも真剣に店先に並ぶ商品を見ている。

不貞寝《ふてね》していたシエルを見かねたルリカが、どうにかしなさいよとでも言うように睨《にら》んできたため、俺はシエルにある提案をした。

それはシエルが気になったものを特別に五つ買うということだ。特に特別ということを強調した。

それを見ていたクリスとミアは苦笑していたけど……気付かれたかな？

だってシエルに頼まれたら、いつも普通に屋台の料理は買っていたからな。

もっともシエルはそのことに気付いた様子もなく機嫌を直してくれたけど。

「色々な人がたくさんいるね」

お昼時ということもあって人が多い。家族連れで食べに来ている人の姿もある。

その場で食べている人もいれば、料理を包んでもらっている人もいる。

「主、これがいい」

ヒカリが指差したのは肉串《にくぐし》だ。

肉串は何処の町でも屋台に並ぶ定番料理だ。

それにゆえにその町の料理のレベルを計るのにはちょうどいい。ときっとヒカリは思っているのだろう。単純に肉好きというのもあるけど。

俺は肉串を二本購入すると、それを六人で分けた。

肉の大きさは一般的なサイズだけど、それを一人で食べるとお腹が膨れるからね。

肉串の屋台を皮切りに、俺たちは色々な料理を食べた。

殆《ほとん》どの店を回ることになったけど、もちろん寄らなかったお店もある。

例えば匂いがきつくて無理そうなお店や、お酒を扱っているお店。昼間だというのにもう飲んでいる人がいるのだが……酒好きに時間は関係ないということか？

あと珍しい屋台として、焼き菓子などお菓子系を売っているところもいくつか見掛けた。

さすがにケーキみたいなものはなかったけど、鈴カステラのような一口で食べられるものも売っていた。

お菓子系は高級品で高いイメージがあったけど、ここでは手頃な値段だった。自分たちでは作らないから多めに買っておくとしよう。

『それじゃシエル。これとあれと……それでいいんだな？』

俺の念話に対して、シエルはコクコクと頷いている。

最後にシエルのための料理を買って、俺たちは屋台街から離れると冒険者用品を見て回って最後に議事堂を目指した。

議事堂は二〇メートル近くある高い建物だったが、話を聞くと四階建てということだ。

議事堂のある敷地は木の柵《さく》で囲まれていて、入り口では門兵が目を光らせている。

クリスの言った通り残念ながら自由に出入りすることは出来ないみたいだ。

気配察知で建物の中にいる人の反応が分かったが、数が多いのはここに勤めているのは民衆から選ばれた代表者だけでなく、国の機関で働く職員たちもいるからだろう。

しばらく建物を眺めていたが、門兵の視線が気になったから帰ることにした。

「ねえ、夕食までまだ時間があるし、冒険者ギルドに寄っていかない？」

ルリカの言葉を受けて、冒険者ギルドに行くことになった。すぐ近くだしね。

ルリカたちはフラーメンからナハル方面に進むにあたり、注意することがないかを聞いてくるそうだから、俺とヒカリ、ミアの三人はいつものように依頼票を見ることにした。

ここには例の水の依頼票は貼ってない、か。

代わりに目に付いたのは魔王討伐に参加出来る冒険者を募集しているというものだった。

行き先は王国か帝国のどちらかを選べる内容になっている。参加するだけで準備費用と現地までの移動費が支給されて、あとはランクや期間でその都度報酬が支払われるようだ。

単純に考えれば帝国の方が近いから、参加するなら帝国の方が行くのは楽だけど、戦争のこともあって選択制にしたのかもしれない。

「主、ここに何か書いてある」

ヒカリに言われて目を向けると、依頼票の最後に但し書きが入っていた。

「エルド共和国の国としての方針では、今回の魔王討伐に兵士は出さない……か」

その理由として帝国の仕掛けてきた戦争の件もあって、国の守りを手薄にしたくないとあった。

ただ冒険者として個人で参加するのは当人に任せるとも書いてある。

国の上層部は、魔王よりも隣国に警戒しているということなのかな？　それだけ帝国に攻められたことの傷が癒えていないのかもしれない。クリスたちの話を聞いた身としては、それは正しい判断だと思った。

「けど人が少ないね。そろそろ日が暮れるし、依頼を終えた人たちが戻っていてもよさそうなのに」

ミアの言う通り、朝の早い時間と日暮れ前は冒険者ギルドは混んでいるイメージが強い。

それなのにギルド内にいる冒険者の姿は少ない。

新しい人は珍しいのか、ギルドに入った時にジロジロと視線を向けられたけど、その視線はまるで値踏みでもしているように感じた。

「Cランク冒険者……」

ルリカたちがギルドカードを提示したのか、受付嬢のそんな声が聞こえてきた。

ギルド内は静まり返っていたから小さな声なのに余計に響いた。

すると今まで静かに見ていた冒険者の中に動く者が現れた。

「おい、その若さでCランク冒険者ってのは本当なのか？　それなら俺と一つ勝負しねえか？」

と大柄の冒険者が声を掛けてきた。

可愛《かわい》らしい女性に対する接し方ではないと思うが、他の冒険者は黙ってそのやり取りに注視している。

困惑しているルリカたちに、今度は受付嬢が頭を下げて引き受けてもらいたいと頼んできた。

何故このようなことを冒険者が言ってきたかその理由とともに。

現在共和国内は慢性的な冒険者不足に陥っている。正確に言うと腕利きの冒険者が不足しているということだ。

それで一緒に依頼を受けられる人を探していて、Cランク冒険者と聞いて実力を計るために声を掛けたみたいだ。

「あ、あの。私たち数日後にはナハルに行きますので……」

クリスがそう言うと肩を落としていた。

フラーメンにはただ寄っただけということが分かったからだろう。

「な、なら模擬戦だけならどうだ？　普段と違う奴《やつ》と戦うといい経験になるしよ」

その冒険者の申し出に、クリスは遠慮したかったみたいだけどルリカは快諾した。

何だかんだと強くなるための努力、鍛えることにルリカは真摯《しんし》に取り組んでいるからな。

「そ、それじゃ早速鍛練所でどうだ？」

「いいわよ。あ、ただ戦うのは……」

クリスとミアを除く四人の名前が挙げられた。

え、俺も戦うの？

冒険者たちも俺とヒカリを見て戸惑っていたが、

「たぶんあの二人、冒険者だったらCランクよ」

との一言で顔色が変わった。

変にハードルを上げられてしまったが、対人戦の練習になるから頑張るか。


「ありがとうございました！」

先頭に立つ冒険者……ギブソンがお礼の言葉を言うと、後ろに控えていた冒険者たちもそれに従いお礼を言ってきた。

ギブソンは最初にルリカに声を掛けてきた冒険者で、この中では数少ないCランク冒険者の一人だった。

「セラさんやルリカたちに力を貸してもらいたかったが、予定があるなら仕方ないからな」

ギブソンにはどうしても受けたかった討伐依頼があったが、その依頼はCランクパーティー複数推奨となっていた。

ギルドに今残っているのはDランク以下の者が殆どで、そのためルリカたちがCランクと知って、実力があれば一緒に受けたかったようだ。

俺たちもそれを聞いて悩んだが、俺たちの目的地がナハルであることを知って、そっちを優先した方がいいとギブソンに言われてしまった。

きっとこのような気遣いが出来るから、今いる冒険者たちの纏《まと》め役みたいな立ち位置にいるんだろうな。


ギブソンたちと話をして、ナハルに早く向かうために一日早めて出発しようかと宿の部屋で話し合っていたら、お客様が来たと女将《おかみ》さんが困惑した表情を浮かべながら部屋を訪ねてきた。

首を傾《かし》げて皆で一階に下りると、そこには武装したこの国の兵士らしき人が二人いた。

俺たちを……正確にはルリカやクリスを認めると頭を下げてきて、

「代表……フラウ様よりこれを預かってきました」

と渡されたのは手紙だ。

クリスがそれを受け取っても、兵士はその場に留《とど》まっている。

クリスもそれを見て返事を待っていると分かったようで、その場で手紙の内容を確認すると、

「分かりました。明日伺います」

と誰に相談することなく答えていた。

その理由は部屋に戻ってクリスが話してくれた。

「勝手にごめんなさい」

と謝ってきて、手紙にはモリガンについて大事な話があるため、明日議事堂に来て欲しいとあったそうだ。

「おばあについてか……何だろうね？」

ルリカもモリガンの名前を聞くと、腕を組んで黙り込んでしまった。

結局当初の予定通り明日もフラーメンに滞在することになり、俺たちは約束通り議事堂を訪れた。

入り口でクリスが名乗り、用件を伝えると既に話が通っていたようで門兵の一人がそのまま案内してくれた。

この時何故《なぜ》議事堂が高さに対して階数が少ないかが分かった。

一階が特殊な作りになっていて、一〇メートル近い高さのあるホールになっていた。

部屋の高さだけでなく扉も大きく、高さ七メートル、幅五メートルと規格外だった。

こんなに大きいと、マジョリカのダンジョンで見た巨人の魔物でも余裕で通れそうだと思った。

「こちらになります」

と案内されたのは議事堂の四階にある一室だった。

部屋にいたのは一人の女性で、二〇代前半ぐらいに見える。国民に選ばれた代表の一人ということでもっと年配の人を想像していたから驚いた。

「ようこそお出《い》でくださいました、フラウと申します。貴女《あなた》がクリスさんで、貴女がルリカさん。そして……」

フラウと名乗った女性は、一人一人の顔見て名前を呼んできた。

透き通るような声が耳に心地よく、何故かセリスのことを思い出した。

別に眼鏡《めがね》を掛けているからそう思ったんじゃないよ？　セリスと違って髪は短いし、髪と瞳《ひとみ》の色は銀色で見た目は全く違う。それでも纏っている雰囲気が似ていた。

「どうかしましたか？」

突然聞かれて俺は首を振ることしか出来なかった。

「あの、手紙にはお婆《ばあ》ちゃんのことで大事な話があるとありましたが……」

「ごめんなさい。それは貴方《あなた》たちを呼ぶための方便です」

フラウのその言葉にクリスは目をしばたかせ、ルリカはキッとフラウを睨《にら》んだ。

「おばあの名前を利用したってこと⁉」

「どうしても貴方たちに会いたかったので……ごめんなさい」

「それはクリスたちを人知れず護衛していたことと関係してますか？」

サイフォンは国の命令で動いていると言っていたが、この人が何処《どこ》まで知っているかは分からない。不用意にエルフという単語は口にしない方がいいだろう。

「その話はあとにしましょう」

フラウは俺に対して意味ありげに微笑《ほほえ》んだが、クリスたちを見た時目尻《めじり》が下がっていた。

「まずはフィスイでの件で直接お礼を言いたかったのです。あそこは私にとっても大事な場所でしたから。それと今、共和国内では魔物の変異種の目撃情報が多く対応に追われています。ギルドから報告がありましたが、エーファ魔導国家の方でも同じようなことがあったと聞きました。フィスイの件も含めて、詳しい話を聞きたいと思ったのです」

フラウはフィスイだけでなく、他の場所でも変異種と思われる魔物が出現していることを教えてくれた。

同時多発的に変異種が出現する……他のところにも隷呪の魔石が存在するのか？

偶然の一言で済ませるには、数が多過ぎる。

それとも魔王の影響で魔物が活性化するという話もあるし、そっちが影響しているのか？

俺がそんなことを考えている間にクリスが討伐の件を上手《うま》いこと説明してくれたようで、気付いた時には既に話が終わっていた。

「やはり原因は不明ですか……けどあの地は……保護されていますし……別物？」

話を聞き終わったフラウはフラウで、ブツブツと自分の世界に入ってしまった。

俺たちはフラウが帰ってくるのを黙って待っていたが、フラウは我に返った時に恥ずかしかったのか頬を染めていた。

「すみませんでした。それで、皆さんの今後の予定はどうなっていますか？　ナハルに向かうと聞いていますが」

恥ずかしさを紛らわすためか、ちょっと早口になった。

「その予定です」

「それではその後は？」

まるで探るように聞いてくる。やはりクリスのことをエルフと知っているから？

クリスもそのことを感じ取ったようでそこで口を噤《つぐ》んだ。

それを見たフラウはハッとしたような表情を浮かべると、

「私はクリスさんがエルフだということは知っています。というよりも、私がクリスさんたちを陰ながら守るように指示を出していました」

と正直に言ってきた。

フラウの話では、クリスがエルフだと知ったのはモリガンから直接聞いたかららしい。

「私はモリガン様の弟子の一人になります。モリガン様が戦争で行方《ゆくえ》不明になった子たちを探す旅に出るようになった時に、自分に何かあった時はクリスさんとルリカさんのことを見守って欲しい、と頼まれていたんです」

「え、けど、その、いつお婆ちゃんの弟子だったんですか？」

フラウの外見から年齢を考えると、クリスと一〇歳も離れていないような気がする。

そうなるといつ弟子になったか。クリスたちの話では、子供の頃はモリガンと一緒に住んでいたというようなことを言っていた。戦争のあとも行方不明者を探しに行っている時以外は常に一緒だったとも。

フラウは見た目は若いけど、実際はもっと年上？

そう思ったのは俺だけでなく、ルリカたちも混乱している。

「ふふ、そうですね。皆さんには私のことも話しておきましょう。私もこう見えて人種《ひとしゅ》ではありません」

その言葉を聞いて自然と鑑定を使っていた。

【名前「フラウ」　職業「代表者」　Lv「44」　種族「ハーフエルフ」　状態「――」】


職業の代表者というのも気になるが、種族ハーフエルフか……エルフがいるからいてもおかしくないよな。

そんなことを思っていたらフラウと目が合った。

まるで俺が正体を知ったのが分かったとでもいうように、目が合った瞬間微笑みを浮かべた。

「私はハーフエルフになります。ですから見た目と違って長い時を生きています。それで行き先を聞いたのは別に止めようとか、そういうことを考えて聞いたわけではありません。貴方たちを止めることは無理だと分かっていますから」

マジョリカダンジョンでのことについて報告を受けてそう判断したのかもしれない。クリスもルリカも、一度決めたら梃子《てこ》でも動かない強い意志を持っているから。

「ですからこう聞きます。私たちの手伝いは必要ですか？」

その真摯な視線に、クリスは首を振った。

「大丈夫です。それに冒険者ギルドで話を聞きました。私たちに手を貸すより、今起こっている大変なことに手を差し伸べてください」

「……分かりました。ふふ、モリガン様から聞いていた通りですね。皆さんとダンジョンを一緒に探索した人たちからも、色々振り回されたと報告を受けていますし」

ちょっとどんな報告だったか気になるけど、ここは我慢して聞かない方がいいだろう。

「そっか。おばあが頼んでいたのか。けどそうなると、ヒカリちゃんが感じた視線はフラウさんが指示した誰かってことかな？」

「……何の話ですか？」

ルリカはフラーメンに着いてから、誰かに見られているような視線を感じることを話した。

ヒカリの話では、昨日もそれを感じたそうだ。

ヒカリは何処から見られているか探そうとしたけど、結局分からなかったそうだ。これはヒカリに実力がないのではなくて、相手に気付いたのを気取られないようにしないといけなかったからだ。

俺も気配察知を使っていたけど、怪しい動きをする反応はなかった。ずっと俺たちの後についてくるような反応とかね。

「それはおかしいですね。そもそも国内ではそのような指示は出していません。各町の警備隊から到着、出発ぐらいの報告を受けるだけです。今回皆さんを呼んだのも、フラーメンに来たことを知ったので、フィスイの件もあって一度会っておきたいと思ったからなんです」

ということは誰が俺たちの監視をしていたんだ？

冷静に考えたら、ヒカリは嫌な感じがすると言っていた。保護対象を見守っているだけなら、そのような負の感じを受けるのはおかしい。

皆が黙り込んでしまって、重い空気が流れた。

誰かの恨みを買った覚えはないが……本当にないか？

自問自答しても答えは出なかった。

「あ、そうです。ソラ、あの水晶のことを聞いてみてはどうですか？　お婆ちゃんの弟子のフラウさんなら何か分かるかもしれません！」

その重い空気をどうにかしようと考えたのか、突然クリスがそんなことを言ってきた。

確かに隷呪の魔石の正体が分かるならそれは助かる。解析しても何一つ分からなかったものだし。

名前を呼ばれたフラウもこちらに視線を向けた。

俺はフィスイの町で変異種と戦った時に、その変異種が逃げた先で見つけたものだということを話した。

クリスも洞窟《どうくつ》でどのようなことが起こったのか詳細を説明してくれた。

「そのようなことが……それで件《くだん》の水晶とは？」

「アイテム袋に保管してあります。ただ危険なものです。ここで出しても大丈夫ですか？」

一度確認した時に何も起こらなかったから大丈夫だと思うが、一応注意だけしておく。

「……そうですね。少し待ってください」

フラウは席から立ち上がると、壁に掛けてあった杖《つえ》を手に取り戻ってきた。

そして呪文のようなものを呟《つぶや》くと、部屋全体が魔力に包まれ、やがてそれが壁を覆うように広がった。

「簡易の結界のようなものです。これで何かあっても外に被害が広がることはありません」

ふう、とため息を吐《つ》いたフラウの額には汗が滲《にじ》んでいた。

俺はそれを聞いてアイテム袋から隷呪の魔石を取り出しテーブルの上に置いた。

それを一目見た時、フラウの眉《まゆ》がピクリと動いた。

「これは嫌な感じがしますね……でも、私にはこれが何かは分かりません」

フラウは申し訳なさそうに頭を下げてきた。

「ただ話を聞いた感じですと、これは変異種を生み出す魔道具のような気がします……が、その洞窟に昔からあったとは考えられません」

「そうなのですか？」

「ええ、もし昔からあったならもっと前から問題になっていたはずです。もしかしたら皆さんが監視されているのは、これと関係があるかもしれません」

フラウの考えは、洞窟にこの魔道具を設置した何者かが、それを阻止したであろう俺たちを監視しているのではないかということだった。

もしかしたらこの水晶……隷呪の魔石を取り戻そうとしているのかもしれないとも言った。

それが理由なら監視されているのも頷《うなず》けるか？

「……監視者のことも気になりますし、皆さん、協力をお願いしてもいいですか？」

「協力ですか？」

「はい、その監視している者を捕らえたいのです。もちろん細心の注意を払いますし、腕利きを用意します。それに監視が続けば、クリスさんの正体が露見する危険もありますし」

確かに何かの拍子にクリスがエルフだとバレる可能性はある。

それに付き纏《まと》われると、気軽にゴーレム馬車を利用することも難しくなる。

フラウが提案してきたのは、討伐依頼で人気《ひとけ》のない場所に誘い込むというもの。もちろん相手が襲い掛かってくることはないかもしれないが、怪しい動きをする者を見つけたら、フラウが用意した対策部隊がその者たちを捕らえるということだ。

「それでバルトに行って欲しいのです。バルトの近くで変異種が出るという話があって、あそこは兵士の数は多いのですが対人戦に特化した人たちが多く、魔物との戦闘は不慣れでして……一度一団を率いて討伐に向かったのですが、数が多かったせいで警戒されたのか見つからなかったようです。防衛力が高いので町への被害は今のところありませんが、街道を利用する人たちもいますし、あの森の西側には岩山の町……ベルクもあるので出来れば早めに対処したいと思っているんです」

確かその依頼、ギブソンが気にしていたやつだ。

ただフラウが腕利きを用意出来るならその人たちで変異種の相手は出来ないのかと聞いたら、彼らは諜報《ちようほう》活動を含む対人戦専門の訓練を受けた人たちで、魔物との戦闘は不慣れだからという答えが返ってきた。

「それから、今バルトにはドワーフの職人が何人か作業のため滞在しています。もしかしたらその水晶についても何か分かるかもしれません」

鉱石関係の知識ならドワーフの右に出る者はいませんとフラウは信頼を寄せているが、これ、魔石なんだよな……ま、まあ、俺もこの世界に来てドワーフに直接会ったことがないし、いいかな？

バルトの町も気になっていたし行ってみたいと思っていたから。

けどそちらに行くとナハルに行くのがさらに遅れてしまうが……。

「そうね。懸念材料は早く消すに限るし受けようよ。もし監視してる奴《やつ》らがいるなら、ナハルには連れていきたくないし。それにソラ、顔に行きたいって書いてるよ」

え、と俺がルリカの言葉に驚くと、何故《なぜ》かクリスたちにクスクスと笑われてしまった。

絶対そんなことないよな？　そもそも俺、今仮面しているし。

「ソラは分かりやすいからね」

ミアの何気ない呟きが、何故か耳に残った。

そんな俺たちを不思議そうにフラウは見ていた。

その後職員の人がフラウを呼びに来るまでの間、どのように行動するか話を詰めた。


「ルリカ、よろしく頼むぞ！」

二日後。俺たちはフラーメンの西門でギブソンたち冒険者と合流しバルトに向けて出発した。

今回バルトの西の森で目撃された変異種討伐に参加するのは、ギブソンの所属するCランク冒険者パーティーとDランクパーティー二組で、俺たちを含めた四組のパーティーで総勢二五人だ。

二台の馬車が既にギルドから手配されているため、俺たちは二手に分かれて乗り込んだ。

今回討伐対象になっているのはブラッドスネイクと思われる変異種だ。通常の個体よりも三倍近く大きいという話で、目撃者は命からがら逃げてきたという。

今のところ森から出てきた様子はないが、その変異種を恐れてか、普段なら森の奥の方に生息している魔物が森の浅い場所まで移動しているのが確認されているらしい。

今回の俺たちの目的は表向きは変異種の討伐だが、それとは別にフラウから変異種の発生原因を探ることを頼まれている。それと同時に監視者の有無の確認だ。

「しかしまさか君たちが依頼を受けてくれるとは思わなかったぞ」

その日の夜。食事を摂《と》っている時にギブソンが話し掛けてきた。

「実はバルトに知り合いのドワーフがいるって話を聞いたの。それでせっかくだから装備品を見てもらおうと思って」

ルリカはフラウと考えた言い訳をギブソンたちに話している。

それを聞いたギブソンたちは、

「確かにドワーフの作る武器は性能がいいからな」「けど高いんだよね」「客を選ぶって話だけど本当かな？」「殴れる杖が欲しいですわ」

なんてことを口々に言っていた。

ただ一様に、ドワーフの知り合いがいることに羨望《せんぼう》の眼差しを向けていた。

俺はその話を聞きながらＭＡＰを呼び出すと、気配察知と魔力察知を使って周囲の反応を確認する。

俺たちが出発した時に、いくつかの商隊の馬車もついてきた。

たぶん俺たちが討伐依頼を受けてバルトに行くことを知った人たちだろう。

食事の時に差し入れをわざわざ渡してきたのは、万が一の時は守ってくれということなんだろう。

その中の一部に見知った反応があるのは、フラウが手配してくれた腕利きの人たちだ。

一度顔合わせをしたから反応を覚えている。

商隊の人以外では、遠くにいくつかの反応がある。移動中にも確認出来た反応で、付かず離れずのその動きに、こいつらが監視者か？　と思った。

食事を済ませたら交代で見張りをした。

俺はその時少し離れた場所まで移動して、シエルに食事を与えた。

『悪いな。あと一日我慢してくれ。バルトに到着したら腹一杯食べさせてやるからさ』

俺が念話で伝えたら、コクリと頷き目を光らせていた。

耳をフリフリして遠くを眺めはじめたが、きっと何を食べようか今から考えているに違いない。

交代までの間、俺は歩きながら周囲を見て回った。

夜も更けてきたが、暗視スキルのある俺には全く問題ない。気配察知を使いながら、時々スキルを使っては熟練度を上げながら時間が過ぎるのを待った。

もちろん何かあった時にすぐ対応できるように、MPとSPの管理には注意しながらだ。

そして翌日。予定通りにバルトへと到着した。

昼過ぎには遠くからでもバルトが見えていたが、目の前で見るその外観は圧巻だ。

黒光りする防壁は、近くからだと聳《そび》え立《た》っているように見える。

フラーメンに入場する際に会った商人が騒いだのも頷ける。

驚いている俺たち見て「そうだろ、そうだろ」とギブソンは笑みを浮かべていた。


バルトに到着した翌日。午前中は冒険者ギルドで周辺の地理や変異種を目撃した場所を教えてもらい、現在の森の様子を聞いた。

「変異種は俺とルリカたちのパーティーだけで戦った方が良さそうだな」

「ええ、他の人たちは他の魔物を狩ってもらった方がいいかも。変異種から逃げてるなら近付くことはないと思うけど、変異種との戦闘中に襲われたくないからね」

ギブソンとルリカの話し合いに、Dランク冒険者たちからの不満の声はない。

改めて変異種の脅威を伝えられたというのもあるが、フラーメンのギルドでその実力を示したからだろう。

この中で一番強いギブソンだって、ルリカたちには太刀打《たちう》ち出来なかったわけだし。

それにフラウの話を聞いた限りだと、警戒心の強い魔物みたいだしね。こちらの数が多いと逃げられてしまうかもしれない。

「けど毒によるブレスか……」

ギブソンの呟きに、場に重い空気が流れた。

変異種は巨体であることに加え、通常のブラッドスネイクが使わない攻撃もするようだ。

少なくとも今ギブソンが言ったブレスは確定しているみたいだ。

その威力は木を溶かすということだから強い酸性の効果もあるかもしれない。これもDランク冒険者が素直に従った理由の一つでもある。

午後はギブソンたちと別れて町中を散策することに。

ギブソンたちは装備を見に武器防具を売っているお店に行くと言っていた。

今はドワーフたちが在住しているため、フラーメンよりも質の良い装備品が並んでいるかもしれない、ということだった。

「それでソラは何処《どこ》に行きたいですか？」

「峡谷と噂《うわさ》の門を見たいかな」

バルトの町に近付いた時、まず目に付いたのは町の背後に聳え立つ台地だ。

高さは一〇〇メートル近く、垂直に切り立っている。

その台地には峡谷となっている場所があって、先の帝国との戦争で、帝国の軍隊がこの峡谷を通って攻めてきた。

そのせいで現在その峡谷となっている場所には蓋《ふた》をするように大きな門が建てられている。

高さは……五、六〇メートルといったところか？

俺たちはその門の頂上に行くため、外階段を登っていた。

案内してくれているのは一人のドワーフで、名前をホークスという。向こうの世界の小説で書かれているような、大人なのに背は低く、体ががっしりしている。

会った時はぶすっとしていたのに、ルリカたちが名乗ると一変して相好を崩した。

「しかしあのルリカとクリスがのう。それでそっちはセラか……でっかくなったな。それに会えたんだな」

そんな感想を述べたホークスに、

「ホークスは縮んだんじゃないの？」

とルリカは言っていたけど、嬉《うれ》しそうだった。

彼は戦争前からのルリカたちの知り合いだそうだ。

一時期ナハルに住んでいたが、バルト建設の際に誘われて、帝国の奴らが侵攻出来ない強固な門を作ると何人かのドワーフたちと参加したということだ。

まだナハルに戻らないのは、門が完成していないからだと本人は言っていた。

傍《はた》から見たら完成しているように見えるけど、まだ納得のいくものじゃないということなのか？

本来なら一般人の俺たちが門の上に登るなんてことは出来ないが、そこはフラウが手配してくれた。

俺が好きそうだということでクリスが頼んでくれたのだ。感謝だ。

門の上に登ると、はっきりと峡谷が見渡せた。

マジョリカダンジョンの一五階を思い出すが……谷底を歩いて感じる迫力はきっとあの時の比じゃないだろう。いつかはこの道を歩いてみたいものだ。

「ここを通って帝国に行くとなると、何日ぐらいかかるんですか？」

「小僧。変なことを聞くのう。魔物が出んという前提で、距離的には二、三日で峡谷は抜けられるということを聞いたことがある」

実際のところ道は整備されていなくて凹凸も激しく歩きにくいから、日数はもっとかかる。そもそも大人数が通るのに適さない環境みたいだ。

さらにこの台地の上がどうなっているか聞いたら、「地獄らしい」との答えが返ってきた。

真偽は分からないが、帝国にある記録が残っているという。

それはとある冒険者の話で、この台地の上がどうなっているのか疑問に思ったその冒険者パーティーが、ワイバーンの群れに襲われて逃げ帰ってきたというものだ。

「ワイバーンとはいえ竜の群れに襲われたんだ。そんなところに行く馬鹿はおらんよ」

その声音からは畏怖《いふ》しているのが伝わってきた。

「ホークスさん、もう一つ頼みたいことがあるんです」

「何だ……厄介事か？」

クリスの言葉に感じるものがあったのか、ホークスの声質が変わった。

「見てもらいたいものがあるんです」

「……分かった。なら工房がよかろう」

見学ツアーを切り上げて、今度はホークスの工房に向かった。

ドワーフたちは門や防壁の建設に参加する傍ら、装備品の製作も請け負っている。

そのお陰で希望すれば……というかバルトにいる全ドワーフにそのための工房が与えられているそうだ。

通された工房……といっても武器を作るための鍛冶場《かじ》ではなく倉庫のような建物の一室だった。

そこには色々な作品が並べられている。

試しに鑑定してみたが【品質・高】のものばかりだった。

なるほど、皆ドワーフの作る武器を欲しがるわけだ。

「で、何を見て欲しいのだ？」

クリスの合図に俺はアイテム袋から隷呪の魔石を取り出した。

触れると呪いがかかること。神聖魔法を受けると禍々しさが増して周囲を侵食すること。変異種を生み出すことなどを話して聞かせた。

「俄《にわ》かには信じられないが……フラウ殿にも見せたのだよな？」

ホークスは食い入るように隷呪の魔石を見ながら聞いてきた。

俺たちが見てもらったことを伝えると、

「…………そうか……駄目だ、わしには分からん。婆《ばば》あか……師匠なら分かるかもしれん」

と、長い沈黙のあと、ホークスは目頭を押さえながら言ってきた。

「師匠って、マルスお爺《じい》ちゃん？」

「婆って、おばあが聞いたらまた怒られるよ」

クリスが尋ね、ルリカは呆《あき》れ顔《がお》で言った。

「ふん、婆で十分だ。そういえば風の噂で婆が行方《ゆくえ》不明って聞いたが、どうなんだ？」

「……まだ見つかっていません。フラウさんも分からないって言っていました」

それを聞いたらホークスは、

「そうか……」

と言ったきり黙り込んでしまった。

心なしか元気がないようにも見えた。

その後、他にもルリカたちの知り合いのドワーフたちがいることをホークスに聞いたため、その人たちに会っていたらその日は夜になっていた。


バルトに到着してから三日後。俺たちはいよいよ討伐のため町を出た。

森へ向かう道は整備されていないから徒歩での移動になる。だいたい二日はかかる計算だ。

バルトにいる間、監視者を警戒していたが、ヒカリからは嫌な感じがなくなったと聞いていた。

滞在期間中は魔力を流してＭＡＰを広範囲表示させて気配察知を使っていたが、町の外に居続けるような人の反応もなかった。

フラーメンにいた時はたまたまか？　と思ったが、スキルや魔道具を使って反応を消すことも出来るから油断は禁物か。

「それじゃここからは別行動だ。危なくなったら無理せず撤退するんだぞ」

ギブソンの言葉にDランク冒険者たちは神妙な面持ちで頷《うなず》いている。

ここから俺たちは森の右手奥を目指し、彼らは左手方向に向かい魔物を探す。

森は木が鬱蒼《うっそう》と茂っていて、正直進みにくい。蒸し暑いから歩くだけで汗をかく。皆額に浮かぶ汗を何度も拭《ぬぐ》うのは、目に入ると視界が奪われるからだ。あと地味に痛いんだよな。

この森の特徴としては、森の中には開けた場所が点在していて、そこは薬草の群生地となっているそうだ。浅い場所には薬草が、奥に行くほど魔力草など貴重な薬草類が採れるとのことだ。

ここの変異種と遭遇した人たちも、薬草目的で森に入ったということだった。

「確かに魔物が多いな」

森に入って二時間ほどになるが、既に三度魔物と遭遇している。

ただ魔物との戦闘回数が多いのは、あえて魔物のいる方に進みながら変異種を目指しているからだ。あとで邪魔になるかもしれないからね。

「ソラ君。まだ魔物の収納は可能なのか？」

「大丈夫だよ」

「さすが行商人、といったところなのか？」

「これがないと商売にならないからね」

俺は倒した魔物をアイテム袋に収納していく。

実際はアイテムボックスに入れているが、さすがに空間魔法を使えると明かすのはね。

その後も魔物とは何度も遭遇したが、ウルフやキラービーなどの魔物が多かった。一度だけオーク一〇体の集団に襲われたが、ギブソンたちも危なげなく倒していた。

その日は森の中で野営をすることになり、交代で見張りをすることになった。

俺はギブソンたちが寝静まったのを確認すると、影とエクスを呼び出した。

『影は変異種の近くで待機。エクスは周辺の魔物討伐だ。あくまで進行ルートにいる魔物だけでいい。討伐した魔物はアイテム袋に回収してくれ、頼んだぞ』

俺が念話で指示を出すと、影とアイテム袋を受け取ったエクスが森の中を駆けていった。

MAPで確認したが、一際大きな反応がある。それが変異種だろう。

次いでDランク冒険者たちの反応を見たが、一四人の反応が確認出来た。確か六人と八人のパーティーで、六人の方はバランスの取れたパーティーで、八人の方は攻撃特化だったか？

ギブソンの話では六人の方はそろそろCランクに昇格出来そうと言っていた。

八人の方はDランクになってから長いが、クエストの成功と失敗を繰り返すから、なかなかDランクを抜け出せないようなことを話していた。

さらに森の外の方にも見慣れた反応がある。魔物との戦いは苦手だって言っていたから、森の外で待機しているといったところかもしれない。

けど離れていると万が一森の中で俺たちが襲われた時に対処出来ない気がするが……何か考えがあってのことなのかな？

とりあえず監視者の件は彼らに任せよう。一先ず変異種に集中すべきだから。

「あ、あれが変異種か……」

三日後。とぐろを巻いた巨大な蛇を見つけた。通常のブラッドスネイクの三倍近い大きさという話だったが、それ以上だ。ギブソンが驚くのは無理もない。

俺は影のお陰で予《あらかじ》め知っていたし、ルリカたちにも伝えていたから俺たちに動揺はない。

予定通りの日程で到着出来たのもエクスのお陰だ。昨日合流してアイテム袋の中身をアイテムボックスに移したが、結構な数の魔物の死体があった。狩られた魔物の中にはゴブリンもいたから、処理が面倒だな、と思った。

蛇を中心に広範囲に木が薙《な》ぎ倒《たお》されているのは、食料を求めて変異種が移動した結果だ。

改めて変異種に目を向けたら、ちょうど蛇が顔を上げた。木を食べている？

「なるほど。普通のブラッドスネイクとは違うようだな」

ギブソンの言う通り違うな。ブラッドスネイクが木を食べるなんて聞いたことない。そもそも魔物の生態は謎が多いから、もしかしたら俺たちが知らないだけで食べるのが普通かもしれないけど。

実際鑑定すると、

【名前「――」 職業「――」 Ｌｖ「53」 種族「ブラックスネイク」 状態「変異・呪い」】


となっている。

けど変異種っていうのは全部種族にブラックがつくのだろうか？　それともたまたま？

あとレベルはブラックベアと比べると一〇近くも違うな。

しかし呪い状態だから、あの厄介な呪い攻撃をしてくるかもしれない。

「ルリカたちは変異種と戦った経験があると聞いた。注意することはあるか？」

そんなことを話したか？　少なくとも俺は話した記憶がない。

「そうね。私たちが戦った変異種は呪いによる攻撃をしてきた。ミアが神聖魔法で保護してくれるけど、危ないと思ったら下がって。あと戦ってみて無理だと思ったら私たちで戦うから」

「確かにルリカたちは強いが……大丈夫なのか？」

プライドが傷付いて反論でもしてくると思ったがギブソンは逆に心配してきた。

「ま、なんとかなるかな？　それに周囲に人がいるとセラも暴れられないからね」

突然そんなことを言われたセラは心外だと思ったのかルリカを見たが、

「なるほど、確かにセラさんの邪魔をするわけにはいかないな」

とギブソンは納得していた。


戦闘の口火はクリスとギブソンのパーティーの魔法使いによる遠距離攻撃で切られた。

ブラックスネイクの周囲に木がないとはいえ、さすがに火魔法ではなく風魔法で攻撃していた。

二人によって放たれた無数の風の刃《やいば》――ウインドカッターがブラックスネイクに撃ち込まれたが、全く効いていない。

むしろ攻撃されて怒ったブラックスネイクは威嚇の鳴き声を上げるとこちらに向かって突進してくる。

俺は二人の前に出て挑発を使い盾を構えた。

クリスたちを見ていた目が俺に向けられ、正面からぶつかってくる。

巨体が盾に衝突して大きな鈍い音が鳴ったが、俺は吹き飛ばされなかったし、実は衝撃もそれ程感じていなかった。吸収のスキルのお陰だ。

そして俺に攻撃して動きが止まったところで、ルリカたちが左右から一斉に攻撃を仕掛けた。

ブラックスネイクは堪《たま》らず身をよじると、大きく息を吸い込んだ。

その予備動作を見てルリカたちは俺のいない方へ離れる。

俺は再度挑発を使いブラックスネイクの注意を引いた。

すると顔が俺の方へと向けられ、ブレスによる攻撃が放たれた……が、それが俺に届くことはなかった。

吐き出されたブレスが風に乗って上空へと吹き上げられたからだ。

それはクリスが使ったトルネードの効果。この攻撃はブレスを防ぐと同時に攻撃にもなる。

ウインドカッターでは傷を付けられなかったが、トルネードは開いた口から、硬い鱗《うろこ》に覆われていない体の内側を切り裂いていく。

その攻撃を受けてブラックスネイクは無茶苦茶に暴れ出した。

大地が揺れ、薙ぎ倒されていた木が弾《はじ》かれ宙を舞った。鈍い音が鳴ったのは誰かに当たったからかもしれない。「ぐえ」なんて呻《うめ》き声も聞こえたし。

さらにブラックスネイクの体から黒い靄《もや》が出てそれが周囲に広がる。ミアの祝福が切れたのか悲鳴が上がった。

俺はどうにかしないといけないと思い挑発を使ったが、暴れ回るブラックスネイクは正気を保っていないのか注意を引けない。

このまま暴れ回られると被害が増える一方だ。俺はミスリルの剣を引き抜いて魔力を籠《こ》めた。

ギブソンたちの前で転移で飛ぶことも出来ないから、走って近付く。

けど無茶苦茶に暴れるブラッドスネイクの動きが読めず近寄れない。飛んできた尻尾《しっぽ》に剣を合わせて斬り裂くと、さらに激しく暴れ出した。

完全に想定外の動きだ。またギブソンたちが一緒にいることで動きづらかった。

このままでは被害が広がると思ったその時、突然ブラックスネイクの動きが止まった。

先程のことが嘘のように静まり返っている。

俺がその理由を知るため視線を向ければ、そこには血で濡《ぬ》れた斧《おの》を肩に担ぐセラの姿があった。


「さすがセラさんです。それとミアさん、ソラもありがとな」

戦闘が終わるとギブソンが頭を下げてきた。

俺とミアにお礼を言ってきたのはヒールやリカバリーで治療に当たったからだ。俺が神聖魔法を使えるのを知って驚いていた。

本当ならミアに任せても良かったけど、戦闘中に祝福とかを使って消耗していたからね。

ギブソンが立ち去るとヒカリがやってきた。

「何も起こらなかった」

「ああ、そうだな」

実はヒカリには、ブラックスネイクとの戦闘中、周囲の警戒をお願いしていた。

あとは万が一を考えてクリスたち魔法使いの護衛だ。俺の挑発が不発でクリスたちに攻撃が行くようなら、魔法を付与した投擲《とうてき》ナイフで攻撃してもらうつもりだった。

結局何も起こらなかったわけだけど。

ただブラックスネイクを倒したあとにMAPで周囲を確認していたらあることに気付いた。

それは別行動をしていた冒険者たちの人数が減っていることだ。

原因は分からないが、早めに合流した方がいいかもしれない。

このことはさっきルリカに伝えたが、ギブソンたちには言っていない。

だって何故《なぜ》そんなことが分かると聞かれたら返答に困るから。

結局俺たちは少しの休憩後、周囲の調査をして森を出るため移動を開始した。

周囲の調査をしたのは状態が「変異・呪い」となっていた変異種の拠点は、決まって汚染された場所があったからだ。

もっとも今回は汚染された場所はなかったけど。

Dランク冒険者たちと合流出来たのはそれから三日後だった。

森の外での合流となったけどそれを見たギブソンたちは驚き動揺していた。

「他の奴《やつ》らはどうした？　ま、まさか……」

「分からないんです、ギブソンさん。夜中に突然襲撃に遭って、とりあえず散り散りに逃げて万が一の時に備えて決めていた合流場所で一日待ったんですけど、結局来なくて……」

答えた冒険者は今にも泣きそうだった。

いなくなった冒険者はDランクの八人パーティーのうちの六人だった。

残された二人も長いこと苦楽を共にした仲間が消息不明ということでかなり憔悴《しょうすい》しているようだった。

「ねえ、ソラ」

ルリカが小声で話し掛けてきたが、俺は顔を左右に振ることで答えた。

MAP上から反応が消えている以上、生存は絶望的だと思っている。

「ただ気になることが一つだけある」

フラウが手配した人たちの反応も消えていることだ。

「この件に関してはフラウさんに聞いた方がいいと思う。ただ、警戒は必要かもしれない」

俺の話を聞いたルリカも俺が言いたいことが分かったのか頷《うなず》いた。

まず俺が考えたのは、襲撃したのがフラウさんの手配した人たちで、今行方《ゆくえ》不明となっている冒険者たちが俺たちを監視していた者だった場合だ。監視者たちを拘束もしくは処断したから姿を消したというなら納得がいく。

二つ目は生き残った八人が監視者の場合だ。邪魔者になる六人を消し、フラウの手配した人たちにも気付き返り討ちにした。ただその可能性は低いと思っている。それなら俺たちと合流する前に襲撃しそうなものだ。不意を打つなら森の中の方が有効だと思うし。

もっとも寝静まった後に襲撃されるかもしれないから油断は出来ないけど。実際見張りはパーティーごとに分かれてやっていたからね。

なんにしてもまだまだ気が休まらない時間が続きそうだ。

閑話・3

何が起こった？

混乱する頭で森の中を駆け抜けた。

そろそろ奴らが変異種とぶつかる頃だから、行動に移そうと思っていた。援軍を待つべきか迷ったが、人気《ひとけ》の少ない森の中という好機を逃す手はないと思ったからだ。

実際ギルドで手合わせをして、俺たちだけでも倒せるという自信はあった。

ギブソンの奴はあの獣人をいたく評価していたが、奴は脳筋馬鹿だからな。確かにあのパワーは脅威だし、あれだけの膂力《りょりょく》があるなら変異種を倒すことは可能かもしれない。何よりあのパーティー、全員がミスリル製の武器を所持していた。

だが真に警戒すべきはあのルリカという女とヒカリという小娘だ。特にあの小娘は何者だ？

あの商人も腕は悪くないが、人と戦うのが苦手な感じを受けた。

杖《つえ》を持つ二人は……足の運びを見た感じ多少は動けると予測できたが、所詮《しょせん》は魔法使いだ。問題ない。

そう思っていた矢先の夜襲だ。

油断していたのは否《いな》めないが、俺たち真の仲間の六人、誰一人気付くことが出来なかった。

「な、何者だ」

俺は木に背を預け、目の前の敵を見据えた。

答えが返ってくるとは思っていない。俺は口を開きながら周囲に視線を走らせていた。

この状況を好転させる何かがあるかを探すためだ。

……残念ながらない。いや、逆に絶望を味わった。

一人、二人、囲まれていることが分かったからだ。

こいつらは明らかに俺を敵と認識している。

「掃除屋か……」

異様に渇いた口で呟《つぶや》いた言葉は、奴らにも聞こえたはずだ。

それなのに誰一人として反応しない。

正式名称は知らない。

ただ俺たち仲間内で……裏の社会で噂《うわさ》だけが先行していた。

俺たちのような者たちを狩るための秘密部隊。実態が掴《つか》めないから、俺たちのような者を牽制《けんせい》するために嘘の噂を流しているのではないかと存在自体が疑問視されていた者たち。

だが実際は存在していたというわけか。

しかし何故見破られた？

俺たちは完全に溶け込んでいた。

それこそ長い年月をかけてこの国で生きてきた。

そこでハッとした。

今回の討伐依頼が急展開で決まったことを。

あいつらは最初断っていた。ナハルに行くと。

それなのに次の日には討伐を受けるとギルドに再び現れた。

あの一日で何があった？

確かあいつらはあの日……議事堂に入っていくのを仲間が目撃している。

あそこには誰がいる？

そうだ、魔女がいる。

ならこれは魔女の仕掛けた罠《わな》？

あいつらを餌に、俺たちを誘うために？

あいつらが討伐依頼を受けてから出立するまで期間がなかったのもそのためか？

長いこと受ける奴がいなかったから早く向かいたいというのは方便だったわけか……。

「なら……」

この情報を持って帰らなければならない。

俺がこの考えに至ったということは、今ここにいない仲間たちも気付いたに違いない。

それなら誰か一人が逃げおおせればいい。

そのために俺が出来ることは、一人でも多くの掃除屋の注意を引き、巻き込み痛手を負わせることだ。

俺は腰に手を当て魔道具を掴むと、それを地面に叩《たた》きつけた。

第4章

「変異種の討伐。ありがとうございました」

バルトからフラーメンに戻ってきた俺たちは、その日のうちに議事堂に招かれていた。

ギブソンたちとはバルトで別れて、一足先に帰ってきた。

報酬と倒した魔物の換金はバルトの冒険者ギルドで済ませたからね。

ギブソンたちが残るのは、バルトで装備を購入するためみたいだ。

ブラックスネイクと戦って武器防具が損傷したのと、元々あった貯金と今回の報酬で憧《あこが》れのドワーフ装備が買えそうと嬉《うれ》しそうに話していた。

ルリカもホークスたちに口添えしていたし、ギブソンたちも喜んでいた。

一緒に依頼に参加した冒険者数名が行方不明になった時は悲しんでいたが、町に戻った時にはいつもの調子に戻っていた。

切り替えが早過ぎるとか、薄情とか思うかもしれないが、冒険者の世界は常に死と隣り合わせだから他のパーティーメンバーの死ではそこまで悲しまないのかもしれない。

「それと監視しているという者たちですが、皆さんの協力もあって捕縛することが出来ました。ただ……」

既に終わっていたのには驚いた。

ヒカリはちょっと悔しそうだ。たぶん自分で捕まえたかったんだろう。

慰めようと俺がヒカリの頭を撫《な》でたら、安心したように目を細めて肩の力が抜けたのが分かった。

フラウの説明によると、討伐依頼で行方不明になっていたDランク冒険者の六人が俺たちを監視していた人たちで、別にもう二人仲間がいたそうだ。

激しい抵抗にあって捕縛の際三人が死亡してしまい、生き残った五人に他に仲間がいないかや、俺たちを監視していた理由を問い詰めたそうだ。

それで分かったことは彼らが他国の人間であることと、俺たちのことを監視していた理由はフィスイの変異種を討伐したのが俺たちだからという二点だけだそうだ。

何故二点だけかというと、それを喋《しゃべ》った翌日に五人とも死んでしまったからだ。白決だそうだ。

「もっと情報を聞き出したかったのですが、残念ながら相手の正体までは分かりませんでした。最初は帝国を疑ったのですが、調べた者の話では確証は得られなかったようですし。それに……フィスイの件が関係していると素直に話したのも気になります」

フラウは他に仲間がいるなら、これから先も俺たちが狙われる可能性があると言った。

ただこれはわざと目的を話し、俺たちを狙っていると共和国の目を惹《ひ》き付ける作戦かもしれないとも。

「あの冒険者たちの経歴を調べましたが、少なくとも五年近く前からこの国に滞在していることが分かっています。皆さんの古くからのお知り合いは大丈夫だと思いますが、基本警戒していた方がいいでしょう」

頭が痛くなってくる問題だ……。

「ま、考えても仕方ないよ。とりあえず旅を続けましょう。どうせ私たちがやることは変わらないんだし」

「……分かりました。何かあったら連絡をしてください。私の方でも注意はしておきますから」

ルリカの前向きな発言に、暗かったフラウの表情も明るくなった。

「けどフィスイの討伐の件か……フラウさん、一つ確認をお願い出来ますか？　ただ危険かもしれません」

俺の言葉にフラウが顔を上げて俺を見た。

俺たちを監視していた理由がフィスイの件というなら、間違いなく敵の目的は隷呪の魔石に違いない。それぐらいしか考えられない。

「実は隷呪の魔石はフィスイの町の近くにある山の洞窟《どうくつ》で見つけました。一応その洞窟をそのままにすると魔物の住処《すみか》にもなると思って埋めましたが、そこが掘り起こされてるか確認して欲しいんです」

「洞窟を埋めた……ですか。いえ、それよりも確かにそこが掘り起こされていたら、相手の目的は隷呪の魔石？　それが正式名称ですか。それを回収するのが目的ということになりますね」

俺が洞窟を埋めたなどの詳しい話をすると、フラウは最初驚いたけどすぐに表情を引き締めた。

「なるほど。逆にそうでなければ、変異種を狩った者を監視していた可能性が高くなるわけですか……一応変異種を討伐した人たちの無事を確認しつつ、洞窟がどうなっているかを調べてみます」

そしてフラウはすぐに人を呼んで指示を出していた。

ただその場合は危険もあるから、十分注意してもらいたい。

丸投げになってしまうが、俺たちが戻って確認するわけにはいかないからな。

それと俺が水晶の名前を口にしても気にした様子がないのは、俺が鑑定系のスキルを持っているのを知られたということだろう。

「あ、そうです。実は皆さんが戻ってきたら見てもらいたいものがあったのです。私では解読出来ませんでしたが、師匠が優秀だと太鼓判を押していたクリスさんなら分かるかもしれません！」

話が一段落したところで唐突にフラウは立ち上がった。

そして机の上にあった白い板を一枚持ってきて俺たちの目の前に置いた。

「これはどうしたのですか？」

「クリスさんは新しい遺跡が発見されたのは知っていますか？」

「ギルドで耳にしたことはありますが……詳しくは知りません」

「分かりました。まずクリスさんたちは、迷いの森と呼ばれている森はご存じですか？」

「はい、ナハルから東の方にある森のことですよね？」

「そうです。その森から北側にある山になるのですが、数カ月前に発生した嵐の時に、山崩れが起きました。そしてその崩れた山の中から遺跡が発見されたのです。この石板はその遺跡から発見されたものです」

フラウの説明にクリスは石板を手に取った。

手触りを確認したり表面を見たり、裏面を見たり色々している。

俺たちはその様子を黙って見ていた。

だってクリスが生き生きとしているから。

『シエル、邪魔はするなよ』

クリスの傍らで興味深そうに覗《のぞ》いているシエルに念話を飛ばす。

クリスは集中しているみたいだからシエルが近くにいるのにも気付いてないようだけど。

五分ほどその状態が続いていたが、やがてクリスは大きく息を吐《つ》いて石板を戻した。

「すみません。分かりませんでした。見たことのない文字です。ソラはどうですか？」

不意に話を振られて俺はクリスを見た。

目がキラキラ輝いているのはたぶん石板に何が書かれているか知りたいからだろう。

それだけ好奇心が刺激されたんだよな。

けどすぐにハッとして、

「ごめんなさい！　な、何でもないです」

と謝ってフラウの方に石板を押し戻した。

たぶん俺がこうした謎の文字を読めることがフラウにバレるのは拙《まず》いと思ったんだろう。

石板をよく見てないから分からないけど、俺が見ればたぶん内容が分かる。だってこの世界の……異世界の文字は、勝手に変換されて読むことが出来てしまうから。

「クリスちょっと見せて」

俺の言葉にクリスは驚きの表情を浮かべた。顔には「いいのですか？」と書いてある、ような気がした。

石板を受け取ってまず思ったのは、フィスイを囲む森の中にあった、あの凹凸の道に埋まっていた石と手触りの感触が似ているということ。

それから石板に目を落として固まった。

あれ？　何かデジャヴ？

思わず目を擦《こす》ろうとして仮面に手が当たった。

「ソラ、大丈夫ですか？」

「あ、ああ」

そうは答えたけど動揺していた。

だって石板に書かれたタイトルが『カレーの作り方』ってのはないだろ。しかもこれ、完璧《かんぺき》な日本語で書いてある。

……セリスが渡してきたカレーの本を書いた本人か？　いや、どうやら違うようだ。

使っている調味料があの時の本と微妙に違う。こっちは甘めのレシピで、隠し味に果実を使っている。フィスイの実の名前も載っている。

「……とりあえずここに書かれているのは料理のレシピです。あと、この文字を読めたのは解析のスキルが使えるためです」

「解析？」

「鑑定と同じようなものです」

クリスがクイクイと袖《そで》を引っ張ってきた。

俺は口元に笑みを浮かべると、

「フラウさんは俺が鑑定系のスキルを持っているのは知っていましたよね？」

「……はい。何か持っているのは分かっていました。正確に何のスキルかは分かりませんでしたけど」

そうだったのか？　なら早まったかも？

「安心してください。クリスさんが信頼している方たちです。皆さんに関することは決して口外しません」

フラウの視線が一瞬ミアに向けられたのを俺は見逃さなかった。

これはミアの素性も調べ上げられているのかもしれない。

「それで、ですが。実は他にも石板があるので、それを見てもらってもいいですか⁉」

眼鏡《めがね》の奥の目が爛々《らんらん》と輝いている。大人の雰囲気が消えて、まるで子供みたいだ。

あ、この人もクリスと同類か。

それは俺だけでなく、ルリカたちも悟ったようだ。

俺はその後計六枚の石板を見ることになって、何が書かれているかをフラウに話した。六枚中四枚が料理のレシピだったんだけど。

フラウはそれを聞いてフムフムと頷《うなず》き、それを嬉々《きき》としてメモしていた。

最後には石板を解読したお礼といって、遺跡への入場許可証を渡してきた。

……これって、俺に遺跡へ行って他にも色々解読しろってことじゃないよね？

そういえばあの石板。解析したらブルム鉱石だったな……。

◇◇◇

「いよいよ明日はナハルに向けて出発かー」

夜になり、お風呂《ふろ》から戻ってきたルリカがベッドに寝転がると大きく息を吐き出した。

心なしか表情が硬いように見える。

もしかして緊張しているのか？　と思い無理もないかなと思い直した。

冒険者になって、セラとエリスを探す旅に出た二人にとって、何年ぶりかの帰郷になるわけだし。

「皆、元気かな？　嵐による被害がナハルにも影響しているかもしれませんし、何事もなければいいのですが……」

クリスは時々耳にしている情報も相まって、心配しているようだ。

「けどセラを連れて帰ったら皆どんな顔するかな？」

「きっと驚くと思いますよ」

ルリカの言葉を受けてクリスは顔を綻《ほころ》ばせている。

その笑顔を見てルリカも「間違いないわね！」と笑みを浮かべている。

クリスと話していて硬さが抜けたようで、いつものルリカに戻っていた。

「そういえば二人の育ったナハルってどんな町なの？」

「それはボクも気になるさ」

ミアに同調するようにセラも頷いている。珍しく尻尾《しっぽ》が大きく揺れているから、かなり興味を持っているようだ。

三人が生まれ育ったルコスの町は帝国との戦争で住めなくなり、その時の戦争で帝国兵に捕まったセラは帝国で奴隷として生きてきた。

そのため逃げ延びた人たちが作ったナハルの町のことを、セラは全く知らない。

「村を大きくしたような町？　急造の町だったから何か特産品のようなものがあるわけじゃなかったけど、温かくて、町の人たちも優しかったかな」

「うん。たくさん助けてもらいました」

ルリカは特に冒険者の人たちにお世話になったそうだ。モリガンもある程度剣を使えたけど、やはり専門ではなかったからみたいだ。

それにクリスに色々と教える必要があったため、時間をあまり取れなかったという事情もあったそうだ。

「あの時は本当に大変でした」

クリスの顔が無表情になっているけど大丈夫か？

「おばあは容赦なかったからね」

ルリカも最初魔法を使えるようになりたくて教わったけど、剣に生きることにしたらしい。

何故《なぜ》かは聞かないでおこう。

「セラは昔からの知り合いに会ったら色々聞かれると思うから、覚悟しておきなさいよ」

その言葉にセラは困った表情を浮かべているが、ちょっと嬉《うれ》しそうだ。

けど色々な国を回ってきたルリカたちも、同じぐらい聞かれるんじゃないかと思う。

「……なら明日に備えてそろそろ休もう。ヒカリはもう夢の中だぞ？」

俺が促せば、皆の視線がシエルと共にベッドに横になるヒカリに注がれた。

「そうね。あまり遅くまで起きていて寝坊するわけにもいかないし……寝ようか？」

ルリカの言葉を受けて灯りを消すと、皆はベッドに入って眠り出した。

ただなかなか寝付けないのか、ゴソゴソと動く音が俺が眠るまで聞こえてきていた。


フラーメンを出発して六日後。俺たちの視線の先にナハルの町が見えてきた。

近付くと木を叩《たた》く音が聞こえてきた。

今回ナハルまでの移動は歩きだ。

徒歩になったのは、ナハルに向かう街道の南側に広がる草原が、薬草の群生地が多いことで有名らしく、そこで薬草を採取することにしたから。

これは冒険者ギルドと商業ギルドでポーションの在庫が減っているという話を聞いて手持ちを売ったため、急遽《きゅうきょ》補充をする必要があったからだ。

俺とミアが神聖魔法を使えるから、他のパーティーと比べるとポーションの使用は抑えることが出来ているが、俺たちの次の目的地は黒い森の中にある町だからね。余裕を持っておきたい。

あとはギルドから在庫が少ないと聞いて、ナハルでも同じように必要になるかもしれないと思ったというのも理由の一つだ。薬草採取の苦手なルリカも頑張っていた。

「この町には何の用で来た？」

身分証であるギルドカードを出すよりも前に、門番が尋ねてきた。

向けられる視線は険しく、何処《どこ》かピリピリしているように感じる。

「里帰りだけど？」

「はい、私たちこの町の出身です」

ルリカとクリスが答えたが、警戒の色は消えない。

この門番とは顔見知りじゃないのか？　二人を見ても何の反応も示さないし。それとも二人が成長して気付かないとか？

というか国境都市のベルカでもここまで厳重じゃなかった気がする。

「お前たちは？」

「彼らは私たちの旅の仲間よ」

俺たちに向けられた言葉を、ルリカが間髪いれずに遮った。

それからも色々と質問を受けてなかなか町に入れずにいたけど、

「ルリカ？　それとクリスか！　大きくなったな、見違えたぞ！」

騒ぎを聞きつけて現れた町の警備を担当している隊長のお陰で無事入場することが出来た。

「たく、お前たちもカードを確認すれば分かっただろう？　悪かったな。それとルリカにクリス、元気そうで安心したぞ」

隊長は門番に注意すると、改めて謝罪をしてきた。

門番の二人もペコペコと頭を下げてきた。

どうもこの二人はルリカたちがナハルを旅立ってから移住してきた人たちみたいで、ルリカたちのことは知らなかったようだ。

ただ隊長から説明を受けた二人は、何故か顔を青くしていた。何を聞かされたんだ？

「ううん、いいよ。事情も聞いたし、無事入場出来たからね。それよりも最初誰だか分からなかったよ。そんな髭《ひげ》なんて生やしているから」

この警備隊長はルリカたちの昔からの顔馴染《かおなじ》みで、髭を伸ばしたことですっかり風貌《ふうぼう》が変わってしまって最初ルリカも誰か分からなかったようだ。ちなみに髭を生やしたのは隊長に任命されて威厳を出すためらしい。

なお門番の対応が厳しかったのにも理由があった。
三、四カ月前に発生した嵐で多くの家屋が倒壊した。
国の支援で復興のために多くの人たちが町を訪れていたところに、周辺の被害状況を調べていた調査隊が山崩れの起きた場所で遺跡を発見した。

すると今度は遺跡から一番近い町がナハルだったこともあり、調査隊や護衛の冒険者、彼らを相手に商売をしようと多くの商人が集まった。

明らかに町が抱えることの出来る許容量を超えたナハルは混乱し、住人と外から来た者たちが衝突して警備隊が奔走することになった。

その時の記憶が残っているため、落ち着いた今も外から来る者に対する当たりが厳しかったそうだ。

「それからお前たちの家は無事だ。フィロたちやガキどもも元気だから安心しろ」

それを聞いたルリカとクリスは安堵《あんど》の表情を浮かべていた。

隊長の言葉を受けて、俺たちはルリカとクリスの案内でまずはその家に行くことにした。

そこは帝国との戦争で身寄りのない子供たちが寄り添って生活している施設で、ルリカとクリスも冒険者となってナハルを発《た》つ前はそこで生活していたそうだ。

その施設は町の西側にあるそうだが、まずは冒険者ギルドに寄って町の詳しい様子を聞くことにした。ちょうど通り道にあって目に付いたからだ。

時間が昼前ということもあってか、ギルド内は閑散としていて、受付嬢が二人いるだけだった。

ここにもギルド内に酒場が併設されているけど、今は閉まっているみたいで従業員の姿もない。

俺たちがギルドに入って受付に近付いていくと、若い職員が突然立ち上がって声を上げた。

「ルリカ？　それにクリスも！」

「？　もしかしてアイネ!?」

「そうよルリカ！　わー、久しぶりね。えっ、もしかしてセラ？」

アイネと呼ばれた受付嬢は、俺たちを順に見てセラのところで視線を止めた。

セラの顔を見て、ゆっくり視線が下がっていき途中で止まり、目を大きく見開いている。

その目に涙が溜《た》まっていくと、頬を伝い流れ落ちた。

「ど、どうしたのさ」

アイネの突然の涙にセラは動揺したようだった。

「だって……まさかまた会えるとは思ってなかったから……そっか、良かった。けど二人は凄《すご》いね。皆無茶だって、無理だって反対したのに見つけてくるなんて」

アイネの絶賛に対して、ルリカとクリスは一瞬困った表情を浮かべた。アイネは気付かなかったようだけど。

たぶんエリスをまだ見つけることが出来ていないからだろう。

「アイネさん、そろそろ仕事をお願いしますね。昔話はまた今度」

話が一段落したところで、アイネの隣から、年上の受付嬢の注意が入った。先輩かな？

すぐに注意が入らなかったのは、アイネとルリカたちの関係を察して再会の邪魔をしないように待っていてくれたのかもしれない。

アイネはそれを受けて咳《せき》を一つすると、

「ご用件は何ですか？」

と仕事の顔になって尋ねてきた。

ルリカもそれを受けて友達からギルドの受付嬢に対する態度に変えて質問をし始めた。

二人のやり取りを傍《そば》で聞いていたら、ヒカリがクイクイと袖を引っ張ってきた。

「どうした？」

「ん、暇」

確かに話を聞いているだけだと暇だよな。

ルリカたちの話は嵐による被害を中心とした、今の町の状況などだ。

「何の依頼があるか見てみるか？」

俺の言葉にヒカリが頷いたから、俺たちはその場を離れて依頼票の貼られている壁を目指した。

ちなみにミアもついてきた。

「変わった依頼多い」

「本当ね。建築の手伝いなんて初めて見るかも」

珍しいけど俺はエレージア王国で配達とかの依頼をチェックしていた時に見たことがある。報酬が高いのは水源の調査か。これは東の森の奥にあると思われる水源がどうなっているかを調べるみたいだ。

あ、一応誰かが受注しているというサインが入っているが、受けることは可能なようだ。

「ここには変異種の討伐依頼がないね」

「遺跡の調査をする時に、安全確保のために魔物を狩ったってフラウさんが言ってなかったか？」

対人戦と対魔物に長《た》けた冒険者をそれぞれ選んで派遣したとフラウから聞いた気がする。あと共和国で抱えている兵士たちも。

調査されていない遺跡にはお宝が眠っている場合があるから、それを狙う盗賊たちがいるっていう話を以前ルリカから聞いたことがあった。

話が終わったようなので、俺たちはギルドを出て今度こそルリカたちが暮らしていた施設を目指した。

途中色々なお店の前を通ったけど、店頭に並ぶ品は少ない。あと値段も高い。

他には家以外に天幕も目立つ。

「家が壊れた人たちの多くが天幕で過ごしているようなんです。木材は運ばれてきているんですけど、家を建てるための人手が足りないみたいで。あとは指示が出来る職人さんも」

クリスの視線を追えば、汗を流して働く人たちの姿がある。

体付きのがっしりした人たちが冒険者で、それ以外は町の人たちなのかもしれない。

大声で指示を出している背の低い人が現場監督といったところかな？

そしてやがて見えてきたのは宿のように大きな家だった。

「ここに皆で住んでいたんです」

「私たちがここを出る前は、確か五〇人ぐらいで住んでいたかな？　おばあも大変だっただろうな」

ルリカがそう言ったのは、マジョリカでノーマンたち子供の面倒を見ていたからかな？

「ここは変わってないかな？」

「……壁が綺麗《きれい》になっていると思います。あと、庭に花を植えたみたいですよ」

ルリカとクリスは懐かしそうにその建物を見ながら言葉を交わしている。

「そっか……私たちが旅に出たのは大分前だもんね。四年ぶりになるのかな？」

「全くその通りよ」

ルリカの呟《つぶや》きに、背後から声が返ってきた。

その声に導かれるまま振り返れば、大きな荷物を両腕で抱えた大人の女性が立っていた。袋から見えるのは緑色の葉っぱ、野菜かな？

その女性は俺よりも少し背が高く、気の強そうな目を向けていたが、クリスたちが振り返ると目《め》尻《じり》が下がり優し気な雰囲気に変わった。

「もしかして……フィロさんですか？」

「ああ、クリスだけじゃなくルリカもいるね。本当に、よく戻ってきたよ。それにこんなに綺麗になって。心配してたんだよ」

フィロは荷物を器用に抱え直して片手を空けると、二人を抱き寄せた。

「ちょ、ちょっと痛いよフィロさん」

「うん、痛いです」

傍《はた》から見ると優しく包んでいるように見えるけど、実際はかなり力が入っているみたいだ。

あ、荷物が潰《つぶ》れそうだ。

「文句言うんじゃないよ。本当に心配したんだよ」

熱い抱擁はしばらく続いたが、俺たちのことを思い出したのか頬を赤らめていた。

「悪かったね。それで……」

と、そこで今度はセラと目が合った。

ジロジロとセラのことを観察し、

「もしかしてセラ……かい？」

と驚き慄《おのの》いていた。

「久しぶりさ、フィ……」

セラは至って普通の反応だったが、耳はピコピコ尻尾《しっぽ》はソワソワと動いていた。

そしてそのセラの言葉を遮るように、フィロが荷物を手放し抱き着いた。

「どうしたのさ。フィロ姉」

「……もう駄目だって思っていたのに……またこうして会えるなんて……本当に良かったよ」

セラはそんなフィロの背中に手を回すと、二人はしばらくの間静かに抱き合っていた。

ちなみにフィロが持っていた荷物は、ルリカが落とすことなくキャッチしていた。

「……それでそっちの三人は誰なんだい？」

抱擁が解かれると、フィロは俺たちの方を見ながらルリカに尋ねた。目元を拭《ぬぐ》っている仕草をしたのが見えたが、もしかしたら涙を流していたのかもしれない。

「彼が商人のソラ。こっちがソラが旅先で救ったっていうお嬢様のミアで、こっちがソラたちの護衛のヒカリちゃん。旅の途中で出会って、色々お世話になったんだよ」

ルリカが意味ありげに笑みを浮かべながら説明している。

悪乗りしているな。四年ぶりの再会で妙なテンションになっているのか？

ミアなんて顔を真っ赤にしているじゃないか。あながち間違ってはいないから否定は出来ない。

ヒカリはコクリと満足そうに頷《うなず》いているし、名前の出なかったシエルは「私は、私は⁉」とでも言っていそうな感じで耳を振っている。

「そうかい。三人が世話になったね」

フィロもルリカの性格は分かっているのかミアたちを見て苦笑している。

「町には今日到着したのかい？　なら休んでいきなよ。ちびたちも喜ぶと思うし」

「……そうね。せっかくだし少し様子を見ていこうかな？　あ、けど忘れられてないかな？」

「それは大丈夫だよ。特にルリカは心配されていたからね」

「何で私が⁉」

心外だとルリカが口を尖《とが》らせている。

「クリスはしっかりしているからね。大変だったろう？」

「そんなことありません。ルリカちゃんは頼りになりますから。たくさん助けてもらいました」

クリスの真っ直《ます》ぐな言葉に、さっきまで文句を言っていたルリカはちょっと居心地が悪そうだ。

いや、照れているだけか。

フィロを先頭に施設の中に入っていくと、たくさんの子供たちが出迎えてあっという間にフィロを囲んでしまった。

その笑顔や生き生きした姿を見ると慕われているのがよく分かる。

子供たちは最初夢中になってフィロに話し掛けていたけど、俺たちの存在に気付くと急に黙り込んでしまい、フィロの体を盾にするように隠れてしまった。人数が多いから隠れきれていないけど。

「……ルリカ？　ルリカだ！　それにクリス姉ちゃんも！」

その中の一人……ヒカリぐらいの男の子が叫ぶと、子供たちの半数近くがルリカとクリスの前まで移動してきて、

「本当にルリカだぜ」「クリスお姉ちゃん？」「……会いたかった！」「おかえり！」「ルリ姉……」

「あの人たち誰？」

と口々に話し出した。

「はいはい。懐かしいのは分かるけどお姉ちゃんたちは疲れているんだから。まずは部屋まで移動しましょう」

騒ぐ子供たちを静かにさせると、フィロは子供たちを連れて歩いていく。

ルリカとクリスも手を引かれて歩き出したので、俺たちもその後についていった。

「それじゃちょっと子供たちの相手をしてもらっていいかい。私はお昼の準備をするから」

「あ、なら手伝います」

「いいよ、いいよ。ここまで来て疲れているだろ？」

「……でも」

クリスは周囲で騒ぐ子供たちとフィロを交互に見ている。

「仕方ないね。それじゃ手伝ってもらおうかね」

クリスが立ち上がると、

「私も手伝うよ。二人より三人でしょう」

とミアも後についていった。

それなら俺も手伝おうかなと腰を浮かせたら子供たちに捕まった。

男の子たちには何故《なぜ》仮面をしているのかを聞かれ、女の子たちにはルリカとクリスとの関係を根掘り葉掘り聞かれた。何故か誰と付き合っているのかという話にまでなったんだが……。

「あ、ソラ。ちょっといい?」

子供たちの勢いに押されていると、ミアが呼びに来た。

俺は助かったと思いながら素早くミアのもとに行った。

「ソラ、食材を出して欲しいの。出来ればお肉とか」

と言われたのでそのまま調理場へと移動した。

背後からの逃げた～という無邪気な声は聞かなかったことにしよう。

ミアの指示に従い食材をポンポン取り出したら、フィロはそれをポカンと見ていた。

「助かるけどいいのかい?　お金なんてないよ」

「これは俺たち皆で狩ったものだから大丈夫ですよ。それと……俺も料理を手伝います」

そう言ったら、フィロがクリスをチラリと見た。

「ソラは料理が得意だから大丈夫です。私たちの中では一番上手《じょうず》なんですよ」

クリスが言ってもまだ信じてもらえなかったけど、手際良く調理していくと、

「上手ね、ソラ君。いいお婿さんになれるよ」

とバンバンと背中を叩《たた》かれた。

やはりこの世界では料理が出来るというのは一種のステータスなのだろうか？

料理をしながら色々話したが、元々ミアが俺を呼びに来たのは、料理をしていて人数に対して食料品の量が少ないと感じたからのようだ。

それは今のナハルの食料事情が関係しているようだ。

「うちみたいなところには町長も気にかけて支給してくれるんだけどね。あくまで最低限の量なのよ。助かってはいるけど、育ち盛りの子たちが多いだろう？　やっぱり足りなくてね。けど子供たちじゃお金を稼ごうにも働き口がないから我慢するしかないんだよ」

ここに来る途中で見掛けたお店の品揃《しなぞろ》えが悪かったのは、本来この町で消費されるための食料が遺跡の方に運ばれているというのもあるようだ。

そのため遺跡目的に商売している商人から野菜を買おうとすると、高額過ぎて一般の人たちでは手が出ないということだ。

「分かるよ。商人たちだって生活があるんだから。だからといってねえ」

同じ商人として耳が痛いが、足元を見るような商売はしてないよね？　ポーション類とかお酒類の取引で多少の交渉はするけど、暴利を貪ったことはないと思う。

その日のお昼は、普段よりも豪華な料理が食卓に並んだため子供たちは興奮していた。

「ほら、そんなに急がないの」

とフィロが何度も注意していた。

料理に夢中になって聞こえていないようだったけど、嬉《うれ》しそうに食べる姿を見て目を細めていた。

「それじゃフィロさん。私たちは行くね」

「なんだい、もう町を出るのかい？」

「まだ町にはいるよ。早めに宿を探しておきたいからさ」

食事が終わってまったりしていたが、ルリカの言う通り宿を探す必要がある。

ルリカがギルドで聞いた話だと、嵐の被害を免れた宿がいくつかあるとのことだ。

「それならここに泊まればいいじゃないか。ここはあんたらの家なんだから」

「でも……」

「確かにルリカたちがいた時よりも子供も増えて狭いかもだけど。六人ぐらいなら大丈夫よ。食料もたくさんもらったし、ちびたちもルリカたちがいると嬉しいだろうしね」

フィロの話では独り立ちして施設を出た子もいるが、新たに引き取った孤児もいるそうだ。

また宿は家が壊れた町の人が避難しているため利用は難しいという話だった。

「アイネ、何で教えてくれなかったのよ」

とルリカは一人文句を言っていた。

結局フィロの言葉に甘えて、俺たちはナハルにいる間ここに滞在することになった。

翌日。俺は建築の仕事を手伝うために、クリスと一緒に建築を担当している人のところに行った。

「クリス嬢ちゃんか？　おお、おお、すっかり綺麗になって。無事帰ってきたんじゃな」

クリスの目の前には一人のドワーフ……マルスがいる。確かホークスが師匠と呼んでいた人だ。好々爺《こうこうや》といった印象で、クリスを見る目が優しく、頬を綻《ほころ》ばせている。

「うん、セラちゃんは見つけることが出来ました。けど、お姉ちゃんがまだ見つかっていないからまた旅に出ると思います」

「そうか……それでそっちのガキは何者じゃ？　まさか！」

ギロリと睨《にら》まれた。一瞬で表情が変わったな。

「ソラはお姉ちゃんたちを探すのを手伝ってくれている人です。ソラには色々と助けてもらっているんですよ」

クリスが説明してくれたが、まだ疑いの眼差しを向けられている。

その態度にクリスは気付いていない。いや、マルスが巧妙に隠しているから気付かないんだ。

クリスがマルスに顔を向けると、一瞬で態度を変えるから。

「それでクリス嬢ちゃん。わしに何の用じゃ？」

「うん、ソラが建築系のスキルを使えるから、家を建てるのを手伝いたいって。それでマルスさ……マルスお爺《じい》ちゃんが責任者の一人だって聞いたからお願いに来たんです」

「……うむ。それは構わないが、確か冒険者ギルドに依頼が出てたはずじゃ。そっちで手続きすればいいんじゃないのか？」

「ソラは冒険者じゃなくて商人なんです」

「なるほど、それでか。しかし報酬はどうするんじゃ？　町長に相談するか？」

報酬のことは考えてなかった。動機としてはクリスたちの故郷が困っているなら助けたいと思ったからだし。

「ソラと言ったか？　お主本当に商人か？」

素直に理由を話したら呆《あき》れた顔で言われてしまった。

けど印象は良くなったようで俺に対する態度が少し変わった。

「土が柔らかいのもあって家が嵐に耐えられなかったんじゃよ。二階建てや大きな家が無事なのは、基礎をしっかり作ったからじゃろうな」

それから俺はマルスに出来ることを話し、マルスも家の建て方や注意点について色々教えてくれた。

俺の主な仕事はその基礎を作るために地面を掘ったり魔法で強化することになった。

実際に俺が土魔法のスキルを使ってみせたらかなり驚いていた。

他にも建築スキルのお陰で出来る作業はあったが、まずは基礎を重点的に作ってくれと頼まれた。


俺が作業に参加して五日が経《た》った。

初日はそうでもなかったが、二日目から作業速度が劇的に上がり、一日一、二軒の家を建てることが出来るようになった。

冒険者の多くが参加しているというのもあるが、一番大変で時間がかかっていた作業が基礎作りだったため、そこが改善されたからだろう。

「ソラ。はい、お弁当。それと皆さんの分もあるからお昼休憩の時に食べてください」

あとはミアたちが差し入れしてくれる弁当の効果もあったと思う。

ミアとヒカリはフィロの手伝いをして子供たちの面倒を見てくれている。

ルリカたちは町の人と魔物の解体をしている。これはエクスが先の討伐依頼の時に狩ってきた魔物で、解体したものは町の人たちに分けている。この時ティアの両親と会うことが出来たそうで、彼女が竜王国で生活していることを伝えたら泣いて喜んでいたみたいだ。

クリスはそれ以外にも魔法で水を精製して町の人たちに配っている。

例の水が保存された魔道具が定期的に配られているみたいだけど、節約して使っているみたいだからね。それに関しては俺も協力している。

ただクリスが精霊の力を借りて井戸周辺の水脈を調査したところ、完全に涸《か》れてしまっていることが分かったそうだ。

「建築ペースが上がるのはいいが、このままだとマズいかもしれんのう」

マルスの呟《つぶや》きに理由を尋ねたら、使える木材がないと言われてしまった。

マルスの言葉に、冒険者たちは木材の山を見た。

うん、まだまだ大量に残っているよね。

「あれはまだ使えん。乾燥していない木材を使うと耐久性が落ちるからのう」

確かに土木・建築のスキルの知識でも使用を控えるようにとなっている。

乾燥させるには時間がかかるから、使えるようになるまでまだ五日は待つ必要があるとのことだ。

けど乾燥か……生活魔法の洗浄で乾燥させることも出来るけど問題は木材にも適用されるかだよな。

水を弾《はじ》き飛ばす……いや、吸収スキルで水分を吸収することは可能か？

あとで皆が帰った後にマルスに話してみるか。土魔法を利用して穴を掘ったり固めたりするのはそれ程珍しくないから人前で使うのは問題ないとしても、吸収はちょっと分からないからな。洗浄魔法でやれたと言っても何処《どこ》まで通用するか分からないし。

結局この日はいつもよりも早い時間に仕事は終了して解散となった。

「親方。ちょっといいか？」

この仕事に就くにあたり、マルスが親方と呼ぶようにということでそう呼んでいる。

「ん？　なんじゃソラか。帰らなくてよいのか？」

「ああ、少しあの木材を乾燥させられるか試してみたいんだ」

「……そんなことが可能なのか？　いや、それを確かめたいんじゃな」

俺が頷《うなず》くと「好きにせい」と言われたから俺は木材に手を添えた。

イメージは木材の水分を吸い取る感じだ。魔力を吸収する時と同じだ。

俺はスキルを発動させて、すぐに止めた。

「無理じゃったのか？」

それを見たマルスが尋ねてきた。期待していたのかちょっと残念そうだ。

たぶん木材が使えるようになれば家を早く建てることが出来るからだろう。

「……そのままだとちょっと……勿体《もったい》ない？」

俺の返答にマルスは首を傾《かし》げている。

吸収スキルで水を吸い取ろうとすると、その水が何処に行くかという問題が発生する。

その答えは魔力を吸収するのと同じように俺の体内に入ってくるわけだけど、それだと俺が辛《つら》いというか、すぐに限界が来て吸収を途中で止めないといけなくなる。

そこで吸収した水をどうにかしないといけないというわけだ。

一応魔力吸収と同じように一〇割の水が俺の体内に入ってくるわけではないけど、木材は大きく大量にある。

さらに吸収のスキルレベルも上がっているから吸収出来る量が地味に増えている。

俺は考え、錬金術でアイテムボックスの中に入っていた木材で樽《たる》を作った。

それが完了したら右手を木材に添えて吸収を発動し、体内に入ってくる水を左手から転移させて樽の中に注いでいく。

うん、これなら問題ないな。

水を鑑定してみたが飲み水でも利用可能みたいだ。

「な、な、何じゃ今のは⁉」

俺の作業が一段落したところでマルスが声を上げた。

「スキルとしか言えないかな？　木から水分を抜き取ってそれをこっちの樽に移したんだよ」

俺の説明に困惑した表情を浮かべていたマルスだったが、

「……やれてしまったわけじゃからのう。それで木材はまだあるが残りも出来るのか？」

と聞いてきた。

「休憩しながらになるけど、今日中に終わらせられるよ」

日が沈むまでにはまだ時間がある。

俺は吸収で次々と木から水分を抜き取り、休憩している時はマルスと話した。

主に俺が錬金術を使えることに驚いているようだった。

「一体いくつのスキルを使えるんじゃ」

「それは秘密かな？　お陰で行商人として生計を立てることが出来ているんだよ」

「そうか……まあ、深くは聞かんよ。嬢ちゃんたちの助けになっておるようじゃし、わしとしてはそれで十分じゃ。それより休憩してる間暇じゃよな？　良かったら旅の話を聞かせてくれんかのう？」

「それは構わないよ。あ、ただ俺も親方に聞きたいことがあったんだ」

隷呪の魔石の件をすっかり忘れていた。ホークスは師匠であるマルスなら分かるかもしれないって言っていたからね。

あと鍛冶《かじ》についても少し聞いておこうかな？　今俺が使っているミスリルの剣を見てもらって、強化出来るか相談したい。

この剣では、竜王に全然ダメージを与えられなかったから。

「交換条件ということじゃな。教えられる範囲でならよいぞ」

「一つ目はある魔道具？　を見てもらいたいということで、もう一つは俺が作ったミスリルの剣で相談したいことがあるんだ」

「ソラは鍛冶もするのか？」

「違うよ。えっと、実は錬金術で作ったんだ」

「……本当なのか？」

俺は頷いたが、疑いの目を向けられる。

確かに俺だって錬金術で剣を作ったたって言われたら、自分が出来なければ信じないかもしれない。

そもそも一般的な錬金術は、ポーション類などの作製や魔道具の研究・開発で利用されているみたいだから。杖《つえ》など一部の武器では錬金術も利用するみたいだけど。

そもそも俺の錬金術自体が特殊だと思う。装備品も……拳銃《けんじゆう》だって作れるわけだし。

「よかろう。で、どうするのじゃ？　何をわしに見てもらいたいのじゃ」

「あー、それは出来れば人気《ひとけ》のないところで見てもらいたいかな」

「ふむ……ならそっちはこの仕事が一段落したら見るとしよう。ミスリルの剣の相談も工房の方がしやすいじゃろうからな」


家造りの手伝いを初めて一七日目。作業は終了した。

終了したといってもまだ家が出来ていない住人もいるが、木材がなくなってしまったのだ。

「ソラよ。助かった。ここまで作業が進んだのはお主のお陰じゃ。次の木材が届くまで……いや、嬢ちゃんたちには目的があったな。ソラは嬢ちゃんたちについていくのか？」

「そのつもりだよ」

「そうか……なら明日はわしの家に皆で来るがよい。場所はクリス嬢ちゃんが知っておる。見てもらいたいと言っておったものと相談について話を聞くぞ」

施設まで戻るとミアたちが迎えてくれて、そのまま夕食を食べて、マルスから明日家に来るように言われたことをクリスたちに伝えて、俺はあてがわれた部屋で横になった。

ベッドがないから床にシーツを敷いただけだけど、魔物の毛皮のシーツだから体を痛めることなく眠ることが出来る。

「わざわざ家に呼ぶなんて何かあるのかな？」

明日行けば理由も分かるか？

さて、寝る前に久しぶりにステータスの確認でもするか。

名前「藤宮そら」　職業「魔導士」　種族「異世界人」　レベルなし
ＨＰ660／660　ＭＰ660／660（＋200）　ＳＰ660／660
筋力…650（＋０）　体力…650（＋０）　素早…650（＋０）
魔力…650（＋200）　器用…650（＋０）　幸運…650（＋０）

スキル「ウォーキングＬｖ65」
効果「どんなに歩いても疲れない（一歩歩くごとに経験値１＋α取得）」
経験値カウンター　５５３０８０／１８７００００
前回確認した時点からの歩数【１５７７１３２歩】＋経験値ボーナス【２７８９１２６】
スキルポイント　２

成長したスキル
【同調Ｌｖ７】【変換Ｌｖ８】【ＭＰ消費軽減Ｌｖ７】【変化Ｌｖ５】

（上位スキル）

【隠密Ｌｖ８】【解析Ｌｖ７】【時空魔法Ｌｖ６】【吸収Ｌｖ５】

（契約スキル）

【神聖魔法Ｌｖ７】


ウォーキングスキルのレベルが65まで上がっている。

この一七日間結構歩いたからな。というのも、俺は基礎となる土台の準備が終わったら、途中から木材置き場から建築現場までの運搬の仕事を主にやっていたからだ。

通りに面しているようなところなら荷馬車を使って運ぶことも出来るが、路地裏など狭い場所だと運べないところがどうしてもある。

そういう時は人の手で運ぶことになるわけだが、それで俺が活躍した。

だってどんなに重くても俺は歩いてしまえば関係ないから。

大の大人二人で運ぶようなものも、俺は一人で運べるし、歩いている以上疲れないからどんどん運ぶことが出来た。

一緒に作業していた冒険者からは、

「そんなに力があるなら冒険者をやった方がいい」

と勧められたほどだ。

ステータスもたぶん高いと思うけど、やっぱこれはウォーキングスキルがあってこそだからな。

利用出来るスキルポイントは2か……とりあえず今は保留かな？

「けど明日は久しぶりに皆で揃《そろ》っての外出か。ここのところ別行動が続いていたから楽しみだな」

俺はシーツに包《くる》まると、そのまま目を閉じた。

◇◇◇

「マルスお爺《じい》ちゃんの家に行くのはナハルを発《た》った日以来です」

「クリス。まだお爺ちゃんって呼んでるの？　マルスさんでいいじゃない」

「マルスさんって呼ぶと悲しい顔するから……」

「はあ、マルスさんはクリスに甘いからな」

「そんなことはないですよ。ルリカちゃんだって、マルスお爺ちゃんから餞別《せんべつ》で武器をもらって喜んでいましたよね？」

二人の楽し気な声を聞きながら、翌朝俺たちはマルスの家に向かった。

マルスは家を建てるための責任者になっていたが、本職は鍛冶師だ。例にもれず冒険者のための装備品を作っている。

共和国内でもその腕は有名らしく、高ランク冒険者がわざわざ足を運んで買いに来るそうだ。

一応ナハルの住人限定で包丁や鍋《なべ》などの調理器具も作っているそうだ。

そのマルスの家は、ナハルの住宅街から離れた場所に工房を構えている。

何故《なぜ》離れているかというと、工房で何かあった場合に被害を抑えるためらしい。

確かに鍛冶だと火を扱うし、その辺りが関係しているのかもしれない。

「よく来た。クリス嬢ちゃんとは会ったが……ルリカ嬢ちゃんは顔を見せに来なかったのう。まったく薄情なもんじゃ」

口ではそう言っているが会えて嬉《うれ》しそうだ。目尻《めじり》が下がっているね。

「それとそっちはセラ嬢ちゃんじゃな？　大きくなったな。それに再会出来てよかったのう」

「爺ちゃんも変わらず元気そうさ」

「それとソラにミア、ヒカリ嬢ちゃん。三人を助けてくれてありがとう。まずはソラの相談事から済ませておくかのう」

「まずはこれなんだけど。触れると呪いにかかるから注意してくれ」

俺は隷呪の魔石をマルスの目の前に置いた。

「むう、禍々《まがまが》しいのう。これは水晶？　いや、違うのう。呪い……だけじゃないのう。他にも何か効果がある感じがするのう」

「……魅了の効果がある。それとこれを見つけた状況なんだけど」

俺は変異種の話を交えながら、洞窟《どうくつ》での出来事を説明した。

「なるほど目が引き付けられるのはそれか……呪いに魅了……まるで変異種を生み出すための魔道具といった感じじゃのう。それでミスリルの剣で破壊しようとしたが無理じゃったということか……確かに普通の武器では無理そうじゃのう」

「マルスお爺ちゃん。それって普通の武器じゃなければ破壊出来るってことですか？」

「たぶんじゃがな。ただ、今工房の中にある武器では無理じゃろうな。触らなくても分かる。それでこれが破壊出来なかったから、ミスリルの剣を強化出来ないか相談したいということか？」

「……それも理由の一つかな？」

俺は隷呪の魔石を仕舞うと、ミスリルの剣をマルスに手渡した。

「ふむふむ、なるほどなるほど。しかしこれを錬金術でじゃと？」

マルスは早速鞘《さや》から剣を引き抜くと、それを色々な角度から入念に見ている。

「あー、こうなると時間がかかるかも」

「そうですね。マルスお爺ちゃん、夢中になると周りが見えなくなりますからね」

「仕方ない。戻ってくるまでの間、工房内を見学させてもらおっか」

ルリカは呆《あき》れ、クリスも困ったようにブツブツ呟《つぶや》くマルスを見ている。

「勝手にいいのかな？」

「いいの、いいの。私たちを放っておくマルスさんが悪いんだから。ミアも気にせず見るといいよ」

せっかくだし見学させてもらうか。

ホークスの打った装備は凄《すご》かったし、その師匠であるマルスが作ったものだ。興味がないと言えば嘘になる。

ただ工房内を主の許可なく自由に歩いていいのかと不安になるが……クリスたちには甘いみたいだし大丈夫かな？

俺は悪いと思いつつも好奇心には勝てず、工房に並べられた装備の数々を見て回った。

鑑定すればそのどれもが高品質と表示される。なかには追加効果の付与されたものもある。

解析すれば何の鉱石を使って作られたのかも分かったが、どうも追加効果は必ず付与されるものではないようだ。同じ鉱石を使っているのに追加効果のあるやつとないやつがある。

製造工程を変えているのかな？

俺の場合は追加効果は付与すればいいから、このような作り方はしたことがないんだよな。

「ソラよ。これをお主が錬金術を使って作ったと言っておったが、どうやって作ったのじゃ？　今ここで作ることは可能か？」

装備を見て考え事をしていたから、突然話し掛けられてちょっと驚いた。

夢中になっていて全く気配に気付けなかった。これじゃマルスのことを言えないな。

「素材がないからミスリル製のは無理だよ。鉱石を使った武器なら大丈夫だけど」

「なら一つ作ってくれるか？」

俺は頷《うなず》くと、アイテムボックスを確認して鉱石と鉄鋼石を使用した短剣を作ることにした。

俺は目の前に素材を並べて置き、錬金術を発動させると鉱石と鉄鋼石が混ざり合う。

そこに魔力を注ぎながら形をイメージすれば、鋼鉄の短剣が完成した。

「本当に錬金術で作りおった。しかもこんな短時間で。しかもこれは……ソラよ。少し試し切りをさせてもらうぞ」

マルスは工房の奥からいくつかの道具を用意して順番に試していった。

「切れ味に耐久度……普通の武器としては合格点じゃ……」

そのような評価をもらったが、マルスの眉間《みけん》には皺《しわ》が寄っている。

「マルスさん、何か含みのある言い方だけど問題でもあるの？」

「問題がないところが問題なんじゃよ。ルリカ嬢ちゃん、わしらが武器一本作るのにどれだけの時間を必要とするか分かるか？　それをほんの一瞬でやられたんじゃから驚くわい。ただ、そうじゃな。ちょっと待っておるがよい」

マルスはそう言うと工房の奥に入っていき、一つの武器を……短剣も持って戻ってきた。

「この短剣はソラがさっき作ったのとほぼ同じ素材で作っておる。セラ嬢ちゃん、ソラの作った短剣でこれを叩《たた》いてくれるか？」

セラは言われるまま武器を受け取ると、躊躇《ちゅうちょ》なく振り下ろした。

「壊れたさ」

セラの言う通り武器は壊れた。セラが振るった方の武器が、だ。

「見ての通りじゃ。同じ材質でも錬金術では限界があるのじゃ」

「それってマルスさんの腕がいいからじゃないの？」

「……それは否定せん。わしも自分の腕には誇りを持っておる。じゃがな……ソラは鍛冶《かじ》の、武器に関する知識はあるのか？」

ルリカの指摘に、マルスは俺に問い掛けてきた。

「武器に関する知識？」

「うむ、その反応だとなさそうじゃな。わしらもそうじゃが、装備品を作るにあたってただ鉄を打てばいいわけではないのじゃ。そこには何処《どこ》を叩けばより硬く、より鋭くなるかなどの知識が必要になってくる。さらに言うなら構造を理解する必要もあるのじゃ」

「それがあればもっと上質な武器が作れるようになるってことか？」

「あくまで可能性じゃがな」

確かにマルスの言う通りかもしれない。

知識を得るということはよりイメージの完成度が上がるはずだ。

なら鍛冶のスキルを習得すればいいのか？　いや、習得するだけじゃ駄目だ。スキルを使わないとスキルのレベルは上がらないし、経験を積むことは必要だ。

これは俺が剣術スキルを習得した時に実際に経験したことだ。

ならマルスに頼んで教わる？　弟子になれるか分からないし、そもそも時間がない。

「……嬢ちゃんたちはいつ町を出るんじゃ？」

「もう少し滞在する予定だよ」

そういえば建築の仕事が一段落したから、そろそろ町を出るのかと思ったけど、その話が出なかった。

「ねえ、マルスお爺ちゃん。私たちがいる間だけでもいいので、ソラに鍛冶を教えてもらうことは出来ますか？　ソラには私たちの装備も作ってもらっているし……」

「そうじゃのう……ソラは鍛冶に興味があるのか？」

「あります」

驚くほどすんなり言葉が出た。

理由はたぶん色々ある。竜王に敵《かな》わなかったこと。隷呪の魔石を壊せなかったこと。

だけど一番は、新しいことが出来るようになる楽しさがあるからだと思う。

もちろんそこには旅を快適に、戦いに負けないためにという理由もあるけど。

「よかろう。なら滞在する間わしが出来ることは教えよう。何処まで出来るかは分からんがのう。

それと……ここではわしのことは師匠と呼ぶように。ああ、ただ敬語は必要ない。今まで通りの話し方でよいぞ」

　こうして俺はマルスに弟子入りすることになった。


「まさかマルスさんに弟子入りするとはね。これにはさすがの私もびっくりよ」

　鍛冶師とか職人は、技術を盗まれるのを嫌がるイメージがあるから俺もびっくりだ。たぶん、クリスが頼んだからだよな。

　自然とクリスの方に視線が向く。俺だけでなくルリカたちもクリスを見ている。皆、同じ意見のようだ。

　当のクリスは皆の視線を受けて戸惑っている。

「時間もあまりないようじゃし、なら早速始めるか？」

「それは助かるけどいいのか？　というか師匠はルリカたちも呼ぶように言ったけど、何か用があったんじゃないのか？」

「おお、そうじゃった。まだ旅を続けるって話だったからのう。装備品の一つも餞別で渡そうと思ったが必要なさそうじゃからな」

　高価な品を餞別代わりにポンと渡すとか、本当にルリカたちのことを大切に想《おも》っているんだな。

「おやっさんいるかー。装備のメンテを頼むー」

　そこに外から大声が聞こえてきた。

　おやっさん？　たぶんマルスのことだよな。装備のメンテとも言っているし。

ただその声の主は、マルスが返事をするよりも前に工房の中に入ってきた。

「五月蠅《うるさ》いのう。そんな大声を出さんでも聞こえ……」

「バロッタさん！」

マルスの声を遮ってルリカが声を上げた。

バロッタと呼ばれたその男は、ルリカとクリスを見て目を大きく見開いている。

「ルリカの嬢ちゃんにクリスちゃんか？　おいおい、帰ってきたのかよ」

「はい、その節はお世話になりました」

クリスが深々とお辞儀している。どうもルリカとクリスは顔馴染《かおなじ》みのようだ。

「いいってことよ。俺たちもモリガンさんには散々世話になったわけだしな。それで……目的は達成出来たのか？」

「セラとは再会出来たよ。でも、エリス姉さんは……」

「そうか……えっと、君がセラか？」

ミアを見て、ヒカリを見て、セラのところで視線が止まってバロッタが尋ねた。

口ぶりからするとセラとは初対面みたいだ。セラが獣人ってことは聞いていたようで、すぐにセラと分かったみたいだ。

「ボクがセラさ。えっと、バロッタさんのことはルリカとクリスから聞いているさ」

「そうか。無事だったんだな」

バロッタはそれを聞くと頬を綻《ほころ》ばせていた。

「それでバロッタよ。何の用じゃ？」

話が進まないと思ったのか、マルスがバロッタに尋ねた。

「お、おお、忘れてたぜ。調査から帰ってきたから装備を見てもらおうと思ってよ」

バロッタは剣と胸当てをマルスに渡している。

「ふむ、かなり乱暴に使ったみたいじゃな」

「仕方ねえよ。魔物は強《つえ》えし、森の中は迷路みたいになっているしでよ。外に出られたのは本当に運が良かった。ま、日頃の行いのお陰だな」

「……なら失敗したのか？」

「ああ、とりあえず他の奴《やつ》らも装備を持ってくると思うぜ。これからどうするかは少しギルドの連中と話して決める感じだ」

よく見ればバロッタの顔には疲労の色が見えた。

「バロッタさん、調査って水源の調査依頼ですか？」

「おう、そうだ。さて、とりあえず俺は疲れたから一度家に戻るとする。いつぐらいに取りに来ればいい？」

「今は急ぎの仕事がないから二日もあれば大丈夫じゃよ」

「分かった。それでルリカの嬢ちゃんたちはまた旅に出るんだよな？　すぐ行くのか？」

「ううん、しばらくはまだ町にいるよ」

「そっか。なら一度話を聞かせてくれよ。他の奴らもあれからどうなったか気にしてたしよ」

「はい、私たちは施設の方に泊まっています。ただギルドで依頼を受ける時があるので、いない時もあります。もしいなかったらフィロさんに言付けをしてくれると助かります」

「施設の姉ちゃんか。分かったよクリスちゃん。それじゃあな！」

「まったく騒がしい奴じゃ」

マルスはぶつくさ言っているけど、無事戻ってきたことにホッとしているようだ。

「さて、仕事も入ったし忙しくなるぞ。ソラ、見るのも勉強になるはずじゃ。早速やるぞ！」

工房の奥に消えるマルスの後を追い、俺はこうしてマルスのもとで勉強を始めた。

◇◇◇

「はー、今日も疲れた」

夕食を終え、俺はシーツの上に倒れた。

シエルが心配そうに俺の顔を覗《のぞ》き込んできた。

「大丈夫だよ。疲れているけどさ。楽しいんだ」

マルスに弟子入りした翌日。俺はスキルポイントを1消費して鍛冶のスキルを習得した。

NEW
【鍛冶Lv1】

このスキルは料理や登山と同じで、鍛冶に関することが分かるというものだ。

お陰で初日は何も分からなかったのに、二日目からはマルスの教えてくれることが理解出来るようになってきた。

スキルのレベルが上がるほど理解力が増していくみたいで、これは他のスキルと同じだ。

また実際に剣とかを打っていないのにスキルの熟練度が上がるのは、マルスから鍛冶についての知識を得ているのと、手伝いをしているからだと思う。

弟子入りして五日で鍛冶のスキルレベルが4まで上がったのは、それだけ濃密な時間を過ごしたからだろう。

それに職人というと気難しいイメージがあるけど、マルスは丁寧に色々なことを教えてくれた。

例えば武器に追加効果を付ける方法だが、これは属性を宿した鉱石を混ぜながら武器を打つと出来るという。しかし、ただ打つだけでは駄目みたいだ。

必要なのは専用の道具と、打ち手の魔力。適切に魔力を籠《こ》めないと失敗してしまう。

こういう技術は代々受け継がれているようだが、失われた技術も多いと言っていた。

「実は帝国が攻めてきた時に使っていた兵器じゃが、あれも元々はわしらのご先祖様が開発したものなんじゃよ。わしも師匠から聞いただけで、実物は見たことがなかったんじゃがな」

ドワーフは……マルスの先祖たちは元々ボースハイル帝国に住んでいたそうだ。

ただいつからか帝国は人類至上主義を唱えるようになって、ドワーフも迫害の対象になった。

そのためマルスたちの遠い先祖は共和国に移住してきたみたいだ。

「ソラ、少しいいですか？」

少し早いけど寝ようかと思っていたら、クリスとヒカリが部屋にやってきた。

ヒカリはシエルと遊び始めたのだが、二人きりになって色々言われるのを避けるためについてきたのかもしれないな。色々言ってくるのは主に小さな女の子たちなんだけど。

「どうしたんだ？」

「水源の調査依頼なのですが、バロッタさんたちがまた受けるそうです。それで、私たちも受けようと思っています。ソラもついてきてくれますか？」

クリスは井戸が涸れていることを気にしていたからな。それに支援がされているとはいえ、水を自由に使えないのはストレスだよな。

師匠も鍛冶が満足に出来ないって嘆いていたし。建築の現場監督をやっていたのも、半分はそれが理由みたいなことを言っていた。

「もちろんだよ。師匠にはそう話しておくからって……何か変なこと言ったか？」

クリスが突然吹き出したから、そう尋ねた。

「いいえ、マルスお爺《じい》ちゃんのことをソラが師匠と呼ぶのにまだ慣れないだけです」

「そっか。それで水源調査で注意することとかあるのか？」

いい機会だから話を聞くことにした。

まずバロッタが工房を訪れた時にも話していた通り、森の中は迷路のようになっていて方向感覚が狂い、何処を進んでいるか分からなくなるようだ。木の表面を削って目印を付けたりしたみたいだが、それも見失ってしまった。

何故《なぜ》かと不思議に思ったバロッタたちは、野営をする時に近くの木の表面を削っておいたようだが、朝起きて見ると表面が元通りになっていたそうだ。

それならとナイフを突き刺してみたが、まるで吸収でもされたように消えていたとのことだ。

「あとバロッタさんは森から運良く出られたようなことを話していましたが、詳しく聞くと、諦《あきら》めて帰ろうと話し合った後に森から出られたみたいです」

「森が意思を持ってるとか？」

冗談半分に尋ねたが、

「昔から迷いの森と言われていて、近づかないようにキツく言い聞かされていたんです」

との答えが返ってきた。ナハルに移住した際、モリガンから言われたことがあるそうだ。

「とりあえずＭＡＰがあるから大丈夫だとは思うけど、機能しないことも考えておいた方がいいかもな？」

今までだってＭＡＰが上手《うま》く機能しない時はあった。主にダンジョンでだけど。

「そうですね。あとは魔物ですが、バロッタさんたちはＢランク冒険者です。そのバロッタさんたちパーティーでも強いと感じる魔物が森では出るそうですから、注意は必要だと思います」

「どんな魔物が出るんだ？」

「少なくともオークにタイガーウルフ、トレントにデススパイダーと遭遇したようです。あ、あと遠目にですがアンデッドを見たとも言っていました」

デススパイダーとは戦ったことがないな。スパイダー系は糸による攻撃が厄介だけど、それを罠《わな》に使ってくるのがな……。

「けどそれだけ強い魔物がいるとなると、森周辺は危険じゃないのか？」

地理的に何かあるような場所じゃないから人が近付くことは滅多にないと思うけど、未知なる素材を求めて行く人がいそうだ。

「それが不思議と被害はないそうなんです。もっとも私たちが知らないだけかもしれませんけど」

確かに人知れず……ってのもあるか。

「それでは準備は私たちの方でやっておきます。たぶん前日には顔合わせを兼ねて話し合いをすると思いますので、そのことだけを覚えておいてください」

話が終わってクリスが部屋を出ようとしたところで、ヒカリがシエルを抱いて寝ているのに気付いた。

静かだと思ったら寝ていたのか。ヒカリもミアと一緒に子供たちの相手をすることが多いみたいだし、体力を使っているんだろう。

「私がヒカリちゃんを連れていきますね」

「大丈夫なのか？」

俺が部屋までも運ぼうと思ったらクリスが背負っていくと言った。

「私だって冒険者ですよ？　それにヒカリちゃんは小さくて軽いですからね」

クリスが力こぶを作るポーズをして主張してくるから、その姿に思わず笑みが零《こぼ》れた。

「ソラ、おやすみなさい。あと、マルスお爺ちゃんが呆《あき》れていましたよ。ソラが休憩時間になると毎日散歩に出掛けるって。疲れているはずなのに全然休まないって」

俺が手伝ってヒカリを背負ったクリスは、おかしそうに笑いながら言ってきた。

そうは言っても座って休むよりも歩いている方が体力の回復が早いんだからしょうがないよな。

「ではソラよ。やってみるがよい」

俺はマルスの言葉に頷《うなず》き、錬金術を発動させた。

目の前の素材が混ざり合っていくのを見ながら魔力を籠め、同時に鍛冶《かじ》スキルを使って刀身の構造を強くイメージする。

次の瞬間、目の前には素材の代わりに一振りの鋼鉄の短剣があった。

マルスはそれを手に取ると、色々な角度からそれを確認し、用意していた試し切り用の素材……ビッグベアの骨に短剣を振り下ろした。

短剣は何の抵抗もなく骨を断ち、その切り口も滑らかだった。

「……うむ、これなら合格点をやってもよかろう……」

マルスはそう言って短剣を元の場所に置いたが、その表情は険しい。

「マルスさんちょっと不満そうじゃない？　成功したらもっと褒めてやればいいのに」

「そうは言ってもな、ルリカ嬢ちゃん。こうも簡単に武器を作られてはやってられないと思うのは仕方ないと思わんか？」

「う、そう言われると確かにそうだけど……」

マルスの迫力にルリカがたじろいでいる。

「それでソラよ。お主はこれで食っていくつもりがあるのか？」

「考えてないよ。そもそも装備品作りだって、基本仲間のものを作るだけだし。それに商売するならポーションを売った方が安定して稼げるだろうしね」

「それも錬金術で作るのか？」

俺が頷くとマルスは呆れたといった表情を浮かべていた。

「……そうか。ま、そこは本人の自由じゃからな。ただもし装備品で商売をやるようなら注意するんじゃ。こんな簡単に作れることが知られると接触してくる輩《やから》も出てくるじゃろうし、自分たちのところに強引に引き込もうとする輩が現れるかもしれん」

それはありそうだ。

最悪なのは俺に言うことを聞かせるために、手段を選ばない人たちだよね。仲間を……ミアたちを人質に取るとかさ。

「それじゃ師匠のお墨付きももらったし、武器の強化をするか」

俺はマルスの言葉を胸に刻みながら、ミスリルの剣を用意した。

今日皆にもここに来てもらったのは、ミスリルの武器を作り直そうと思ったからだ。

もちろん一から作るわけではなく、既存の武器を錬金術で再構築する感じだ。

まずは自分のミスリルの剣から始める。

俺は剣を手に持ちながら錬金術を発動させ、魔力を流しながら鍛冶スキルでイメージを練る。

剣が魔力に包まれてその形を変える。

一見すると大きな変化はないが、確かな手応えを俺は感じた。

「師匠、お願いします」

出来具合を確認してもらうため、俺はミスリルの剣をマルスに手渡した。

「……うむ、良い出来じゃ」

マルスのその言葉にホッと胸を撫《な》で下《お》ろした。

俺は次いでヒカリ、ルリカ、セラの順に武器を作り直していった。

全ての作業が終わるのに、たぶん一〇分もかからなかったと思う。

「ソラ。魔力の通りが良くなった気がするさ」

早速セラが武器の状態を確認したのか、そんなことを言ってきた。

元々魔力の伝導率が良かったのが、さらに改善することが出来た。少ない魔力で今までと同等、いや、それ以上の威力を発揮出来るようになった。

俺も自分のミスリルの剣の状態を確認し、マルスに断って隷呪の魔石を取り出した。

以前よりも強化されたミスリルの剣で果たしてこれが壊せるか？

ヒカリたちも俺が隷呪の魔石を出したことで、手を止めてこちらを注目している。

俺はミスリルの剣に魔力を流すと、剣を上段に構えてソードスラッシュを叩《たた》き込《こ》んだ。

キンッという音がして……隷呪の魔石は傷一つ付いていない。

「ソラ、ボクも試していいさ？」

単純な膂力《りょりょく》ならセラの方が上だし任せてみよう。

皆が注目する中セラは目を閉じ集中すると、左手でまず斧《おの》を振り下ろし、隷呪の魔石に当たった瞬間、間髪いれずに右手の斧を左手の斧に叩きつけた。

時間差による一撃で衝撃が生まれた……しかしそれでも隷呪の魔石には傷一つ付いていない。

俺は呻《うめ》き声を上げたセラに、リカバリーをして離れるように言った。

武器で触れてもやはり呪いに感染するようだ。

「これは一生アイテムボックスの中に封印か？」

今のところそれが一番安全だ。

実は一度だけ、マルスの打った剣でも試したことがあったのだが、結果は同じだった。

武器自体のポテンシャルはマルスの武器の方が上だが、魔力を籠めるとミスリルの剣の方が上だと、今の俺なら分かる。


「世の中には破壊不可能のもんは存在するからのう。ダンジョンの壁とか。もしかしたらそれと同じなのかもしれんのう」

結果を見たマルスが優しい。慰めてくれているのかな？

いや、自分の打った剣でも同じ結果だったから自分に言い聞かせている可能性の方が高い。

実際駄目だった時、悔しがっているのを隠せていなかった。

「……ソラよ。お主が鍛冶を習おうと思ったのは、これを破壊したかったからなのか？」

「それも理由の一つだけど、本当はもっと前に全然敵《かな》わなかった出来事があってさ。それもあって師匠から話を聞いて、鍛冶を習おうと思ったんだ」

竜王の体に付けた僅《わず》かな傷。竜が全てあの強度かは分からないけど、竜種の強さを思い知らされたんだよな、あの時。

「そうソラに思わせた原因を聞いてもよいかのう？」

「ん？　竜と戦ったんだけど、全然ダメージを入れられなくてさ」

答えてハッとした。

恐る恐る視線を向けると、ミアとクリスが怖い顔をしていた。

「ソラ？　いつ、何処《どこ》で、何と戦ったの？」

今のミアは物凄《ものすご》く魅力的な笑みを浮かべているんだけど、目が全然笑っていない。

あ、師匠と目が合ったのに逸《そ》らされた。

いや、分かるよ。俺だってきっとそうする。

「ちょっと用事を思い出したのじゃ」

と言って席を立ったのはどうかと思ったけど。

「……実は竜王国で。詳しくは帰ってから話します」

「まったく。あまり心配させないでよね」

「ソラ、そうですよ」

怒っているのは、それだけ心配してくれている裏返しだからね。俺は素直に頷いた。

ただ言い訳をさせてもらうと、あれは俺も巻き込まれた感じだから。

俺だって好き好んで戦わないよ、竜となんて。

あ、師匠が戻ってきた。

「ま、まあ、色々大変だったんじゃな。それでどうじゃ、今の剣でなら通用すると思うか？」

「どうだろう？　試してみないと分からないな」

「今試せるのか？」

俺はアイテムボックスから竜の鱗《うろこ》を取り出した。

この鱗は欠片《かけら》だけど、サイズは盾を作れるほどの大きさはある。

今は薄い黒色だけど、アルザハークが体から剥《は》がす前はもっと濃い黒色だったような気がする。

「これは……竜の鱗じゃな。しかも素材としては間違いなく一級品じゃ」

「うん、ここにちょこっとだけ傷があるけど、それも正面から攻撃したんじゃなくて、隙を突いてやっとこれだけの傷を付けられたんだよ」

「うーむ。これは試さない方が良いかもしれんのう」

「そうなのか？」

「見たところ、今のソラの剣ならこれよりも深く斬ることが出来るはずじゃ。なぜなら、竜の体から離れたことでこいつの強度は弱まっているはずじゃからのう。もちろん加工することで元の強度……いや、それ以上のものを作ることは出来るじゃろう。ま、作り手の腕次第じゃがな」

マルスの言う通りなら、せっかくの素材を駄目にすることになるからやめておいた方がいいな。

「師匠ならこれで盾を作ることは可能か？」

「んー、出来ないことはないが、時間がかかるじゃろうな。ソラは無理なのか？」

「今の俺だと難しいかな」

鍛冶のスキルを覚えた後に、竜の鱗を使った盾が錬金術のリストの中にあったから試そうと思ったけど作ることが出来なかった。竜王の鱗が錬金術を受け付けなかったのだ。

もしかしたらだけど、これがただの竜の鱗ではなく、竜王の鱗だからかもしれない。

創造の中にも竜の鱗を使った防具があったけど、そっちは普通に使えそうだったんだよな。理由は分からないけど、使えるとなんとなく伝わってきた。もっとも他の素材が足りないから、こっちも今は作ることは出来ないんだけど。

俺がアイテムボックスに竜の鱗を戻した時、

「のう、ソラよ。竜の素材はそれだけか？」

とマルスが聞いてきた。

「もう一つあるよ。牙《きば》だけど」

俺が答えると、マルスが是非それも見てみたいと言ってきた。

竜の鱗の質の良さに、他の素材も見てみたいという欲求に駆られているようだ。

鼻息荒く迫ってきてちょっと怖い。

俺はマルスを引き剥がすと、アイテムボックスから竜の牙を取り出した。

これは真っ白で、光を受けると僅かに銀色に輝く。

「こ、これは……」

マルスは目を大きく見開き、口をあんぐり開けたまま固まってしまった。竜の牙に伸ばした手は、ワナワナと震えている。

「このようなものが……いいものを見させてもらったものじゃ。鍛冶師にとって、やはり一番は最高の素材に出会うことじゃからな。じゃが、これはわしでは無理じゃ。正直これで完成……いや、そんなことはないのう。もしわしがこれに手を加えられたとしても、きっと劣化品しか作れぬ。むしろ潜在能力を殺してしまうじゃろう」

鱗の時以上の反応だ。


【龍《りゅう》＊の牙】その一撃は神をも殺す……かもしれない？

鑑定した時に表示される文章は分かりやすいものもあれば、ふざけていると思うものもある。

これは抽象的でどう判断すればいいのか困るパターンだ。

マルスの言う通り最高の素材であることは間違いないと思う。


【龍＊の鱗】硬くて強い。魔力を流すと真の力が発揮される？


ちなみに竜の鱗を鑑定した結果はこうだけど、魔力を流しても特に変わった様子はなかった。

むしろ魔力を吸われ続けるだけで、危うくＭＰがなくなるほどだった。

鱗の魔力容量の上限まで魔力を注げる者だけが真の力というのを見ることが出来るのかもしれない。

「マルスさんから見てもそんなに凄《すご》いんだ。ならこの牙で隷呪の魔石を叩いたら壊れたりするのかな？」

絶賛するマルスを見て、ミアがそんなことを言い出した。

竜の牙だけど……さすがにそれは無理だと思う。

「別に減るものじゃないでしょ？　ならやってみればいいと思う」

俺が黙り込むと、さらにミアは促してきた。

ミアの表情を見ると興味あります！　て書いてある。

これは梃子《てこ》でも動かないな。

クリスからもなんとなくミアと同じ気配を感じる。

……クリスは知識欲が強いからな。

一歩も引かなそうな二人を前に、俺は隷呪の魔石を取り出した。

そして竜の牙を手にして……、

「ミアかクリスがやってみるか？」

と尋ねた。

俺がやってもいいが、自分たちでやった方が納得いくと思ったからだ。

「……なら私がやるよ。私だったら呪いを防ぎながらやれるからね」

ミアは自分に祝福をかけ、両手で竜の牙を握ると目の高さに構えた。

そして一呼吸おいて、隷呪の魔石目掛けてそれを真っ直《まっす》ぐ下ろした。

それは傍《はた》から見ると力の入っていない一撃。勢いもなければ重力に従いただ真下に下ろしたという行為にも見えた。

それなのに……竜の牙の先端が隷呪の魔石に当たると、まるで吸い込まれるように下に沈み、隷呪の魔石は真っ二つに砕けた。

「……本当に壊れちゃったね」

やった本人が一番驚いているように見えた。

俺も正直唖然《あぜん》としてその結果を眺めている。

ただそれは俺とミアだけでなく、ここにいる人全員が驚いていたと思う。

俺とセラが全力を出して傷一つ付けられなかったものが、あっさり砕けたからね。

俺は二つに割れたそれを一応用心しながら手に取ったが、特に呪いにかかることもなかった。

「ミア、見ていて気になったりするか？」

「……ないかな」

魅了の効果もなくなっているようだ。

鑑定してみたら、

【封呪の欠片】

と名称が変わっていた。


その日の夜。食事を済ませた俺たちは集まっていた。

理由はいつ、何処で、竜と戦ったかを説明するためだ。

「竜王様と戦った……何のために？」

半ば呆《あき》れながらルリカが尋ねてきた。

「力試しだって言ってた。次の目的地が黒い森の中だから、心配して実力を試したんじゃないかな？」

皆にはそう説明したが、竜王の……アルザハークの口ぶりからはもっと切実な何かを感じた。

「確かにいきなり呼び出されたなら仕方ないね。行くなって言っても断り辛《づら》かったと思うし。今回はソラに非はなさそうだから、クリスもミアもいいよね？」

おお、許されたようだ。

クリスとミアの二人も頷《うなず》いている。

ただルリカ、今回〝は〟を強調して言わなくてもいいと思う。

「それでルリカたちの準備は終わってるのか？」

明日出発することになっているのだから、終わっていることは分かっている。ま、まあ、話題を変えるための方便です。

「準備は終わってるさ。もっとも忙しかったのはクリスだけだったさ」

「クリス姉頑張った」

水源調査に出掛けるから、水の補給をしていたみたいだ。町の人たちも空《から》の樽《たる》を集めたりと手伝ってくれたそうだ。

「そうね。それに一番苦労したのはフィロ姉の説得だったしね」

ルリカは苦笑して疲れた表情を浮かべた。

「フィロ姉の中では、今でもボクたちは子供なのかもしれないさ」

確かに水源調査に行くと伝えたら、バロッタたちに任せればいいと最初反対されたようなことを言っていた。

「ソラも昨日は忙しかったですよね？」

「俺も離れるからな。その間師匠は木材が届いたから家を建てるってことで、基礎と木材の乾燥をお願いされたんだよ」

お陰で水を貯《た》めた樽がいくつも出来たから、明日ここを出る前に部屋に置いていこう。

◇フィロ視点

ルリカとクリスが帰ってきた。

あの子たちが旅立って何年経《た》ったのか……知らせ一つ寄越さないから物凄く心配していた。

ただセラを連れて帰ってきたことを知って、私は本当に驚いた。

だって私は半ば無理だと思っていたから。

それとセラ以外にも三人の少年少女が一緒にいた。

どうやらルリカたちが世話になったようだね。

「それでまだ旅は続けるのかい？」

答えは分かっていたけど聞かずにはいられなかった。

「はい、まだお姉ちゃんを見つけていませんから」

「けど全ての国を回ったんだろう？　これ以上何処《どこ》を探すっていうんだい？」

私の言葉にクリスは困ったような表情を浮かべた。

それを見て察した。

行き先に心当たりがあるのと、きっと今度行くところは危険な場所なんだろう、と。

本当だったら止めないといけないんだろうけど、言って止まるようなら最初から旅なんかしていないからね、この子たちは。

モリガンさんが何度危険だって言い聞かせても駄目だったほどだし。

それはルリカ、クリス、セラ、そしてエリス四人の絆《きずな》が深いからなんだろうね。

他の子供たちとも仲が良かったけど、この四人はその中でも特に一緒に遊ぶことが多かったから。

何よりあの三人は、エリスのことを慕っていたからね。

そうだ。ならあれをクリスに渡そう。

私はクリスを呼び出すと、昔モリガンさんが使っていた部屋に呼んだ。

「フィロさん、これはお婆《ばあ》ちゃんの？」

「ああ、そうだよ。昔ね、モリガンさんが出掛ける度に、ここに置いていってね。もし万が一自分が帰らなかった場合は、これをクリスに渡してくれって頼まれてたんだよ」

「う、受け取れません」

クリスの性格だとそう言うと思った。

このペンダントをモリガンさんが大切にしていたのはこの子も知っているからね。

「……これは一時的に預けるだけだよ。だからこれをまた返しにナハルに帰ってきておくれ。そうだね。エリスを見つけたらでいいからね」

私が半ば強引に渡すと、クリスは困った表情を浮かべていたけど受け取ってくれた。

こう言っておけば無茶なことはしないだろう。

それに優しい子だから、無下に出来なかったんだろうね。

そしてクリスたちはバロッタさんたちと一緒に予定意通り水源調査に出掛けた。

私は皆を見送りながら、たとえ失敗してもせめて無事に帰ってきて欲しいと、願うことしか出来なかった……。

閑話・4

フィスイの討伐依頼を達成した冒険者の正体が分かった。

入手した情報だとナハルを目指して旅しているということで、フラーメンにもきっと寄るはずだ。

フラーメンを中心に活動している奴《やつ》らがちょうど滞在しているから、そいつらが監視を担当することになった。懸念材料として、全員が俺たちの仲間じゃないということだが、その辺りは上手《うま》くやるはずだ。

出来れば俺たちも行きたいところだが、洞窟《どうくつ》を掘る作業が終わらない。本当に終わらない。地道な作業だ。

「どうやらまた変異種の討伐をするらしいぜ、例の奴ら」

聞いた話だと男一人と女五人のパーティーで、そのうち冒険者が三人って話だ。他には商人と神聖魔法の使い手と特殊奴隷がいるそうだが……組み合わせが謎だ。ルフレ竜王国から来たということまでは分かっている。

冒険者三人のランクはCという話だが、Bランク並の腕と考えた方がいいだろう。

フィスイで討伐された魔物の中には、レッドベア三体と変異種が二体いたという話だからな。

「休憩は終わりだ。そろそろ再開するか」

気が重くなるが、途中でやめるわけにもいかない。

それに掘った距離とかかった日数を考えると、あと三日ほどで奥の空間に到達するはずだ。

その広い空間がぎっしり埋まっていたら……今は考えるのをやめよう。

後ろ向きに考えるとやる気が削がれる。


「連絡が途絶えた？」

作業の手を止めて、その情報を持ってきた者を見た。

俺以外の者たちも皆そいつに視線を向けている。

「ああ、六人と別で動いていた二人全員が行方《ゆくえ》不明になった」

「それは変異種との戦闘に巻き込まれたのか？」

「違うようだ。一緒に依頼を受けていた冒険者たちの話だと、夜中に何者かの襲撃を受けたって話だ」

「……襲撃を受けたという他の奴らに被害は出たのか？」

「いや、出ていないようだ」

それは最初から六人を狙った襲撃ということになる。

正体がバレていた可能性が高いということだ。

別で動いていた二人も消息を絶ったんだからな。

知っていて泳がせていたのか？

他の奴らもそのことには気付いたようだ。

「国が動いている可能性が高いな……」

誰かの呟《つぶや》いた言葉が重くのしかかる。

この国にはあの魔女がいる。

これからはより一層慎重に動く必要がある。

「とりあえず作業を急ぐぞ」

ここでの結果次第で、俺たちの次の行動が決まる。

ここであれを回収出来たらそれで終わりだが……なかったら……。


「例の森に行くそうだ」

「水源を目指すのか？」

「たぶんな。ギルドにも依頼が出ていてそれを受けたそうだ」

結局あれは洞窟内にはなかった。

ならあいつらが持っている可能性が高い。

ただあれを普通の者が持ち歩くには最低でもアイテム袋が必要だ。

国を渡るほどの商人なら持っていても不思議ではない。

それに同行者の中に神聖魔法の使い手もいる。環境は整っていたということか。

「迷いの森か……」

あの中で人を探すのは至難の業だ。

しかし見つけることが出来れば、人目を気にせず襲うことが出来る。

「彼らは合流出来そうか？」

「ああ、大丈夫だそうだ。ただ人目につかないように注意する必要がある」

迷いの森はこの国の住人でさえ滅多に近付かない。

……近くで発見された遺跡を利用するか。商人に扮《ふん》して遺跡を目指し、途中から道を逸《そ》れればいい。

正直遺跡も気になるが、今は下手に仕掛けるのは得策ではない。

腕利き冒険者をはじめ、兵士も滞在しているらしいからな。

国に報告したが今は静観するようにと指令が届いた。

魔王討伐に備えてこちらに追加で人員を派遣出来ないためだろう。

無茶な命令をしてこなくて助かった。

「それじゃ俺たちも急ぐか」

俺は頷いた。

目指すは迷いの森か……。

第5章

「今日も悪いな」

熱々の肉串《にくぐし》に齧《かじ》り付き、バロッタは頬を緩めた。彼の仲間である男たちもそれに倣い食事に手を伸ばす。

ルリカたちの話では、バロッタたちとはナハルに移住した時からの付き合いだそうだ。

短い期間だけどモリガンから教えを受けた恩があり、ルリカとクリスがナハルを旅立つ時に帝国まで一緒に行ったということだ。

二人の初々しい話をバロッタたちから聞きながら草原を歩いていると、時間が経つのをつい忘れてしまう。

クリスの話題が多いからか、クリスは俯《うつむ》いて顔を真っ赤にしていることが多かった。

「いよいよ明日か……今度こそ突破してえな」

ここまで来るのに三日かかった。

遠くには鬱蒼《うっそう》と茂った森があり、あと一時間も歩けば到着出来る距離だ。

ただ今日はここで野営をして、森に入るのは明日になる。

水源調査というぐらいだから、川沿いを上流に向かって辿《たど》れば迷わないと思ったが、森の中は水が地中を流れているのか川がないそうだ。

「今日も先に見張りを頼んでいいのか？」

「うん、大丈夫だよ」

「そっか。別に俺たちだけでやってもいいんだぞ？　飯を作ってもらっているしよ」

「そんなこと気にしなくていいって。それに大変なのはこれからなんだから。しっかり休んで体力温存しないと」

ルリカのその言葉にバロッタは森の方を見ると、

「そうだな。ルリカの嬢ちゃんの言う通りだ」

と頷《うなず》いた。

「バロッタさん、その嬢ちゃんはいい加減にやめて欲しいかな？」

「……分かったよ、ルリカ。それじゃ頼んだぞ」

そう呼ばれたルリカは満足そうに頷いていた。心なしか嬉《うれ》しそうだ。

俺たちが見張りをするのはルリカの言う通りバロッタたちに負担を掛けないためと、シエルにご飯をやるためだ。

俺は料理の入ったアイテム袋をルリカに渡すと、見張りを開始した。

シエル用の食事をルリカに渡したのは、色々と我慢してくれているシエルを、ルリカなら甘やかしてストレスを解消してくれると思ったからだ。

MAPで見る限り周囲には何の反応もない。

「しかし……」

俺はMAPから目を離し、再び森へと視線を向けた。

魔力察知を使っていないのに、森全体から強い魔力が放たれているのが分かる。

ＭＡＰの表示範囲内だけど、残念ながら森のある場所は黒く塗り潰《つぶ》されていて何も見えない。

あとはダンジョンのように境界線が引かれていて、森の中に入ったら表示されるかだが……それは期待しない方がいいだろう。

水源の調査依頼を受けることを決めてから、何度かバロッタたちと会って話を聞いた。

聞けば聞くほど厄介な場所だということが分かる。

その中でも特に厄介だと思ったのは、魔物の気配が全く分からなかったというところだ。

バロッタの仲間にも探索系のスキル持ちがいるのにだ。

バロッタたちがそれでも誰一人欠けることなく生還出来たのは、一三人という一パーティーにしては多い人数と、ベテランならではの経験があったからだ。

危険と分かっている場所に再び赴くのは、それだけナハルのことを、そこに住む人たちのことを大切に思っているから。会話の端々からもそれが伝わってくる。

「ソラ、シエルちゃんは……いませんね？」

見張りをしていたらクリスが俺のところにやってきた。持ち場を離れるなんて珍しい。

「どうしたんだ？」

「私の契約精霊たちが落ち着かないようなので、どうなのか気になって」

「……シエルはいつも通りだったな。ご飯が食べられると元気一杯だったよ」

「そうですか」

俺がシエルはルリカと一緒にいることを話すと察したようだ。

「精霊の落ち着きがないのはあの森が原因なのか？」

「たぶんそうだと思います。森に近付いたらこのような状態になりましたから」

魔力の強い森だから、何かあるのかもしれない。

「……そうだ一つ聞きたいことがあったんだけどいいか？」

俺は水源調査の旅が始まってから、どうしても気になることが一つあった。

「何です？」

「その胸のペンダントはどうしたんだ？」

それは緑色の宝石のついたペンダントだった。

今まで見たことがなかったものだし、移動中も大事そうに触っているのを見て気になったのだ。

ナハルには昔からの知り合いもいるし、誰かからプレゼントされたのかな？

言われたクリスはキョトンとしていたけど、どんな経緯でそれを手に入れたのかを教えてくれた。

「なら今回も無事帰らないといけないな」

「はい。だけどそれはソラも同じですからね」

無茶をしないようにしてくださいと釘《くぎ》を刺された気がした。

「えっと、一つ確認したいことがあるんだけど、少しだけここにいてもらってもいいか？」

だから勝手に森に行くのをやめて、クリスに断りを入れて行くことにした。

「何をするつもりですか？」

「森でMAPが使えるかと、影とエクスを呼び出せるか確認をしておきたいんだ」

俺の言葉に眉《まゆ》を顰《ひそ》めたが、

「すぐに戻ってくるから」

と約束して、俺は気配遮断と隠密を使って転移で森の手前まで飛んだ。一度に森までは無理だったから、何度か転移を使ってだけど。

そこで影とエクスを呼び出して森の中に入ったが、森の中に一歩踏み込んだ瞬間に影たちはゴーレムコアに戻ってしまった。

ついでMAPを呼び出したが、表示されたMAPは真っ黒だった。

「MAPだけでなく、ゴーレムも呼び出せないのか……」

俺はそれを確認すると、コアをアイテムボックスに戻して転移を使ってクリスのもとに戻った。

そしてその結果を、クリスは表情を強張《こわば》らせて聞いていた。


「主、くらくらする」

森の中に入ってまずヒカリが頭を押さえて言ってきた。

「大丈夫か?」

「……うん、我慢」

「分かる。私も少し頭が痛いな」

ルリカがそう言ってこめかみを押さえている。

二人に共通しているのは探索系のスキル持ちだということ。

俺も気配察知を使ったが、瞬間刺すような痛みが眉間《みけん》に走った。

なるほど。二人が痛みを覚えたのはこれが原因か。

しかもスキルのレベルが高いほど痛みが強いみたいだ。二人を見比べると表情があまり動かないが、ヒカリの方が辛《つら》そうに見える。長い付き合いだからな、ある程度雰囲気から分かる。

「二人とも、探索系のスキルは使わない方がいい。それが原因だから」

探索系のスキルなら任意で使用を止めることが出来るはずだ。

そうじゃないと常日頃から周囲の反応が分かってしまうので普通に辛い。

「……うん、痛みが弱くなった」

「そうね。ただこれだと道中が大変ね」

「その辺りは仕方ない。それに俺のMAPも完全に使えないみたいだからな」

ついでにゴーレムを呼び出せないこともルリカたちには伝えた。

「バロッタさんたちの言ってた通りってことね」

そう聞いてはいたけど、こんな理由があったとは知らなかった。

ヒカリは特に高い索敵能力があると思っているから、ヒカリなら分かるかもという考えが頭の片隅にあったのは否《いな》めない。

「うし、それじゃ注意点の確認だ。といっても森の中での大きな注意点は一つだ。火の攻撃魔法は使わないってことだ。特にクリスちゃんと、ソラも使えるんだったな？　あれは酷《ひど》いことになるから厳禁だ」

俄《にわ》かには信じられないけど、火魔法を使うと豪雨に見舞われるという話だ。

雨ぐらいならと思うかもしれないけど、話を聞けば雨で視界は潰され、魔物の接近の音も消される。さらに寒さで体力が奪われるということだ。

ただ生活魔法などの着火程度の炎なら大丈夫だが、それでも森の木を燃やすと同様のことが起きるかもしれないと言われた。

「主、あれ！」

ヒカリが指差しているのは、一本の木だ。

そこは森に入った時にバロッタが木の幹を傷付けたのだが、それが修復されていた。

「地面に物を置いても駄目だからな。一応方向を示す魔道具を取り寄せたが、これが何処《どこ》まで使えるかだな」

その魔道具は方向を設定すると、常にその方向を示すというものだ。

方位磁石に似ていて、今回は東南東に矢印が向いている。

これで少なくとも方角を間違うことはないということだ。

「それじゃ隊列だが……」

前後をバロッタたちで固め、俺たちは中央に配置された。

俺は攻撃よりも守備重視の装備で行く。

あとは念のため隠密を使いながら移動することにした。

気配察知で魔物の気配を探ることは出来ないが、魔物も俺たちの気配を探れなくなるはずだ。これで魔物との遭遇率が減れば儲《もう》けものだ。

「周囲の状況が分からないだけで、こんなに不安になるんだね」

ミアはギュッと杖《つえ》を握って、キョロキョロと顔を振っている。

森の外からも分かったが、木々が生い茂っていて視界が悪い。日の光が遮られているから薄暗いというのもある。

またこの薄暗さが中途半端で、暗視のスキルも中途半端な光量では効果が殆《ほとん》ど発揮されない。

「けど懐かしいさ。昔はこんな感じで森を歩いていたさ」

皆が不安がるなかで、セラだけは余裕そうに周囲を見ている。

その森という単語は黒い森を指しているんだろうな。

逆に言えば黒い森はここと似たような雰囲気ということか？

「止まれ！」

休憩を挟みながら三時間ほど経《た》った頃、バロッタの鋭い声が耳に飛び込んできた。

その声に反応してバロッタたちの間に緊張が走ったのが分かった。

「魔物か？」

俺が近くにいた人に小声で尋ねると、頷いて肯定した。

注意してバロッタの視線を追えば、木の葉が僅《わず》かに揺れているのが分かった。

さらには葉の擦れるような音が徐々に大きくなって近付いてくる。

そして木々の間から飛び出てきたのは、三体のタイガーウルフ！

「側面からも来ているぞ！」

その声に視線を移せば、確かに遠くから何かが近付いてくるのがチラリと見えた。

木の間を縫って近付いてきているから、木の陰に入られると視界から消える。

だがそれが何かは分かった。

「デススパイダーか？」

明らかに木の葉が揺れる位置が高い。

目視で確認出来た時には、糸を伸ばして木に絡め、飛ぶように近付いてきている。

「ルリカたちはタイガーウルフを頼む！　俺たちがデススパイダーと戦う」

バロッタが瞬時にそう判断したのは、俺たちにタイガーウルフとの戦闘経験があったからだ。

「任せて！」

「了解さ」

ルリカとセラが前に出てそれぞれ相対する。

俺もミアとクリスから遠く離れないように前に出ると、ルリカを襲おうとした二体のうちの一体に挑発を使って引き剥《は》がした。

セラは正面から力押しで戦い、ルリカは巧みに双剣を使って翻弄《ほんろう》している。

俺は剣を使わないで盾だけで戦う。

タイガーウルフによる攻撃を盾でいなしながら、その時をじっくり待った。

攻撃を完全に防がれたタイガーウルフは、一度間合いを取ると助走をつけて体当たり攻撃をしてきた。

勢いのついたその体当たりは、間違いなく体重の乗ったタイガーウルフにとっては最高の、受け手である俺には最悪な一撃だ。

だけど今の俺なら耐えられる。いや、これこそ俺が待っていた好機。

俺は腰を下ろして盾を構え直すと、盾技のシールドバッシュを叩《たた》きつけた。

タイガーウルフは回避することが出来ずに、弾《はじ》き返されて一本の木にその体をぶつけた。

衝撃で木が揺れ、タイガーウルフの体がふらつく。目の焦点が合っていないのが俺にも分かった。

そこにヒカリが待機していたその木から飛び降りた。

ヒカリの持つミスリルの短剣は、何の抵抗も受けずにタイガーウルフの首の付け根に刺さると、タイガーウルフは静かに地面に倒れ動かなくなった。

俺はセラとルリカの方を見たが、ちょうどルリカがタイガーウルフを倒すところだった。

セラの方は……もう終わっているな。気のせいかタイガーウルフが真っ二つになっているんだけど……それよりもバロッタたちの方の援護だな。

バロッタたちの方を見れば、戦闘はまだ続いている。

原因は魔物の数の多さだ。

最初五体ほどだったのが、今は数が一七体に増えている。既に三体倒したところを見ると合計二〇体現れたということになる。

「バロッタさん、援護するよ」

「ああ、ただ気を付けろ！　特に前脚は脅威だからな！」

確かデススパイダーで注意するところは糸による攻撃と二本の前脚だ。その前脚だけは形状が鎌のようになっていて、その切れ味は鉄を簡単に切断すると言っていた。

なら下手に盾を使うよりも、ミスリルの剣で対処した方がいいかもしれない。

俺は剣を構えデススパイダーに斬り掛かった。

その斬撃をデススパイダーは前脚で受けようとしたが、ミスリルの剣は何の抵抗もなくその前脚

を斬り落とした。魔力を流していないのにこの切れ味⁉

悲鳴が上がり怯《ひる》んだところに、俺はさらに一歩踏み出し追加の一撃を喰《く》らわす。

俺が一体倒している間に、ルリカたちも次々と倒していく。

それを見たデススパイダーが、俺たちを接近させないように糸を飛ばしてくるが、それはクリスが風の魔法を使って防いでくれた。

デススパイダーを全て倒し終わったのは、俺たちが参戦してから一〇分後だった。

結局俺たちが倒したデススパイダーは一四体だった。

「ルリカたちが使っているのはミスリルの武器だよな？　それにしてもあんな簡単に前脚を斬るなんてよ……」

とバロッタは驚いていた。

詳しく聞けばデススパイダーの前脚はミスリルの武器でも、力がないと斬り落とすことは出来ないそうだ。セラはともかく、ルリカとヒカリが同じように前脚を切断しているのを見て、興味深そうに二人が持つミスリルの武器を見ている。

バロッタたちの倒したデススパイダーを見れば、前脚が破損している個体はいなかった。

バロッタたちの武器はマルスの打ったものだけど、ミスリルではないからね。もっとも前脚と何度も斬り結んでいたけど、刃こぼれ一つしてない。

「マジョリカのダンジョンに潜っている時にミスリル鉱石を手に入れたんだったか？　かなり腕のいい鍛冶師《かじ》に作ってもらったんだな」

とバロッタから言われたほどだ。

隷呪の魔石でははっきりしたことが分からなかったが、これが鍛冶スキルで作り直した成果なら……確かな手応えを覚えて、俺は拳《こぶし》をギュッと握り締めた。

◇◇◇

森に入って七日が経った。

「……今日はここまでだな」

バロッタが力なく呟《つぶや》き、座り込む者もいた。

最初の三日間は順調だった。

魔道具の指し示す方に進み、奥に近付くほど魔物との遭遇率は上がったが確かな手応えがあった。

暗雲が立ち込め始めたのは、四日目の昼過ぎだった。

魔道具の調子が悪くなったのだ。東南東を指していた矢印がくるくると回って方角が分からなくなってしまった。

日の光の射《さ》し込む方向で確認は出来ないかとも思ったが、鬱蒼《うっそう》と茂った枝葉に遮られているのか、それとも森全体の上空の空間が歪《ゆが》んでいるのかそれも出来ない。

「魔力に歪みを感じます」

クリスの言う通り、肌に感じる魔力の質が変わったような気がする。

これはクリスだけでなく、バロッタたちパーティーの魔法使いも同意見だった。

魔道具が使えないから森の中を闇雲に歩くことになり、気付いたら元の場所に戻っていて、再び魔道具が正常に動くようになってを繰り返していた。

「ソラ、食料はあとどれぐらい持ちそうだ？」

バロッタの問い掛けに、俺は何処まで話していいか迷ったが、ルリカとクリスが大丈夫と頷《うなず》いたから正直に答えた。

「まだ三〇日を過ごすだけの余裕はあるよ。倒した魔物の肉もあるから」

「そ、そうか。そういえばルリカたちはダンジョンに行ってたんだったな。ダンジョンによっては長い期間滞在することもあるって話だし……なるほどな」

バロッタたちは驚いていたが、納得もしていた。

ただ三日目までと比べて元気がないのは確か。

やはり最初が順調で希望が持てていた分、今の足踏み状態は精神的にきているようだ。

このままでは食料はあっても、先に心が折れるかもしれない。

しかし今俺に出来ることは……ないんだよな。

色々と試して進んでいるのに、何故《なぜ》か気付くと元の場所に戻っている。

まるで正解の道を進まないと、先には一切進めないとばかりに。

俺は魔法で簡易の調理場を作製すると、火を起こし料理を開始する。

ここの森は夜も冷えるから温かいスープを作ろう。

そう思いもう一度周囲を見回した。

うん、今日はスープに月桂樹の実を入れよう。

「主、月桂樹の実使う？」

「疲労回復に効く食材を使ったスープにしようと思ってな。月桂樹の実を入れるのは効果を上げるためかな？」

「皆疲れてる。そんな時は肉が一番」

ヒカリの意見にシエルも神妙に頷いている。

ならヒカリには肉料理を担当してもらおうかな？

下拵《したごしら》えの終わったものが三種類あるから、それをアイテムボックスから取り出してヒカリに渡した。

ヒカリはそれを受け取ると早速焼き始めた。

真剣そのもので肉の焼き具合を見ている。シエルも同じように肉を見詰めている。

「ソラは疲れ知らずだな」

料理をしていると、バロッタが礼を言ってきた。

「歩くのは得意だからね」

「最初は商人がダンジョンに？　とか思ったけど普通に戦えるしよ。ルリカやクリスちゃんが信頼するわけだ。それにセラ……黒い森で戦ってたって話だけど突出しているよな。正直助かってる」

セラも疲れているだろうに、率先して見張りを買って出ている。

俺以外では一番元気だ。

「主、肉焼けた」

「そうか？　なら皆に配ってくれるか？」

「うん、任せる」

「それなら俺も手伝うぞ」

「ならバロッタはスープを配ってくれるか？　こっちも完成だ」

見張りをしている人たちにはあとで配ればいい。

俺は皆が食事を摂《と》る様子を眺めたが、しっかり食べられるようだからまだ大丈夫そうだ。

本当に元気がなくなると食事も喉《のど》を通らなくなるからな。


「主！」

見張りをしていたらヒカリが抱き着いてきた。

「休んでなくていいのか？」

今日のヒカリは見張りをしなくて大丈夫な日だ。

ヒカリ、クリス、ミアとバロッタたちパーティーの魔法使いは見張りが免除されている日がある。

他の人と比べると体力がないのと、魔力が高い人にはこの森は負担になっているから。

特にクリスの症状が一番酷《ひど》く、魔力の影響もさることながら、精霊の状態が影響しているようだ。

クリスが言うには契約精霊たちが奥に近付くほど怯《おび》えるようになったそうだ。

またクリス自身も「帰ってー」「助けて！」「近寄らないで」という声が精霊を通して聞こえてくると話していた。

その時にシエルの状態を聞かれたけど、シエルは変わらず平常運転だ。

それを聞いたクリスは、

「シエルちゃんは精霊の格が高いのかもです」

と語っていた。

ちなみにヒカリが免除されているのは、幼いという理由でバロッタたちから心配されているからだ。

「もう少し起きてる。シエルとご飯する」

その言葉にフードの中で待機していたシエルが顔を出した。

俺は苦笑して二人に料理を差し出す。ヒカリは先程食べたから小さめの肉串《にくぐし》だ。

こういう時、食事を終えたシエルはすぐにフードの中に戻って休むが、今日はヒカリがいるから起きている。

ヒカリの頭の上にちょこんと乗っている。ある意味定位置だな。

シエルの様子をうかがうと、やはり特に変わった様子がない。

一度シエルに声のようなものが聞こえるか尋ねたことがあったが、当人は分からないと耳を振っていた。

「主、この森大変？」

食事を終えたヒカリが尋ねてきた。

「そうだな。なんか同じところをぐるぐる回っているみたいだしな」

「うん、歩いていると分からなくなる」

「分からなくなる？」

「うん、道に迷った時は目印を探せばいい。けど途中で分からなくなる。覚えきれない」

ヒカリが口を尖《とが》らせて言った。

「覚えるって、何を覚えるんだ？」

「例えばあの木、果実が一つだけある。あの木は枝が半ばで折れている。あの木は幹の皮が捲《めく》れている」

言われて注意して見るとヒカリの言う通り一本一本に特徴がある。

「それを覚えて歩く。けど覚えること多くて途中で分からなくなる」

最初何を言っているのか分からなかったが、根気よく聞き返すことで分かってきた。

ヒカリの言葉を要約するとこうだ。

ヒカリは森の中を歩いている時、木の微妙な違いを覚えて歩いていた。

するとある程度パターンとして何処《どこ》を通ると前進し、戻るかが分かってきた。

ただ似たような光景が多いのと、進んだり戻ったりを繰り返すうちに色々な情報が混じってしまい、分からなくなってしまったようだ。

また戻る場所も必ず同じ場所じゃないということも教えてくれた。

「そっか。そんなことに気付くなんて凄《すご》いな、ヒカリは」

正直俺は周囲の警戒でそこまで余裕がなかった。

ヒカリだって周囲に気を配っているのに、さらに何処を通っているかを覚えようとしているんだから凄い。

「主もやれば出来る」

その信頼は嬉《うれ》しいけど、俺に果たして出来るのだろうか？

いや、出来ないとこの森を抜けることは出来ないのかもしれない。

「ここにいたんですね」

見張りをしていたらクリスもやってきた。

「どうしたんだ？」

「起きたらヒカリちゃんがいなかったので……」

クリスは木に寄り掛かって寝るヒカリを優しい眼差しで見ている。

「シエルとご飯を一緒に食べたかったみたいだ。クリスは大丈夫か？」

「はい、寝て休んだから大丈夫です。あと料理を食べてから元気になりました」

クリスが可愛《かわい》らしく力こぶを作るポーズをしてアピールしている。

確かに昼間よりも声に張りがあるような気がする。

「本当に大丈夫です。無理をして皆に迷惑を掛けるようなことはしません」

俺の視線に気付いたのか、クリスは頬を膨らませた。

確かに俺と違ってクリスは無茶をしないよな？

「それで例の声は相変わらずなのか？」

「はい、時々ですが聞こえます。ただ何度も聞いていて気付いたのですが、二種類の声質があることが分かりました」

「それは二人もしくは二体いるってことか？」

「……違います。一つは本音、もう一つはわざと……ですか？　上手《うま》く説明出来ないのですが、助けてというのが本心で、帰ってーというのはわざと私たちを遠ざけようとするために言っているような気がします」

「それはこの奥で、何かが起こっているってことなのか？」

「そうだと思います。たぶん、水が涸《か》れたことと関係していると思います」

クリスは精霊を通して自分だけ声が聞こえるから、精霊が関係しているのではと言った。

うちの精霊は無反応だし、俺にはその声は聞こえてこない。

クリスがエルフ種だから聞こえるのか、それとも精霊魔法のスキル持ちだからなのか……。

「それはそうと、ソラはヒカリちゃんと何か話していたんですか？」

俺は先程ヒカリから聞いたことをクリスに話した。

「凄いですね、ヒカリちゃんは。そんなことをしていたなんて全く気付きませんでした」

「それは俺も同じだよ。それでクリス、ヒカリの方法をどう思う？」

「……今の闇雲に歩く方法と比べたら建設的だと思います。ただ……」

全ての情報を覚えないと無理だよな。正解の道を進まないと、無限ループに囚《とら》われるわけだから。

バロッタたちに話して分担して覚えるという手もあるけど、この方法が正しいかは分からない。

分からないからこそ、ヒカリは誰にも相談出来なかったのかもしれない。

「これももしかしたら、精霊が先に進めなくするためにやっているのかもしれません。大変ではありますが、悪意はあまり感じられませんから」

クリスはもし悪意があるなら、迷わせる時にパーティーを散り散りにするはずだと言った。

確かにダンジョンなどの罠《わな》には、罠に掛かった人だけを飛ばすようなものがあると聞いたことがある。

それを考えれば全員が同じ場所に移動するというのは、まだ親切なのかもしれない。

俺はスキルの習得可能リストを呼び出して考える。

ウォーキングのレベルは1上がって66になった。スキルポイントは2ある。

仮に錬金術や創造で迷いの森を抜けるための魔道具を作れたとしても、この森で正常に作動するかは分からない。それなら……。

「ソラ、私は一度戻りますね。ヒカリちゃんもこのままだと疲れが取れないと思いますし、連れていきますね」

「あ、ああ。頼むよ」

俺は一度リストから目を離しクリスを見た。

クリスがジッと見ていたことに気付きばつが悪くなったが、

「ソラ、本当に無理はしないでくださいよ」

とそれ以上何も言わないで、ヒカリを連れて皆のもとに戻っていった。

◇◇◇

「先頭を歩きたい？」

「ああ、たまには交代してもいいかと思って。バロッタたちも疲れが溜《た》まっているだろ？」

先頭を歩くのはやはり気が張る。魔物を警戒する必要があるし、進路も決めないといけない。ある意味責任重大だ。

バロッタたちもそれが分かっているから先頭を交代している。

「……大丈夫だと思うが、気を付けるんだぞ。それとこれを渡しておく」

俺はバロッタから魔道具を受け取った。

矢印は相変わらずぐるぐる回っているから方向は分からないが、これが止まった時は入り口方向に戻された時だということが分かる。

「ヒカリ、それじゃ最初は色々教えてもらっていいか？」

「うん、任せる」

俺はグッと拳《こぶし》を握るヒカリを見てから、ステータスパネルに目をやった。

そこには新しく覚えたスキルが表示されている。

NEW
【記憶Ｌｖ１】

効果は見聞きしたことを保存して覚えておくことが出来るというもので、レベルによって覚えられる量が変わってくるみたいだ。任意で呼び出して確認することも出来る。

また必要のないものは削除することが可能だ。

なんかハードディスクに保存する写真や動画のようだと思った。

これがあれば今まで見た景色とかも保存出来たのかと思うと、惜しいことをしたかな？　いや、もう一度見て回ればいいのか？

ちなみに習得するのに使ったスキルポイントは1だ。

「あそこの木。枝が不自然に折れてる」「あっちはあの枝だけ葉っぱがない」「根っこが不自然に地表に出ている」「この木だけ果実が生《な》ってる」「あの木だけ幹が細い」

歩き出すと次々とヒカリが指摘する。

一緒に先頭を歩くルリカも、それには目を丸くしていた。

俺も驚いたが、ヒカリが言ったものを全て覚えていく。

また魔道具を受け取ったことで、一つ分かったことがあった。

「矢印の回転速度が変わる？」

「はい、微妙な差だけど。あくまで仮説になるけど、目的地に近くなるほど速く、遠くなるほど遅くなるんだと思う」

俺が気付いたのは食事休憩中に魔道具を見た時だ。

この微妙な差は、記憶スキルで覚えてなかったら分からなかっただろう。魔道具を見た時に違和感を覚えて、記憶スキルを呼び出して比較して見たからこそ気付けたのだから。

「ただそれが正しいかは不明だから、検証は必要だけどね」

その後、進みながら注意して見ていたが、戻された瞬間に回転数が遅くなっていた。

戻ったことが分かったのは、記憶スキルで保存していた光景を再び見たからだ。

「ヒカリ、さっきは木の右側を通って戻ったから、今度は左に進もう」

こんな感じで戻された時は違う場所を通って先に進むことにした。

その僅《わず》かな差で前進するか後退するかが決まるから、ここは本当に不思議な森だ。

「もう森って言うよりも、ダンジョンに近いわよね」

「うん、けどダンジョンよりも大変」

思い出すのはマジョリカダンジョンの三五階、トレントたちのいた森だ。あそこは視界こそ悪かったけどMAPは普通に機能していたからな。

「それに真《ま》っ直《す》ぐ進んでるつもりなのに、何故《なぜ》か微妙にズレて進んでたりするよね」

ルリカの言う通り無意識に足が向かう時があった。まるで何かに誘導されるように。

もしかしたらその繰り返しで今まで知らず知らずのうちに入り口方向に向かって歩いて、元の場所に飛ばされたと錯覚していたのかもしれない。


俺たちが先頭を歩くようになって三日目。

明らかに森の雰囲気が変わっていた。

僅かに射《さ》していた日の光も完全に枝葉に遮られて射し込んでこなくなった。

そのため日中の気温も下がり寒さがきつくなった。

ここに来るまで記憶スキルを駆使して周囲の光景を覚えながら歩いていたが、ある法則に気付いた。

それは迷わずに進める正解の道があるということだ。

「主、あそこ。色違いの果実がある！」

ヒカリの言う通り、多数の赤い果実の中に一つだけ、色の薄い赤い果実が生っている木がある。

これは薄暗い中で見ると殆《ほとん》ど同じように見える。

それを見つけたのはヒカリとシエルだ。

ヒカリの頭にちょこんと乗ったシエルが、ヒカリの指差す方に耳を傾けて自分も分かったとでも言うように主張している。

俺たちはその木の傍らを抜けていく。

魔道具に目を落とすと、朝見た時よりも回転が速くなっている。

俺は魔道具から目を離し、前を向いて森の中にそれを見つけた。

「トレントだ」

俺の言葉にルリカたちが臨戦態勢に入った。

森の中に溶け込んで奇襲するつもりだったろうが甘い。

僅かな枝葉の揺れと、周囲の木との違いで俺にははっきり分かった。

俺が言った場所に遠距離からクリスが魔法を放つと、トレントも奇襲が失敗したと悟ったのか、地面を滑るように移動してきた。

それをバロッタたちと共に迎え撃ち、発見から僅か一五分ほどで戦闘は終了した。倒した三体のトレントはひとまず俺のアイテムボックスに収納した。

「前から思ったが手慣れたもんだよな」

デススパイダー以外の魔物とは戦闘経験があったからこそだ。

バロッタたちは俺たちがトレントと戦ったことがあることを知って驚いていた。

トレントの素材は魔法使いの杖《つえ》用に人気で希少価値が高いっていうことだったから、珍しい部類の魔物になるんだろう。

けどここでトレントが狩れると分かると、冒険者たちが殺到したりするのだろうか？

そしてそろそろ今日の探索を終えようかと思っていた頃、ついにそれを発見した。

「洞窟《どうくつ》？」

木の間を抜けると突然視界が開けた。

それはまるでダンジョンの階段を跨《また》いだ時のようだった。

そこは小さな広場になっていて、三方を森に囲まれていた。

ただ正面は小高い丘になっていて、そこにポッカリと穴が開いている。

「この先に水源があるってことかな？」

「たぶんそうだと思います」

水こそ流れていないけど、窪《くぼ》みが洞窟の中から森の中へと延びていっている。

その先がどうなっているか気になるが、目的地は洞窟の中だ。

「バロッタさん、どうするの？」

「……今日はここで野営して明日探索だな。洞窟の広さも不明だし、魔物がいないとも限らねえしな」

その意見に反対する者は誰もいなかった。

なら今日は明日に備えて少し料理を豪華にしてもいいかな？

俺はミアとヒカリに料理を手伝ってもらいながら、肉多めの料理を作ることにした。バロッタたちも肉好きが多いからね。

「調子はどうだ？」

クリスにスープを渡しながら尋ねた。

歩いている時は気を張っているせいか気丈に振る舞っているけど、休憩する時はその反動が来るのか少しだけ疲労の色が見える。

月桂樹の実を使ったスープをまた作った方が良かったかな？

「大丈夫です。それと今はそれほど辛《つら》くないんです。声もあまり聞こえなくなりましたし」

頻繁に聞こえていた声も、進むにつれて減ってきたそうだ。

「ただ来るなら気を付けて、みたいなことを言われました。この中には何かあるかもしれません」

クリスに釣られて洞窟を見た。

森を抜けて一息吐《つ》けたと思ったが、そもそも何で水が涸れたのかを調査するのだから、これからが本番だ。

そういえば調査方法を詳しく聞いていなかったが、何処《どこ》まで調べるんだろうか？

それこそ洞窟の奥が崩落して水が堰《せ》き止められていて、別の方に流れているとかだったら分かりやすいが、大本の水が完全になくなっていたなどだったら、俺たちではどうしようもない。

まあ、それを報告して、あとは国がどうするかになるんだと思うけど。

「中に入ってみないと結論は出ないか」

ただクリスが聞いた声の主が精霊だとすると、この件には精霊が関わっていることになる。

そうなるとクリスと……シエル頼みになるのかな？

バロッタたちに隠れて食事をするシエルを眺めながら、俺は念のためエリアナの瞳《ひとみ》の形を改良することにした。

◇◇◇

「それじゃここからはまた俺たちが先頭を歩く。ただ中がどうなっているか不明だ。皆、気を抜かずに行くぞ」

バロッタがお手製の松明《たいまつ》に火を点《つ》けると、それを掲げて洞窟内に入っていった。

最初魔法使いのライトの魔法で灯りを確保しようとしたが、すぐに消えてしまうため松明に切り替えたのだ。

俺たちは最初の隊列に戻ってバロッタたちのパーティーに挟まれる形で洞窟内を進んだ。

洞窟に入った瞬間、濃密な魔力を感じた。

この魔力によって魔法の効果が打ち消されたのかもしれない。

心配になってクリスを見たが、特に体調が悪そうには見えない。

俺は暗視のスキルを発動させて、靴底で地面を蹴《け》って感触を確かめた。洞窟内は壁も天井も地面も岩石で出来ているから、硬い感触が返ってきた。

洞窟は入り口こそ狭かったが、しばらく歩くと広くなった。

高さ五メートル、幅二〇メートルといったところか？

ただ幅に関してはその半分以上の一二、三メートルぐらいが溝になっているから、実際通路として通ることが出来るのは七メートル前後といったところだ。その溝も深さが二メートル近くある。

その溝が川で、本来なら水が流れているんだろう。

また水がすっかり涸《か》れているというのに、洞窟内はじめじめしていた。

地面もところどころ濡《ぬ》れていて、気を抜くと滑るから注意が必要だ。

ただ洞窟内が魔力で溢《あふ》れているのに、MAPが使えることに途中で気付いた。

MAPで分かったことは、洞窟内がそれなりに広いことと、気配察知では反応がなかったが魔力察知には反応があったことだ。

奥に一際大きな反応があり、通路の途中に一〇の反応がある。

その正体はすぐに判明した。

カチャカチャと音を響かせ、俺たちの前にその姿を現したからだ。

「スケルトン？」

疑問形になったのは、そのスケルトンがまるで冒険者のような恰好《かっこう》をしていたからだ。

バロッタたち前に立つ者たちは素早く剣を構えるが、戦闘は交戦する間もなく終了した。

いち早く気付いたミアが聖域を発動し、向かってくるスケルトンたちを浄化したからだ。

スケルトンたちの体は霧散するように消えると、彼らが装備していたものだけが残った。

「凄《すご》いな……ここまでの神聖魔法の使い手を見るのは初めてだ」

それは俺も同じだ。

ミア以上の神聖魔法の使い手とは会ったことがない。

あとは単純に高レベルだというのも関係していると思う。

ダンジョン攻略で多くの魔物と戦ってきたこともあって、ミアのレベルは44とバロッタたちとほぼ変わらない。

……いや、一人だけ高レベルの神聖魔法のスキル持ちに会ったことがあった。

それは一緒にこの世界に召喚された子だ。そういえばあの子も職業が聖女だった。

俺はエリスを探すため黒い森に行くが、彼らも魔王討伐をしに黒い森に行くのだろうか？　会うことはないと思うけど今何をしているのか？

俺はそこまで考えて頭を振った。

今考えることじゃない。

「……残った装備を見るとまだ真新しいな。身元が分かるようなものはないが……ソラ、これらを回収してもらっていいか？」

俺は言われて装備品の数々をアイテム袋の方に収納した。

そのまま休憩しないで進んだ。

特に何かあったわけではないからね。

それからは何事もなく先に進むと、三〇分後には洞窟の最奥に到着した。

バロッタの第一声は、皆の思いを間違いなく代弁していた。

洞窟の最奥は巨大な湖になっていた。

「何だ……これは……」

その水は濁っていて、気泡が弾《はじ》けていた。

けど一番不可解なことは、湖の水位が十分にあるのに水が川へ流れていっていないところだ。

まるでそこに見えない壁があって、蓋《ふた》でもされているように。

誰もがその様子に意識を奪われ、気付くのが遅れた。

「皆さん、下がってください！」

そのクリスの声が生死を分けたかもしれない。

俺は盾を構え盾技……オーラシールドを発動させ、前に出ていたバロッタたちは後ろに飛び退《の》いた。

一瞬遅れてバロッタたちがいたところに、湖から飛び出た水の礫《つぶて》が飛来した。

礫は俺が展開したオーラシールドにぶつかり弾けた。

ただ何人かがオーラシールドの範囲に完全に入ることが出来ずに被弾して吹き飛ばされた。

「ミア、治療を！」

吹き飛ばされた三人は壁に衝突し、呻《うめ》き声を上げて立ち上がれない。

ミアが駆け寄っていくのを横目に、俺は前方に意識を向けた。

すると湖は激しく泡立ち、やがて水が盛り上がると人の形になった。

背の高さはクリスよりも少し低いぐらいか？　体はのっぺりしていて、色は濁っていて黒く染まった球体がちょうど胸の真ん中あたりに見える。

そいつが手を挙げると、空気中にいくつもの球体が出来上がり、腕を振り下ろすとそれが俺たちの方に弾丸のように放たれた。

まだオーラシールドの効果は切れていないから防ぐことは出来たが、連続して放たれる水球は弾け飛ぶと水飛沫《みずしぶき》となって視界を塞《ふさ》ぐ。

俺が一息吐けたのは、その水の弾幕が収まってからだ。

その隙にセラとルリカ、ヒカリの三人とバロッタの仲間の弓使いが遠距離攻撃を仕掛けたが、ナイフと矢は水の体に刺さった瞬間勢いがなくなってそのまま落下し、セラの手斧《ちょうな》は右肩に当たり水飛沫を上げて形を崩したが、すぐに元通りになってしまった。

それを二度、三度と繰り返したが、全く効いていない。

「せめて足場があればよ」

その様子を見ていたバロッタが唇を噛《か》みしめた。

確かに今あの水人形がいるのは湖の上だ。

水面の上に浮かぶ感じで漂っているため、接近することが出来ない。

「セラちゃん、ルリカちゃん。あの体の中の黒いところを狙ってください！　ナイフがその近くに飛んだ瞬間、避《よ》けるように移動しました！」

クリスの言葉に再び遠距離攻撃が開始された。

少なくともこちらから攻撃していると向こうの攻撃が止まるようだ。

だが時間が経《た》つにつれて不利になるのはこちらだ。

武器がある限り攻撃は出来るが、なくなれば手が出せなくなるからだ。

バロッタのパーティーの魔法使いも魔法を撃とうとしているが、何かに乱されて上手《うま》く形に出来ないようだ。

俺なら転移で飛んで攻撃は可能だが、さすがにこの中で飛ぶのは無茶だ。

投擲《とうてき》武器が絶え間なく飛んでいるから、下手したらそれを喰《く》らうという危険もある。

あとは俺が飛んだ瞬間向こうが反撃をしてバロッタたちを攻撃した場合、大きな被害が出る。

俺を狙ってくれるならいいが、バロッタたちを狙われると防ぐ手立てがない。バロッタたちのパーティーには盾士がいないから。

「ソラ、やっぱりあの子は精霊だと思います」

俺がどうするか迷っていると、クリスが小走りで寄ってきて俺だけに聞こえる声で言ってきた。

「私たちを攻撃しているけど苦しんでいます。『やめて』『助けて』『壊して』って声が聞こえます。ソラ、少し無防備になるので守ってください」

「クリス、もしあれが精霊というなら、あの球体を破壊しても大丈夫なのか？」

「はい、あの球体に吸収？　閉じ込められているみたいです。あれを壊せば解放出来ると思います」

クリスは杖《つえ》を構えると、彼女の体内で魔力が増幅するのが近くにいた俺には分かった。

ただそれは俺だけでなく、クリスが精霊と言ったあの水人形にも分かったようだ。

危険と判断したのか、今まで攻撃されると回避に専念していたのに、反撃の水球を飛ばしてきた。

俺はそれを防ぐため、再びオーラシールドを使用した。

水が弾けて視界が遮られると、セラたちも攻撃出来ない。

標的が何処にいるか分からないのと、無駄打ちするほど武器の在庫に余裕がないからだ。

あとは……クリスのことを信じているからだろう。

クリスが何かをしようとしている。

それによって何が起こってもいいように、セラたちは投擲武器からミスリル武器へと持ち替えている。

クリスの魔力は時間が経つごとに高まっていくが、それに呼応するように相手の攻撃も激しさを増していく。

俺はオーラシールドが途切れないように注意しながら、変換を使ってＳＰを回復させたり、活力ポーションを飲んだ。

その間魔力察知を使って水人形の反応にも注意をした。変な動きがあればすぐに対処するためだ。

「バロッタさん、セラちゃん。足場を作ります」

そして遂に、その時がやってきた。

クリスは杖の石突きの部分で地面を叩《たた》くように振り下ろし、

「フロストリベル」

と魔法を唱えた。

魔法が発動すると杖の触れている地面が凍り、それはやがて湖の方にまで拡大していく。

気付いた時には湖が完全に凍っていた。

またそれは湖だけでなく、水人形にも影響を与えた。

表面が凍り、明らかに動きが鈍くなっている。

それを見たバロッタたちは慎重に、だけど素早く水人形に接近してそれぞれの武器を振るった。

ただここで誤算が起きた。

バロッタたちの振るった武器は確かに水人形を捉《とら》えたが、表面しか凍っていなかったため、水人形の体の中に剣が入った瞬間勢いが弱まり、止まってしまった。

それはバロッタだけでなく、他の仲間も、ミスリルの剣に魔力を籠《こ》めたルリカの連撃でも駄目だった。

最後に残されたセラの上段から振り下ろした一撃も、例に漏れずに途中で止まった。あの黒い球体までの距離、ほんの数センチ手前でだ。

だけどセラは構わずもう一つの斧《おの》を振るった。初撃で止まった斧を押し出すように叩く。

ミスリルのぶつかる金属音が響き、止まっていた斧が前進し……黒い球体を捉えた。

それを見たバロッタたちが声を上げ……セラの悔しそうな表情を見て押し黙った。

セラの視線の先には、表面に僅《わず》かな傷がついた球体があったが、次の瞬間にはその傷がなくなっていた。

「あれは魔力の壁です。球体を守るように覆っていました。気付けませんでした」

杖を支えに立っていたクリスが、息も切れ切れに言った。

強い魔力の反応は、球体本体ではなく魔力の壁によるものか？

俺は肩を貸してクリスを支えると、アイテムボックスからマナポーションを取り出して差し出した。

たった一発の魔法でここまで消耗するということは、ダンジョンで使った時のように精霊の力を借りた魔法なのかもしれない。

「もう一度魔法を撃ちます。今度はあの球体を……」

そこまで言って、クリスが俺の方に寄り掛かってきた。

「無茶だ。あの時だって体に負担が掛かって倒れたじゃないか」

「あの時はその前に魔法を使っていたからで……今回は大丈夫です。それに加護だって……」

クリスは真《ま》っ直《す》ぐ見て反論するけど、今まさに連続で魔法を使おうとしている状況が、ダンジョンの時と同じだ。

しかもここは魔法が上手く使えないほど魔力の乱れが激しい。魔力を高めたのも、無理やり魔法を発動させるために違いない。

ならもう一発撃つのはリスクが大き過ぎる。

だけどあの防壁を破るには、確かに高火力の攻撃しかないと思う。

竜の牙《きば》を使う？　確かに防壁を破れると思うけど、威力が強過ぎる。球体に閉じ込められている精霊まで傷付けるかもしれない。

精霊に攻撃が通ればだけど、あの竜の牙は何が起こっても不思議ではない。

なら他に方法は……ある。魔力が邪魔なら取り除いてしまえばいい。

その前に念のため鑑定だ。


【偽精霊石・陰】精霊が囚《とら》われている石。陰の力で暴走を誘発。呪い付与。


これも呪いか……。

呪いから身を守ってくれるフェエルの加護を装備しておくか。創造で作るのにリッチの魔石が必要だけど、他の必要素材はあるから量産は可能だ。

「クリス。あれは俺たちに任せろ。もし攻撃されたらリャーフの盾で防いでくれ」

リャーフの盾は以前俺が創造で作った盾で、魔力を流すことで身が軽くなる効果がある。今は付与術でシールドを付与してあるから、魔力を流すと魔法の防壁を張ることが出来る。

万が一攻撃がこちらに流れてきた時はそれで防いでもらうしかない。

この洞窟の中で正常に作動してくれるかどうかは不安が残るけど今は信じるしかない。

「ヒカリ。今からあの魔力防壁を無効化する。そしたら攻撃を頼んだ！　セラ、もう一度あの球体を露出させてくれ」

既にあの球体は、水人形に包まれている。

確実を期すならセラに最初の一撃を任せるのが一番だ。

俺の声に従い、ルリカとバロッタたちがセラの援護に回る。

水人形もセラには警戒していたけど、ルリカたちのお陰でセラは見事目標を達成してくれた。

俺は急いで接近したが、相手も防御のために水人形を再び作ろうとしている。

俺は時空魔法を選択して魔法を唱えた。

魔力が一気に減っていくのが分かったが、球体を包もうとする水の形成速度がゆっくりになった。

俺はその隙に右手を伸ばし、球体を掴《つか》んだと同時にSPをMPに変換した。

フェエルの加護がバチバチ鳴るのを聞きながら、俺は吸収を発動した。

球体を包んでいた魔力が徐々に体の中に入ってくるのが分かったが、魔力だけでなく呪いも一緒に入り込んでくる。

フェエルの加護の耐久値がなくなり消失した。

体に呪いの負荷が掛かるが、ここは歯を食いしばって我慢する。呪いのせいか、倦怠《けんたい》感に襲われて気を抜くと球体から手を離しそうになる。手の中で球体が暴れるから、ギュッと拳《こぶし》を握る。

呪いから身を守るための魔法を使う余裕がないから、状態異常耐性に頑張ってもらうしかない。

ただ一番辛《つら》かったのは呪いの状態異常ではなくて、頭に響く声だった。

「駄目」「危険」「離れて」「助けて」「逃げて」「頑張って」

と様々な声が直接流れ込んでくる。

こんなものをクリスはずっと聞いていたのか……。

一分一秒が長く感じる。

どれぐらい時間が経ったのか感覚が分からなくなる。

それでも吸収を使い続けられたのは、魔力察知で魔力が弱くなっていることが分かったからだ。

あとは急に体から倦怠感がなくなったのも大きい。

そして……完全に手の中の球体から魔力がなくなった。

「ヒカリ！」

俺の呼び掛けに素早く振るわれたミスリルの短剣が、俺の手から離れた球体を打ち砕いた。


「終わったのか？」

戦闘が終了し、俺たちは氷の上から壁際に移動した。

先程まで広場に充満していた魔力が嘘のように霧散し、クリスや魔法使いの人たちの顔色も良くなった。

「被害の状況はどうなんだ？」

「うん、大丈夫よ。壁に衝突して一人意識のない人がいるけど、ヒールもしたし呼吸も安定しているからね」

ただ無理に起こす必要もないということで、一先ず俺たちも休憩することにした。

「あれは何だったんだろうな」

バロッタたちはさっきまで戦っていたものについて話し合っている。

俺とクリスはあれが精霊だということが分かっているが、説明出来ないのがもどかしい。

エリアナの瞳《ひとみ》で見ることが出来れば違ったが、ルリカたちに聞いたら今は見えなくなっているそうだ。

ギルドにはここで起こったことをありのまま説明してもらって、俺たちはそれとは別にフラウに手紙を送って報告すればいいかな？

「ん？　クリス？」

ふと人の動く気配を感じて視線を向ければ、クリスが凍った湖の前に立っていた。

「あ、ソラですか。休んでなくていいのですか？」

「今は大丈夫だよ。むしろクリスの方が心配なんだけど？」

自然回復向上のお陰か、体調は元に戻っている。

「空気中にあった濃密な魔力も緩和されましたし、私は大丈夫です。それよりも湖を元に戻そうと思って」

クリスは大きく一つ息を吐くと、氷の表面を軽く石突きで叩いた。

すると今まで凍っていた湖が水へと戻っていった。

また水に戻ると、先程まで堰《せ》き止められていた水が一気に川へと流れだした。

「これで川が復活したのか？」

気付いたバロッタが様子を見に近付いてきた。

「まだ時間がかかるかもしれませんが、これで大丈夫だと思います」

クリスの返答にバロッタは笑みを零《こぼ》すと仲間のもとに駆けていった。

この水が川を流れ、地下水となってナハルに水の恩恵を与え、またスゥの町近くにある湖に注がれるということか。距離を考えると数日……もしくは十数日はかかるのか？

俺は透き通るように澄んだ湖を眺めながら、

「なあ、クリス。この水って精霊が生み出しているのか？」

と尋ねた。

「湖底から自然と湧き出ているみたいです。少しお手伝いはしているみたいですが」

そうなるとここは湖じゃなくて泉ということになるのか。

「……ここの精霊と話せるのか？」

「はい、今シエルちゃんと一緒にいますよ」

……見えない。

魔力察知を使うとそこに何かがいるのは感じることが出来るけど。

「シエル、そこに精霊がいるのか？」

俺が尋ねたらシエルは耳をフリフリしている。

するとシエルの目の前に、シエルと同じぐらいの大きさの人の輪郭が浮かび上がった。

水色のその幼女は、ニコニコと微笑《ほほえ》みながら頭を下げてきた。

クリスが言うには、お礼を言っているそうだ。

そしてここで何があったのかを教えてくれた。

ある日ここに人が訪れて、泉の中に丸いものが投げ込まれた。

それはここの水を侵食し、精霊を……彼女を呑《の》み込んだ。

そこから意識が朦朧《もうろう》として自分を制御出来なくなったけど、唯一抵抗出来たのがこの泉の水を流さないことだった。

「先程までの水は飲むと害のあるものだったみたいです。今は元通りに戻ったから堰き止めていたのを解除したようです」

クリスの言葉に幼女がコクコクと頷《うなず》いている。

そして幼女が手を翳《かざ》すと、クリスの目の前に水が集約して青く輝くものが生まれた。まるで宝石みたいだ。

「これは？」

「お礼だそうです」

クリスが手を伸ばしてそれを手にすると、そのまま俺に渡してきた。

その青い宝石のようなものを鑑定すると、

【精霊石・水】水の精霊からの贈り物。


という鑑定結果が表示された。

用途は分からないけど、とりあえずアイテムボックスの中に仕舞っておこう。

「ソラ、ちょっといい？　って、何二人で話しているの？」

「ああ、そこに精霊がいるんだ」

「そうなの？　んー、確かにシエルちゃんの近くに何かいるみたいね」

「ミアは見えないのか？」

「それは見えないよ。そもそもクリスの精霊だって見えないんだよ？」

それは確かに、俺だってクリスの精霊は見ることが出来ない。魔力の動きでいることが分かるぐらいだ。

なら目の前の精霊は何故《なぜ》見えるんだろうか？

「ソラ、それより食材を少しもらっていい？　バロッタさんたちが少し早いけどご飯にしようって」

意識が戻らない仲間を待つ間に食事をしてしまおうという話になったようだ。

ミアは食材を受け取ると、それを持っていってしまった。

「何で俺はあの子を見ることが出来たんだろうな」

「もしかしたら加護のお陰かもしれませんが、あの子の精霊としての力が強い、あるいは、格が高いのも関係しているのかもしれません。あとは……シエルちゃんのお陰かもしれませんね」

確かに精霊を見ることが出来るようになったのは、シエルが何かをしたからだ。

それから俺も料理を手伝うためにミアたちと合流し、意識を失っていた人が目覚めると洞窟《どうくつ》を出発することになった。

◇クリス視点

「これ、ですか？」

その水の精霊――ルミス様はソラが料理の手伝いに行ったあと、私のペンダントを指差して聞いてきました。

「うん、それは君の？」

「違います。これはお婆《ばあ》ちゃん……私を育ててくれた人のものです。一時的に預かっています」

「そっか」

「ルミス様はこれを知っているんですか？」

「ルミスでいい。私たちは対等な存在だから。それとそれ知っている。懐かしい」

ルミス様の話だと、遠い昔に知り合ったエルフが持っていたとのことです。

「あの頃は楽しかった。遊びに行った」

「遊びに、ですか？」

「うん、あっちに」

ルミス様はここを住処《すみか》にしているけれど、色々なところを飛び回っているそうです。

ここに住み着いている理由を尋ねたら、落ち着くからと笑顔で教えてくれました。

ルミス様は本当に懐かしそうに、楽しそうに話します。

どうもルミス様が遊びに行ったというのは、新しく発見された遺跡みたいです。

そこでは昔、人種《ひとしゅ》やエルフ、獣人が集って生活していたようで、角の子もいたと言っていますが、魔人のことでしょうか？

「あの黒いのに似た子もいた。あれ不思議な子。それと一緒にいる精霊も不思議？」

ルミス様が言っているのはソラとシエルのことだと思います。

「うん、一度行くといい。ううん、行って欲しい」

その時のルミス様は、悲しそうな表情を浮かべていました。

遺跡ですか……ソラも気になっていたし相談してみようかな？

それからもルミス様は話すのが好きなのか色々聞いてきます。

特に私が【精霊樹の加護《エリアナの》】を持っているのに驚いているようでした。

何処《どこ》で授かったのか聞かれたので、アルテアでのことを話したら、

「そう、元気。良かった」

と安堵《あんど》しているようでした。

シエルもそうですが、私の契約精霊たちも精霊樹の近くにいると元気になりましたし、あの樹は精霊にとって大切なものなのかもしれません。

「ん、そうだ。クリスにもお礼。契約は出来ないけど……あれがいい」

私は断りましたが、押し切られてしまいました。

そしてルミス様はモリガンお婆ちゃんのペンダントに手を添えると、

「うん、これでいい」

と満足そうに頷いていました。

閑話・5

誤算だった。

迷いの森。そこでの襲撃を考えていたが断念するしかなかった。

一つは迷いの森を抜けるために用意した魔道具が全く役に立たなかったことと、もう一つは追跡系のスキル持ちが奴《やつ》らの足跡を追うことが出来なかったためだ。

あとは急遽《きゅうきょ》本国からの指令が舞い込んだというのもある。

「遺跡の調査と発掘された物の回収？」

報告を持ってきた者の言葉を疑った。

遺跡には三桁《けた》に近い人数が常駐している。その中には戦えない学者たちなど非戦闘員も多くいるが、それでも腕利きの冒険者や兵士たちがいる。

俺たちの今の人数は一八人。指令を伝えに来た五人を足してもたったの二三人しかいない。

この人数で遺跡を占拠しろとか無理だろ。

「大丈夫ですよ。人手が足りなければ補充すればいいのですから」

その男はまるで俺の考えを読んだかのようにそう言ってきた。

俺はその男……黒髪に黒い瞳をした男たちを見た。

俺たちと共に行動していた鑑定持ちの男と非常に雰囲気が似ている。外見もだ。

しかし補充？　現地の人間を雇うのはリスクが高いし、そんな奴らに背中を預けたくない。何より信用出来ないというのが本音だ。

「心配はありませんよ。僕たちの能力《スキル》があれば何も問題ありません」

男たちは自分たちの持つスキルを俺たちに説明し出した。

自分のスキルを話すことは不用心だが、俺たちの士気を上げるためだろう。

それに俺たちが決して他に漏らさないことを知っているからだ。

男たちの話を聞いて、それならいけるかもしれないと思った。

「だが今から間に合うのか？」

「既に準備は始めていましたから大丈夫ですよ。あとは襲撃のタイミングまで、さらに補充出来ればいいですね」

なるほど。準備が終わったから近くで活動していた俺たちに声が掛かったのか。

そして俺たちの主な任務は混乱に乗じて遺跡内の潜入及び、非戦闘員たちの殺害といったところか。さらに学者連中は無力化して情報を抜き取れということだろう。

もちろん護衛はいると思うが、その多くは外に目を向けるはずだ。

素早く制圧出来れば、挟撃することも可能だ。

定期的に遺跡で活動する奴らは交代するという話だし、そのタイミングで襲撃すれば次の交代まで遺跡に近付く者もあまりいないから、制圧さえしてしまえばその間は自由に遺跡を調査出来るというわけか。

「けど何でまた急に遺跡を襲撃することになったんだ？」

遺跡が発見された当初は、静観するとお達しがあった。

「ええ、何でも遺跡で発見された物の中に、ニホンゴが使われた物があったそうなんですよ」

ニホンゴ……それは異世界から召喚された者たちが使っていた言語の一つだ。

それが理由か。

異世界人の持つ知識の中には危険なものも多い。ニホンゴを読める者がいるとは思えないが、絶対いないとは言い切れない。

過去にも言語の解読スキル持ちが、古代語を読み解いたという話もあったわけだし。

あとは国として独占したいと思っているのだろう。

何故なら国には確実に、ニホンゴを読むことが出来る者がいるわけだから。


山に入って十数日が経《た》った。

その間俺たちがすることは魔物を狩りながら遺跡への道の確保だ。

殺さずに捕縛するのは面倒だが、この魔物が戦力となるというのだから仕方ない。

実際、俺たちは案内された森の中で魔物の軍団を見た。

その数は既に五〇〇を超えていた。

その半数近くがゴブリンやウルフだから戦力的に不安を覚えたが、強化のスキルで底上げされたゴブリンたちは、装備の効果もあって侮れない。

それに一体一体の動きを見て、レベルも高そうなことが分かった。なかには上位種もいた。

しかしこの数の魔物を揃《そろ》えるのにどれだけの時間を要したのか……もしかしたら遺跡の発見を知

った時から、いや、その前から着々と準備を進めていたのかもしれない。

この国には迷いの森のように、人が近付こうとしない場所は意外と多い。

その最たるものがかつてルコスの町があった場所だろう。

初めてそれを見た時、何をすればこんなことになるのかと思ったほどだ。

あの帝国が撤退を余儀なくされたのも頷ける。

実際あそこでは帝国兵の多くが命を落とし、生き残った者たちの多くが、その後心を病んだことも分かっている。

余程恐ろしいことが起こったのか、その時のことを口にする者は殆《ほとん》どいなかった。

エルド共和国がルコスの町の再建を諦《あきら》めたのも、ある意味仕方ないと言えた。

この国の者だってあそこには近寄らない。

だからこそルコスの町から東にあるこの森も、人が滅多に近寄らない場所の一つになっていた。

そこを拠点に出来たから、これ程の数の魔物を人知れず集めることが出来たということか。

「ではそろそろ一度拠点に戻りましょう。魔物の補充も出来ましたし、遺跡への道も分かりました。あとは時が来るまで作戦を練りつつ英気を養うことにしましょう」

俺はその言葉に頷き、眼下に見える遺跡を一瞥《いちべつ》して魔物たちと共に拠点へと戻っていった。

第6章

迷いの森からナハルに戻ってきた俺たちは、町の人たちの手荒い歓迎を受けることになった。

「井戸から水が出たんだよ！」

その理由は水が戻ったからだった。

確かに町の人たちは俺たちが水源調査に行ったことを知っているけど、俺たちがその問題を解決したとは限らないのに何故かと思ったが、

「きっと理由なんてねえんだよ。あとはソラたちがこの町で色々なことをしてくれたことに対する感謝の気持ちってとこだろうな」

とバロッタは言った。

「とりあえずギルドに報告に行くが、ルリカたちはどうする？　疲れてるなら俺たちだけで行くぞ」

気を遣ってくれたようだが、ルリカたちも同行するようだった。

本来俺とミア、ヒカリの三人は冒険者じゃないから行く必要がないが、魔物を納品する必要があるからついていくことにした。

納品を終えたらそのまま帰ったけどね。

三人で施設に戻ると、子供たちの熱烈な歓迎をここでも受けた。

特にミアに懐く子が多いのは、一番子供たちの面倒を見ていたからだろう。

「ルリカたちはどうしたんだい？」

「ギルドで調査報告をしてから帰ってきますよ」

それを聞いたフィロはホッと胸を撫《な》で下《お》ろしていた。

「主、どうする？」

「時間もあるし師匠のところに行ってみるかな？　ヒカリはどうする？」

「……主とお出掛け」

俺とミアを見比べて、俺についてくることを選んだようだ。

町の中を歩いていると、色々と話し掛けてくる人が多い。この町に来た時と比べると笑顔が多いのが印象的だ。

ナハルまで戻る道中。トラブルはなかったが色々バロッタたちから聞かれることが多かった。

その殆どをスキルの一言で片付けたのは、説明が難しかったからだ。

クリスもあの魔法……精霊魔法について聞かれていたけど、

「お婆ちゃんに教わりました」

の一言でバロッタたちもそれ以上聞いてこなかった。

ちょっと顔が引き攣《つ》って見えたのは気のせいじゃなかったと思う。

その反応に対してルリカとクリスも苦笑を浮かべていた。

あと話題の中心にあったのはあの水人形と迷いの森についてだ。

水人形に関しては新種の発見かと盛り上がっていたけど、残念ながらあれは魔物じゃない。

森に関しては行きはあれだけ苦労したのに、帰りは簡単に森の外に出ることが出来た。魔物と遭遇したのも二回だけだった。

魔力の歪《ゆが》みも殆ど感じられなくなったからMAPやゴーレムを試すと、普通にMAPは表示されたし、ゴーレムもすぐにコアに戻ることはなかった。

行きが大変だったのは、精霊が何かしら力を使っていたんだろう。

「む、ソラか。帰っておったのか？」

マルスは家にいて、鍛冶《かじ》仕事をしていた。

「さっき帰ってきたところだよ」

「そうか……皆無事かのう？」

「誰一人欠けることなく帰ってきたよ」

そう告げるとマルスは「そうか」と言って口元に笑みを浮かべた。

その後、俺は迷いの森であった出来事を話せる範囲でマルスに話した。

「それでこんなものが手に入ったんだ」

俺が精霊石を見せると、マルスは目を丸くしていたが納得もしていた。

「なるほどのう。精霊が守ってくれたのじゃな」

「精霊？」

「……ソラはクリス嬢ちゃんの事情を知っておるのか？」

「？　幼馴染《おさななじみ》を……お姉さんを探して旅をしていることか？」

「違う……いや、嬢ちゃんたちが一緒に旅をするほどじゃ。何よりお主たちにはあのクリス嬢ちゃんも心を許しておるみたいじゃし話しておるじゃろう。クリス嬢ちゃんがエルフであることを」

俺は思わず目を見開いてマルスを見ていた。

「嬢ちゃんたちがエルフであることを知る者は少ない。ルコスの生き残りである大人たちでも、知らない者がおるしのう」

ルコスと言えば、確かクリスたちの生まれ故郷のことだ。

「わしはモリガンとも長い付き合いじゃから、ある程度事情は知っておる。あと迷いの森の奥には精霊が住んでいることものう」

なら俺もある程度今回見てきたことを詳しく話してもいいだろう。

黙って話を聞いていたマルスは、俺が話し終えると口を開いた。

「国のあちこちで色々問題が起こっておるという話じゃし、精霊の暴走ももしかしたら関係しておるかもしれんのう。それで洞窟《どうくつ》で遭遇したスケルトンの装備は回収したんじゃったな？」

「アイテム袋に入ってるよ」

「ならそれをフラウに送って調べさせればよいな。フラウは知っておるか？」

「フラーメンにいる代表だよね？　それなら会ったから知ってるよ」

「なら問題ないじゃろう。わしが手紙を書くから……バロッタたちに持っていかせるかのう」

「帰ってきたばかりなのに？」

「問題ない。それに証拠品も送るんじゃ。それなりの腕があって信頼出来る奴らじゃなければ任せられんからのう」

俺たちに頼まないのは旅を続けるのを知っているからかもしれない。

「それでソラたちはいつまでこの町におるのじゃ？」

「数日休んでから出発すると思う。水の問題も解決出来たからね」

「……そうか。ならまた木が届いておるし、少しの間じゃがまた手伝ってもらってよいかのう？」

俺はその言葉に、どうせ町にいる間は暇だし手伝うことを約束した。

ちなみにマルスが一目見てそれが精霊石と分かったのは、昔精霊石を見たことがあるからだそうだ。

◇◇◇

「お姉ちゃん！」

施設の子供に抱き着かれたミアは、優しく頭を撫でている。

クリスたちも子供たちに囲まれている。

「ソラよ。嬢ちゃんたちのことを頼んだぞ」

「ソラ君。色々ありがとうね。それとルリカたちのこと、お願いね」

俺もマルスとフィロに声を掛けられていた。

俺たちは今日ナハルを発《た》つ。

予定では北上して、かつてクリスたちが住んでいた町——ルコスに行く予定だった。

帝国に行く前に、改めて一度見ておきたいとルリカたちが言ったからだ。特にセラが気にしていた。

けど水源調査からの帰り道、クリスからある提案を受けた。

「遺跡に行く？」

最初言われた時は先を急がなくていいのかと思ったけど、俺は反対しなかった。遺跡には興味があったからね。

ルリカが俺のためかと揶揄《からか》っていたけど、クリスが言うには、なんでもあの水精霊——ルミスから行ってみるといいと勧められたそうだ。

「初日は普通に歩いて、問題なければ夜から馬車移動でいいんだよな？」

ナハルから遺跡までは歩いてだいたい五日から七日、馬車でも四日はかかるということだ。

遺跡に行くことを知ったマルスが馬車の手配をしてくれると言ってくれたけど、それは断った。

遺跡まで俺たちを運ぶということは、送ったあとに帰らないといけない。

治安がいいから何かに襲われることはないと思うけど、それでも御者を一人で帰すというわけにはいかない。護衛も数人必要になる。

俺たちも遺跡に何日滞在するか分からないからね。

今はバロッタたちパーティーがフラーメンに行っているからナハルの人手が減っているし、何よりバルトでの一件以来、監視の視線を感じることこそなくなったけど、相手が諦めたかどうか分からない……いや、諦めていないだろうな。

冒険者ギルドを通じてフラウからクリスに連絡があって、隷呪の魔石を拾ったあの洞窟が掘り起こされていたことも分かったから他にも仲間がいるはずだ。警戒は必要だし、関係ない人を巻き込むわけにはいかない。

と思って行動していたわけだけど、特に何かが起こることもなく夜になった。

遺跡に行く人は限られているし、見晴らしがいいと隠れるところもないから襲撃は難しいのかもしれない。

食事を終えて少し休憩を挟んだら、影を呼び出し馬車で移動した。

急拵《きゅうごしら》えで遺跡までの道を通したということで歩いていても凸凹《でこぼこ》したところが多かったけど、吸収のお陰か振動を全く感じない。

「ソラ、交代の時間ですよ」

途中クリスたちと御者を交代して馬車の中で横になった。

遺跡か……どんなところだろうな。考えるとちょっとドキドキしてきた。

このままじゃ興奮して眠れない。大きく深呼吸する。落ち着け。

ドキドキは収まったがまだ眠れそうもない。だからステータスの確認をすることにした。


名前「藤宮そら」　職業「魔導士」　種族「異世界人」　レベルなし

スキル「ウォーキングLv67」
効果「どんなに歩いても疲れない（一歩歩くごとに経験値1＋α取得）」
経験値カウンター　１０１３４７１／１９９００００
前回確認した時点からの歩数【１５６０１１７歩】＋経験値ボーナス【２７０００４７２】
スキルポイント　２

成長したスキル
【状態異常耐性ＬｖＭＡＸ】【盾技Ｌｖ６】【鍛冶Ｌｖ５】【記憶Ｌｖ３】
（上位スキル）
【隠密Ｌｖ９】【時空魔法Ｌｖ７】【吸収Ｌｖ６】

状態異常耐性がついにＭＡＸになっている。球体の魔力を吸収していた時に急に呪いによる倦怠《けんたい》感がなくなったのはこれが理由か。

他にはナハルに来てから鍛冶と記憶の二つのスキルを習得したけど、ウォーキングのレベルも２つ上がっているからスキルポイントは２のままだ。

前々から習得したいと思っていた複製を覚えるか……いや、遺跡で何か必要なスキルが出てくるかもしれないから保留かな？

しかし加護の恩恵は高いな。必要経験値は増えているのに、順調に稼げている。

森の中とか、馬車を利用出来ないところを多く歩いているというのもあるんだろうけど。

俺はステータスパネルを消すと、今度こそ目を瞑《つぶ》って眠ることにした。


それから二日間は馬車で移動し、三日後には遺跡に到着した。

遺跡前には立派な防壁が築かれていて、予想以上に厳重だった。

「入場許可証？」

訝《いぶか》しい目を向けていた門番は、それを渡すと目を見開き態度を一変させた。

一応この国のトップの一人が発行したものだからかな？　効果は覿面《てきめん》だった。

あれよあれよと気付いたら、遺跡の調査隊の最高責任者の前にいた。

「フラウ代表から連絡はいただいています。もしソラさんたちが訪れるようなことがあったら便宜を図るように、と」

それは好待遇だけど、何か怖いな。遺跡内も自由に見て回っていいと言われたし。

「それ以外には何と言っていましたか？」

「いくつかの石板を見てもらえないか頼んでくださいと言われています」

恐る恐る聞いたらそんな答えが返ってきた。

やっぱり交換条件はあるか。もっとも見せてくれるなら見よう。

その日はもう遅い時間ということもあって、ここで調査をしている人たちに紹介してくれた。

石板の解読をしている人たちから侮るような視線を受けたけど、いきなり来た仮面をした正体不明の人間に遺跡調査の自由権を与えると言われたから面白くないのかもしれない。

ヒカリが相手のその態度に頬を膨らませていた。

「えっと、部屋が一つしか空いてないのですが大丈夫ですか？」

と聞かれたが、ルリカは笑いながら大丈夫と答えていた。

「食事まで用意してくれるとは思わなかったな」

「けどミア姉の料理の方が美味《おい》しい」

ヒカリの言葉にミアは嬉《うれ》しそうに笑みを浮かべている。

「只者《ただもの》じゃない雰囲気の人が多かったわよね」

「うん、隙がなかったさ」

「聞いたことがある名前の人もいましたしね」

ルリカたちは食堂で会った冒険者たちの話をしている。

腕利きを集めたと言っていたし、有名な冒険者がいたんだろうな。確かに一つ一つの動作に隙がないのだけは分かった。

「それで明日はどうするんだ？　俺は午前中に石板を見せてもらう予定だけど」

それで午後は皆で遺跡を見学させてもらおう。

「ならクリスとミアはソラと一緒に行動するといいよ。私たちは誰かに頼んでこの周辺の話とか聞いておくから」

ルリカがそう言ったのは、何かあった時にすぐに行動出来るようにするためなんだろうな。

「主、任せる」

「私たちはいいの？」

「ミアたちはある意味ソラのお目付け役だからね。クリスもソラが加減を間違わないように注意してよね」

「分かりました」

クリスもそんな力強く頷《うなず》かなくてもいいと思うけど、確かに解析する速度や量はクリスに相談しながらやった方がいいかもしれない。

あとは石板の解析で出していい情報と駄目なものの選別だ。

料理のレシピや害のない錬金術のレシピなら公開してもいいけど、危険なものは黙っていた方がいいだろう。

なんて構えていたけど、実際に案内された石板の保管庫で見たものの多くは、害のないものだった。

というか料理のレシピ多過ぎだろう。

しかも魔物の肉を使っての向こうの世界の料理の再現に、かなり力を入れていたのがそのレシピの数々から伝わってくる。

結局その日は一〇〇枚ちょっと見て、そのうちの一〇枚を解読出来たと報告した。

報告した時に色々な反応が返ってきたけど、一番多かったのは疑念だった。次に驚きかな？

それはある意味仕方ないと思った。

だってそこに書かれたことが本当かどうかなんて、他に解読が出来る人がいない以上真偽の確認のしようがないんだから。

あとはどうやって解読したのか聞きたそうな人もいたけど、上からお達しがあったのか、誰一人質問してくる人はいなかった。

ちなみに俺が報告した石板の内容は、料理関係が七つ、ポーションに関するものが一つ、エルド共和国にある遺跡についてが二つだった。そのうちの一つはフィスイの遺跡に関することだと思う。

「ふーん、なるほどね。なら午後も解読作業をする？」

「予定通り遺跡の見学をさせてもらおう」

俺は一気に読んでもいいのだが、二人が暇そうにしていたから。

明日解読する時は、二人もルリカたちと行動してもらった方がいいかもしれない。

遺跡について受けた説明によると、地上部は一階建てで、地下三階の構造になっているということだ。

俺たちは食事を終えると、遺跡の見学に向かった。

俺は初めて遺跡を見たのだが……思わず日本家屋？　と言いそうになった。

ただ遺跡の色は白一色で、使っている材質は石板と同じブルム鉱石だった。

遺跡の中に入って思ったのは、遺跡というよりも家という印象だ。

「お家《うち》？」

そう思ったのは俺だけではなかったらしく、ヒカリたちも一緒だったようだ。

ただ外見こそ日本家屋だったけど、中の造りは違った。この異世界で普通に見掛ける部屋の造りになっている。何処《どこ》にでもある……宿屋みたいな感じだ。

それにこの家、平屋建てだけどかなり広い。複数人が一緒に生活出来る大部屋もあれば、一人用と思われる小部屋もある。

確かこの地上部では石板は一切見つかっておらず、室内も今の何もない状態のままだったそうだ。

「なんか寂しい感じがするね」

ミアの呟《つぶや》く声が、何故《なぜ》か耳に残った。

「それじゃ地下の方に行ってみようよ」

一階の部屋を見終わり、そのまま地下に下りた。

地下は地上とは違い人の姿があった。

石板の多くは地下一階から見つかったって話だ。

全ての石板を冒険者が運んでくれたらしく、今は各部屋に描かれた壁画などを写したり、調査をしているらしい。

この壁画は地下一階と二階にそれぞれ一〇ずつ、計二〇あるということだ。

ちなみに地下三階にも一枚大きな壁画があるということだった。

俺たちは邪魔にならないように調査している人がいない壁画から見て回ることにした。

壁画を描いた人は絵が上手《うま》いのか、思わず見惚《みと》れてしまった。

笑顔で手を振るその姿は、まるで見る人に向けられているようだ。

モデルとなっているのはエルフかな？　髪の隙間から覗《のぞ》いた耳の先端が尖《とが》っている。

モデルなんていなくて、想像で描いたのかもしれないけど。

「シエル、何か気になるところがあるのか？」

隣を見たら、いつになく真剣な表情でシエルも壁画を見ていた。

俺が尋ねたら大きく頷き、耳を振ってある一点を指した。

俺は釣られてその先に視線を向け……それが目に飛び込んできた。

瞬きしたがその文字は消えない。

「ここに文字がある」

俺の言葉にミアたちは首を傾《かし》げている。

たぶん俺も普通に見ていたら気付かなかったと思う。

その文字は絵に溶け込むように書かれていて、一見すると文字と認識することが出来なかったから。

俺が気付けたのはシエルが教えてくれて、尚且《なおか》つ文字が浮かび上がったからだ。

その浮かび上がった文字は「こ」だった。

俺は他にもなにかないか探したら、壁画の右上の縁の近くに「iii」と刻まれていた。

iiiか……こっちの世界では見たことのない表記だ。

「クリス、この文字って読めるか？」

俺が指差して尋ねたら、

「これは……古代エルフ語に似たような文字がありました。数字の三を指す文字ですね」

ちなみにクリスが古代エルフ語を知っていたのは、モリガンから教わったからみたいだ。

何でも古代エルフ語が使えると、精霊と契約しやすくなるのだという。

次に見た壁画は、風景画だった。

「これってアルテアかな？」

確かに湖に浮かぶ街アルテアと、その湖岸にある町マルテと、山から見た景色と構図が似ている。

何より湖に浮かぶ街には精霊樹らしきものも見える。

そしてここにも隠れた文字があった。その文字は「の」で、今度は左下の縁の近くに「v」と刻まれていた。

結局午後は地下一階を見て回って終わった。

全部で一〇ある壁画を見たが、やはり絵一枚に対して一文字が隠されていた。

「けどソラ、その文字に何か意味があるの？」

「……過去に召喚された人からのメッセージ、かも？」

俺も確信はないが、あの絵の中に隠れた文字は普通の人では読めない。

もしかしたら解析系のスキルを持っていれば気付くことが出来るかもしれないけど。

それを考えると、これは異世界から召喚された人に向けられたメッセージではないかと思っている。縁に刻まれた数字もそうだ。こっちはエルフが関係しているかもしれないけど。

ただ一つだけ疑問も残る。俺たちは文字なら勝手に変換されて目に飛び込んでくるから、絵を見た瞬間に気付いてもおかしくない。

それなのにシエルに指摘されなければ文字の存在に気付けなかった。

あまり意識したことはないが、文字が勝手に変換されて見えるようになることと、隠れた文字を見つけることは別なのかもしれない。

「それでソラ、もしメッセージなら何て書いてあるのですか？」

クリスが興味津々といった感じで尋ねてきた。

俺はそれぞれの文字と数字を思い出しながら、

【□うこ□のあ□しを□め□□□は□らか□□】


と答えた。

これでは何を言いたいのか分からないから、明日残りの一〇枚を確認する必要がある。

「クリス、続きは明日な。ただ午前中は石板を見たいから午後からになるけど」

石板には魔法関係のものもあったから、特に反対されることはなかった。

翌日、予定通り午前中は石板の解析を行い、午後になったら今日は地下二階へ下りた。

石板の方は、今日は七つ解読して渡した。

その一つはたぶんフィスイのことだと思う。何でも精霊に愛された森に苦労して道を通したという話が書かれていた。

一応これで発見された石板は全て読むことが出来たが、その内容は公にしても大丈夫なものばかりだったから、残りもいつかフラウに伝えられたらと思う。遺跡の責任者に手紙を渡せば届けてくれるかな？

そして地下二階を回り、残りの文字が判明した。


【ゆうこうのあかしをしめせみちはひらかれる】


「友好の証《あかし》？　道は開かれる？」

「この遺跡に隠し部屋みたいなのがあるのかもしれないな」

俺の言葉に、ルリカとヒカリの二人が目を光らせていた。

「ただ道を開くもの……鍵《かぎ》のようなものが必要みたいだよな。隠し部屋があるとしてだけど」

昨夜食事の席で一人の調査員と話をする機会があったが、今のところ遺跡で発見されたものは石板しかないそうだ。

なら石板が鍵になる？　それともどれかの石板に鍵のヒントが書かれている？

記憶スキルで覚えた石板の内容を思い出すが、特にそれらしいものはなかったはずだ。

これが謎解きや暗号になっていたら、俺には解読するのは無理だな。


その日は朝から曇っていた。

珍しく天気が悪い。

「今日は地下三階に行くのですか？」

「ええ、そのつもりです」

朝食の席で遺跡の責任者と相席になったため、行くことを伝えた。予定を聞かれたからね。

あとフラウ宛ての手紙を届けてもらえるか尋ねたら、快く了承してくれた。

一階、二階と下りて三階に到着した。

一階、二階はいくつもの小部屋に分かれていたけど、三階は二部屋だけしかないそうだ。

手前の部屋には特に何もない。

ただ奥の部屋には大きな壁画があるということだった。

「もしかしてこの壁画に何かあるんでしょうか？」

クリスが期待の籠《こも》った目を向けてくるけど、残念ながら何もない。解析を使ったけど結果は変わらない。

最初に壁画の文字に気付いたシエルを見たが、耳を振ってきた。ナイナイと言っているようだ。

「だけどこの絵、似てるね」

「うん、ボクもそう思ったさ」

ルリカとセラがそんなことを言った。

二人に注目すると、ルリカが懐から以前見せてもらった精霊のお守りを見せてきた。

「これ一つじゃ分からないんだけどさ。これは四つ合わせると一つの絵になるんだよね。それで昔四つ合わせた時に見たのと、この壁画に描かれている絵が似てるんだ」

完全に同じではないけどね、と言って、ルリカはクリスにも出すように頼むとクリスもお守りを取り出し二人はそれを合わせた。

それは半分だけど確かに壁画に描かれた絵に似ている。

あれは俺たちの世界で言うなら四葉のクローバーだ。

ただクリスが言うには、この世界にはこの絵の植物は存在しないという。

となると、この絵を描いたのはやっぱり異世界人ということになるのか？

普通に上手《じょうず》だし絵心があったに違いない。俺にはないものだ。

「ねえ、クリス。それ光っているけど大丈夫なの？」

俺が考え事をしていたら、ミアがそんなことを言った。

クリスの胸元を見ると、確かにペンダントについた宝石が淡く光っている。

あれ？　だけどさっきまでは光ってなかったよな？

俺が疑問に思っていたら、

「クリスがその絵に手を触れたら光り出したんだよ」

とミアが言ってきた。

「それじゃそのペンダントが鍵？　けどこれっておばあの物だよね？」

「……うん、ただお婆《ばあ》ちゃんも誰かから譲ってもらったかもしれないし、同じようなペンダントが他にもあるかもしれません。ルミス様はここでたくさんの人たちが生活していたと言っていましたから。あとは……」

クリスの話では、ルミスがこのペンダントに手を添えて何かをしたと言った。

「……どうやって使う？」

ただヒカリの一言でまた振り出しに戻ってしまった。

クリスがもう一度壁画に触れても何も起こらないし、ペンダントを直接押し付けても駄目だ。

壁画に宝石が嵌《は》められるような窪《くぼ》みでもあるかと調べたけどやはりない。

「駄目、みたいですね」

俺は何かないかと壁画に触れて調べたけど何もない、いっそ魔力を流せば何か起こるかと思ったけど駄目だった。ただひんやりしているだけだ。

その隣でシエルが壁画をペチペチと耳で叩《たた》いているけど、うん、何も起こらないね。

「なにが起こるか気になるけど仕方ないね？」

「また今度あの泉に行って、その時に聞いてみるといいかもさ」

ルリカとセラも諦《あきら》めムードだ。

それが建設的なのかもしれない。

「残念ですけど仕方ないですね」

クリスが名残惜しそうに壁を撫《な》でたその時、壁に触れていた手が温かくなった。正確には触れていた壁画の表面に魔力を感じ、同時に熱を帯びたのだ。

「えっ」

とその変化にクリスも驚いている。

思わず離した手を、恐る恐るだけど再び壁画に押し当てている。

「どうしたの？」

「反応があった。壁画が……壁が温かくなったんだ」

俺の言葉にミアが壁画に触れたけど、

「何もなってないわよ？」

と眉《まゆ》を顰《ひそ》めた。

そしてこれは他の三人も同じ反応だった。

思わずシエルを見たら、ちょっと得意げな顔で頷《うなず》いているんだがどっちだ？

それからいくつか試して分かったことは、この反応が起こっているのは俺とクリスが同時に壁画に触れた場合だ。どちらか一人で触れた場合は、魔力の反応が起きない。また俺たち以外の人が組んでも……例えば俺とミアが同時に触れても反応しない。

「あ、もしかしたらですけど……異世界人が関係しているかもしれません」

「そうなの？」

「はい、ルミス様はあの時、ソラのことを誰かに似ていると言っていました。あれは外見ではなく異世界から来た人を指していたのかもしれません。それにここで発見された石板はニホンゴでしたか？　それが使われていたから可能性は高いと思います」

それは説得力のある話だ。ルリカも思わず頷いている。

「それだともし他の部屋があるとして、入れるのは二人だけってことになるのかな？」

ミアの疑問はもっともだけどそれは結果を見るまで分からない。

あとは壁画が反応しているが、どうやって入るか根本的な方法が分かっていない。

同時に触れて道が開くなら、既に道は開いているだろうし、そもそも友好の証ってのは何だ？

クリスの持っているペンダントなら別に俺である必要はないわけだしな。

あとはエルフも間違いなく関係しているのだろう。でないと俺一人でも壁画は反応したはずだ。

「……魔力の反応がありますし、魔力を流してみますか？　魔力は種ごとに違うのかもしれません し」

クリスがそう言ったのは、精霊樹に魔力を注ぐことが出来るのがエルフ種だけというのを経験したからかもしれない。

「それじゃやってみるか？」

「はい」

即答したクリスを見て苦笑を浮かべているのはルリカだ。付き合いが長いから、きっと今のクリスの考えていることが分かるんだろう。

「それじゃ流すぞ？」

俺はクリスに一言告げて魔力を流した。

どれくらいの量が必要か分からないからとりあえず普通に……反応がないな。

「少し量を増やすか？」

「そうですね。少し多めに流します」

……ん？　変わらないと思ったら、壁画に魔力が溜《た》まっていくのを感じた。

思わず鑑定すると、

【ブルム鉱石】　87／100

と表示された。

さらに継続して注ぐと、数値が徐々に上がっていき……97、98、99、100！　になったんだけど、何も起こらない。

「ん？」

何故《なぜ》何も起こらないか考え込んでいたら、肩を叩かれた。

横を向くとそこにはシエルがいて、いきなり踊り出した。

あ、違った。何かを伝えようとしている。

「……クリスと手を繋《つな》ぐのか？」

耳を器用に結ぶような仕草をしているから尋ねたら、正解！　とでも言うように耳をピンと伸ばした。

声が聞こえたようで、クリスが左手を伸ばしてきた。

俺は壁画につけていた手を右手から左手に代えて、右手をクリスの掌《てのひら》に合わせた。

……何も起こらないな。

思わずシエルを見たら慌てだし、何やら目を閉じて考え込んでいる。

考えること数十秒？　シエルはクワッと目を見開いて耳をピンと伸ばすと、今度は二つの耳をくるくる回し出した。

何を伝えたいんだ？

「あの、魔力を混ぜるってことじゃないでしょうか？」

クリスの呟《つぶや》きに、再びシエルは耳をピンと伸ばした。

その姿に気が抜けそうになるけど、目で「早く、早く」と訴えてきているから素直に従う。

俺が前を向くと、肩にシエルが乗るのが分かった。

俺は集中して、俺とクリスの魔力が混ざるようにイメージしながら魔力をさらに流した。

◇◇◇

「えっ」

気付いたら手を突き出した姿勢で、別のところにいた。

右を見ると、同じような姿勢で驚いた表情を浮かべているクリスがいた。

俺は確か一瞬眩《まぶ》しいと思って目を閉じて、気付いたら今に至るというところだ。

「クリスは何があったか分かるか？」

「すみません。眩しくて目を瞑《つぶ》って、開けたらここにいました」

「そうか。俺と同じだな」

「シエルちゃんは何か知っていますか？」

言われて右肩にシエルの重みがあることに気付いた。

大きく首を動かすと確かにシエルがいた。

シエルは左右に体を傾けている。ああ、分からないんだな。

俺はＭＡＰを表示させようとして、魔法が使えないことに気付いた。

他にもいくつか魔法を使おうとして、やっぱり使えなかった。

「ソラ、あそこに本が置いてあります」

確認をしていたら、クリスに呼ばれた。

そこで改めて部屋の中を眺めた。

調度品は棚が一つに机に椅子。あとはベッドがあるだけだった。

机には二冊の本があり、棚には素材らしきものが置かれていた。

部屋は埃《ほこり》一つなく、また布製の布団も劣化していない。

「見てください。こちらの本ですが、エルフが使う言語で書かれています。もう一つの本は読めませんでしたけど」

クリスは嬉《うれ》しそうに笑ったあとに、今度は残念そうに落ち込んでいる。

何がそんなに嬉しいのかと思ったら、読めた方の本は魔法関係のものだったらしい。

「最初の何ページかチラリと見ただけですよ」

慌てて言い訳してくるけど、夢中になるのは仕方ないよね。

「石板の文字と同じですが、この本はニホンゴで書かれているんですか？」

クリスがもう一冊の本のページを捲《めく》って尋ねてきた。

「そうみたいだな」

「持って……いくわけにはいきませんよね？」

「別にいいと思うけど、悪いのか？」

「なんとなくこの部屋の雰囲気を見ると……」

確かにあのドアから、誰かが入ってきてもおかしくないほどこの部屋は普通だ。

ん？　ドア？

だったら開けられるのか、と思って押したり引いたりしてみたけど開かなかった。

「どうやってここから出ればいいんだ？」

その呟きに、クリスは顔を青ざめている。

するとシエルはフラフラと飛び上がり、ポスンとベッドの上に着地すると欠伸《あくび》をして眠ってしまった。

「ふふ、慌てるなってことですかね？」

「そうだな。わざわざあんな大掛かりなことをしたんだ。本の中に帰り方が書いてあるかもしれないし読んでみるか」

そう言えばクリスも遠慮なく本を読めそうだしな。

ただ問題は外と連絡を取る手段がないということだ。心配させてしまうが、ここはじっくり腰を据えて本の中から帰るための手掛かりを探そう。あると信じて。

「ソラ、ちょっと嬉しそうですよ」

はい、ちょっと気になっていました。

「だけどこの部屋の入り方は分かりにくかったよな。壁画にあんな大掛かりな仕掛けをするなら、いっそ入り方を書いておいて欲しかったよ」

だからちょっと文句を言って誤魔化したけど、クリスには通じなかったようだ。

その後クリスに椅子を譲り、俺はベッドに腰を下ろした。

そうして俺は机の上に置いてあった本……記録を読み始めた。

それは彼がこの世界に召喚されてからのことが書かれたものだった。

◇とある異世界人の記録・1

この本を手に取っているということは、きっと君は僕と同じように別の世界からの来訪者だろう。どのような経緯でこの世界に訪れたかは知らないが、僕が体験し、知ったことをここに記しておく。

僕の名前はユタカ。地球という場所から召喚された者の一人だ。

僕がこの世界に召喚されたのは、高校生の頃だった。その時一緒に召喚されたのは、僕の高校のクラスメイトたちだ。

召喚した人……僕の時代ではエレージア王国という国だけど、彼らは僕らが元の世界に戻るには魔王を討伐する必要があると言ってきた。魔王の核が世界を渡るには必要ということだった。

剣なんてものは使ったことがなく、魔法というものが存在しない世界から来た僕たちは、最初かなり苦労した。それでもどうにか戦えたのはスキルという不思議な能力と、元の世界に帰りたいという強い想《おも》いがあったからだ。

この世界に召喚されて三年経《た》ったある日、いよいよ僕たちは魔王討伐に向かった。

黒い森と呼ばれる魔物が跋扈《ばっこ》する森を突き進み、魔王の居城に到着した僕たちは、魔人と、魔王と戦い、激しい戦いの末、多くの犠牲を払って魔王を倒した。

その時の戦いでクラスメイトの半数近くが命を落とし、また僕も多くのスキル《ちから》を失った。

それでも生き残ったクラスメイトたちの多くは喜んだ。これで帰れる、と。不謹慎かもしれないけど、この世界は僕たちには厳し過ぎたから仕方ないことかもしれない。

けど、そんな僕たちを待っていたのは残酷な現実だった。魔王に核などなく、それどころか魔人に告げられたのは、魔王は元人間だということだった。

魔王は世界に負の感情が溢《あふ》れ出した時に、世界が壊れないように生み出されると言っていた。

もっともそれが真実であるかは、僕たちには分からなかったけど。

その中で一番堪《こた》えたのは、やはり僕たちが元の世界には帰ることが出来ないという言葉だった。

僕たちはその真相を確かめるため王国に戻り、そこで裏切りに遭った。

最初こそ魔王を倒した英雄として迎え入れられたけど、真実を問い詰めた瞬間奴《やつ》らは優しい仮面を剥《は》ぎ取り襲い掛かってきた。

突然のことにクラスメイトたちは次々と無力化されて捕まり、僕は最後のスキルを咄嗟《とっさ》に使った、使ってしまった。

僕のスキルは特殊なもので、物凄《ものすご》く強力だった。ただその代償として、覚えていたスキルを失うというリスクがあった。

結局、僕はそのスキルのお陰で助かった。そう僕一人だけが。

その時は必死で何も考えられなかったけど、あとで冷静になってどうにかクラスメイトたちを助けようと思ったけど、その時には僕は全てのスキルを失っていた。

最終的に僕が選んだのは逃げることだった。

王国を去り、行く当てもなくこの世界を彷徨《さまよ》った。

そこで気付いたのは僕がこの世界のことを何一つ知らないということだった。お金の価値も、王国以外の国のことも。いいや、王国のことすら知らなかった。

これは僕たちを利用するために意図的に情報を遮断していたんだと今なら分かる。

そして王国を出て半年後、僕は一人の女性と出会った。行き倒れていたところを助けられたのが出会いだった。

彼女たちのことは旅の途中で噂《うわさ》程度に聞いていた。エルフという長命種で、知恵者だと。

彼女はローナと名乗り、僕の支離滅裂な言葉を嫌な顔一つしないで聞いて、最後に問い掛けてきた。貴方《あなた》はどうしたいの？　と。

僕はクラスメイトたちを助けたいと思ったけど、それは無理だと自分自身で理解していた。

個人が国に立ち向かうなど無理だから。万全の状態……スキルが全て使えたら出来たかもだけどそのスキルもない。

だから僕が選んだのは、これから先、僕たちと同じように召喚される者たちに警告を残すことだった。それには真実《ほんとうのこと》を知る必要があった。

ローナにそれを告げると、彼女は優しく微笑《ほほえ》み手伝ってくれると言った。

何故と尋ねたことがあったけど、その時ローナは、「ほっとけなかったからかな？」と言っていた。

僕は彼女の力を借りて調査したが、一年、二年、五年と経ち、時間が圧倒的に足りないと思い知らされた。

魔人に話を聞こうと魔王城を再び訪れたが、そこに城はなく、魔人たちも姿を消していた。

また過去の記録を読み解けば、魔王が次に生まれるのは早くても数十年、遅いと一〇〇年以上先になることも分かった。僕の寿命は運が悪ければそれよりも先に尽きるだろうと思った。

人間の寿命を考えれば当然のことだ。それにこの世界はただ生活するだけでも危険が溢れている。

ローナにそのことを伝えたら、一つだけ方法があるかもしれないと言った。

その時のローナは憂えた表情を浮かべていた。今思い返せば、本当はそんなことして欲しくなかったのかもしれないと思ったけど、あの時の僕にはそれを察する余裕がなかった。

僕はその言葉に藁《わら》にも縋《すが》る思いで飛び付いた。既に一度死んだようなものだから、可能性があるなら試してみたいと思った。

そしてローナと向かったのはルフレ竜王国だった。

ローナは竜王とは顔見知りらしく、竜王に血を分けて欲しいと頼んでいた。

竜王は最初難色を示していたが僕たちの理由を聞き、儀式について僕に説明してくれた。

竜王の血を分ける儀式を行えば、寿命を延ばすことが出来るかもしれない、と。

ただそれに適応出来なければ命を落とすとも。

お勧めはしないと言われたが僕は受け入れた。

竜王はまさか受けるとは思っていなかったようで悩んだ末、血の儀式を行ってくれた。

僕は儀式後、生死の境を彷徨ったけど、どうにか適応出来た。

その後竜王から一〇〇年以上は生きられることを聞き、注意点も教えてもらった。それは老いが始まれば効力が切れ始めた証《あかし》で、やがて死に至るということだった。

それでも僕はそれで十分だと思い、再び調査に乗り出した。

◇◇◇

ユタカの調べたことを少しまとめると、魔人の言葉通り、魔王が復活するのは、大きな戦争などが起こった時が多いことが分かったそうだ。まるで人同士の争いで人類が滅びるのを止めるように、戦争に魅入られた権力者たちの意識を逸《そ》らすためのようでもあったと書いてある。

俺はそれを読んでクリスたちから聞いたボースハイル帝国が起こした戦争のことを思い出していた。

今回の魔王誕生はそれが呼び水になったのかもしれない。

そして魔王が誕生すると異世界召喚が必ず行われ、それを行うのは常にエレージア王国だということも分かったとのことだ。

また異世界召喚した者たちを逃がさないのは、異世界人は強力なスキルや強い力を持っている者が多いため、その血を取り込み、その血を使い、強力な戦士を作るためではないかとあった。

実際小国の一つだったエレージア王国は、魔王が誕生する度にその領地を徐々に広げて大国に成長していったと書いてある。

俺はそれを見てヒカリのことを考えていた。

ユタカたちのいた時代では、黒髪黒目の人間は殆《ほとん》どいないということだった。特に両方黒色というのは珍しいそうだ。

ヒカリは……過去の異世界人たちの血を受け継いでいるのかもしれない。

俺は息を一つ吐くと続きを読み進めた。

◇とある異世界人の記録・2

僕が異世界召喚されて既に三〇〇年が経っていた。

その間に、僕にも頼りになる仲間たちが多く出来ていた。

そしてエレージア王国にいいように使われている異世界人の子孫たちを救出するため、行動を起こす段階まで準備が進んでいた。

しかしその直前で、ある事件が起きた。

それは突然のことだった。

ローナが……魔王になった。

ローナは呼ばれていると言葉を残してある日突然姿を消した。

その時見た彼女の瞳《ひとみ》は血のように真っ赤な色に変わっていた。

僕はあらゆる手段でローナを探し、魔王城にいることが分かった。正確には魔人の一人が教えてくれたからだ。

急ぎ向かえば、その玉座にローナは座っていた。

それはかつて魔王と対峙《たいじ》した時の記憶を呼び覚ました。

そこでローナが語ったのは、ローナが魔土に選ばれたのは偶然ではなく、僕たちがやっていることが女神にとって不都合だからという理由だった。

何故《なぜ》ローナがそう思ったのかというと、彼女は歴代の魔王の記憶を一部受け継いでいるからみたいだ。

そして女神にとって、世界に混乱を振《ふ》り撒《ま》くエレージア王国は、使い勝手の良い道具みたいなものだということも、ローナの口から聞かされた。

異世界召喚が王国だけで行われるのも、そのせいだということだった。

それを聞いた僕の仲間たちは、身の危険を感じて一人、また一人とその場から去っていった。

そんな仲間たちを薄情だとは思わなかった。魔王になることの意味を誰よりも知っていたから。

結局僕のしたことは、大切な人の人生を奪ってしまったという事実だけだった。

それなら最後は共に過ごそうと思ったけど、その願いは叶《かな》わなかった。

ローナに命じられた魔人によって、魔王城から退場させられたからだ。

次に目を覚ましたのは、とある町だった。驚いたことに五〇年近く眠っていたそうだ。

そこで聞かされたのは魔王の……ローナの死だった。

ただ彼女は魔王になっても抵抗したようだ。生きるために。

その間、三度の異世界召喚が行われて、最後はこの世界に降臨した女神によって打ち滅ぼされたと、そのエルフの女性は教えてくれた。

そのエルフの女性は、ローナからと形見のペンダントを僕に渡してきた。

僕はそれを受け取り拠点……家に戻ったがそこに仲間たちの姿はなくもぬけの殻だった。

そこからの僕は、ただ死ぬことを望む日々だった。一日でも早く、この世界から消えたいと思い始めていた。

それからさらに長い年月が流れ、魔王誕生の噂を何度も耳にし、遂に待ち望んだ日が訪れた。

老いが始まったのだ。

これで死ねると思った矢先、その者は現れた。

彼は顔見知りの三本の角の魔人だった。

そこで彼から語られたのは、魔人たちの目的だった。

何故そんなことをわざわざ言いに来たのかと思ったら、それはローナの願いであり、この世界の真実に迫ろうとしていた僕への手向けだと言っていた。

その魔人……翁《おきな》は今の魔王が誕生するシステムを壊したいと言ってきた。それには女神を殺す必要があるとも。

その鍵《かぎ》となるのが女神がこの世界に降臨する時だと言っていた。

翁の話では女神がこの世界に降臨するには二つの条件が必要だということだった。

その一つ目が女神の器となる条件を満たした者……女神との親和性の高い神聖魔法の使い手だという。

ただ女神の器になったその者は、役目を終えると死ぬそうだ。

たぶん女神が降臨した時にかかる負荷に、人の体では耐えることが出来ないからではないかと翁は言った。

そして女神が降臨するためのもう一つの条件は、この世界の者で魔王を倒せなかった場合らしい。

ふと、このような話を僕にしていいのかと気になって翁に尋ねたら、魔人の抵抗も女神からしたら暇潰《つぶ》しの一つだと翁は言った。

翁が立ち去り、僕はそれから死ぬその時まで色々なことを残そうと思った。

まずはこの世界における異世界召喚の真実や、魔王と女神の記録で、次はローナたちとの思い出だ。

その思い出は美味《おい》しい料理の作り方や、新しい魔法の発見。あとは一緒に世界を回って見聞きしたことなど色々だ。

世界の記録に関しては、この部屋に残すことにした。

ちょっと複雑な条件をつけて入場制限を設けたのは、この記録を誰彼なしに目にするのは危険だからというのもあるが、やはり一番は同じように別の世界からこの世界に来てしまった人に読んでもらいたかったからだ。あとは下手に公にすると、処分されるという危惧《きぐ》もあった。

そしてこれをどうするかは名前も知らない君に託そうと思う。

願わくば、誰かがこれを手に取ったその時には、僕たちのように苦しむ者のいない世界になっていて欲しい。

◇◇◇

ユタカの独白はここで終わっていた。

次のページにはこの部屋から出る方法や、棚に置いてある素材や魔道具についての説明が書いてあった。

俺はそれを最後まで読み、大きく息を吐き出した。

衝撃的なことが多く書かれていて頭が追い付かない。考えをまとめる時間が必要だ。

そして気付いた。

いつの間にかシエルが俺の膝《ひざ》の上にいて、その本を覗《のぞ》き込んでいることに。

「シエル？」

俺が声を掛けると、シエルはこちらに振り向いた。

その目尻《めじり》に涙が溜《た》まっているように見えたが……瞬きした次の瞬間にはいつも通りの、のほほんとした表情のシエルがいた。

「読み終わりましたか？」

「あ、ああ。もしかして待たせた、か？」

俺が本を読み終わった時には、既にクリスの方も読み終わっていたようだ。

「大丈夫です。何度も読み返したので覚えましたから！」

「あー、けどそれ、持ち出してもいいって書いてあったけど、クリスの方には書いてなかったのか？」

「……魔法のことしか書いてありませんでした。うん、けど大丈夫です。覚えたのでこれはここに置いていきます」

「いいのか？」

「……はい」

そんな不安そうに言われるとな。

きっと、それなりに厚い本だから忘れそうだと思っているかもしれない。

「分かった。ならもう少し待っていてもらっていいか？　俺がそれを読んで記憶するから」

分からなかったら聞いてもらえばいいし、必要なら紙に書き写してもいいしね。

でも、クリスはなかなか本を渡さなかった。色々な葛藤《かっとう》の末、顔を真っ赤にして渡してきた。

クリスが何故そのような態度を取ったかはその本を読んで分かった。

うん、魔法以外のことも書いてあった。えっと、体を大きくする方法とか？

俺は本を元の場所に戻すと、棚にある素材と魔道具をもらっていくことにした。

ブルム鉱石をはじめ、貴重な素材があったからだ。オリハルコンにアダマンタイト……鑑定は普通に使えるから間違いない。あの本にも書いてあったからね。

魔道具に関しては、ユタカと仲間たちが協力して作ったものだそうだ。その一つに、王国の不正を記録したものがあるようなことが書いてあった。

ただ空間魔法のアイテムボックスも使えないから、棚にあったマジック袋に入れていくことにした。うん、棚がすっからかんになったな。

「本は置いていくのに素材とかは持っていくんですね」

そんなクスクスと笑わなくても。

「本はさ。万が一ここに次の人が来た場合に、戻る手段が分からないと困るだろう？　だからその方法が書かれた本は置いていくことにしたんだ」

なるほどです。とクリスは頷《うなず》いているけど、それはもうないだろうと俺は思っている。

それなのに持っていかないのは、あの本だけはここに残しておいてやりたいと思ったからだ。

「それじゃ戻るか。シエル、帰るぞ」

俺が声を掛けると、シエルはクリスの腕の中から飛び立ちフードへと移動した。

「それでどんな方法で帰るのですか？」

「……ああ、それは……」

言われて思い出した。

ふざけているのかと思ったけど、最後に念を押してその方法じゃないと出られないって書いてあったからな。

「えっと、最初に言っておくけど嘘は言っていません。真実です」

その方法とは入ってくる時とほぼ同じだ。

違いがあるとすれば、それはドアノブに手を重ねて魔力を流すということだ。

俺がそう告げると、

「が、頑張ります」

と顔をみるみる真っ赤にしたクリスが、小さな声で答えてきた。

◇ルリカ視点

何が起きたの？

気付いたら目の前からクリスが、ソラが消えた。

私はそれを唖然《あぜん》と見ていた。

「えっ、何？」

動揺したミアの声で頭が働き始めた。

ううん、働いたら逆に焦った。混乱した。

横を見るとミアの不安そうな表情が目に入った。

「落ち着くさ」

セラはいつもの調子で言うと、その場に腰を下ろした。

ヒカリちゃんもそれに続く。

思わずセラを睨《にら》んでいた。

クリスがいなくなったんだよ！

「ルリカも座るさ。二人は大丈夫さ」

「何でそんなことが分かるの⁉」

思わず叫んでいた。

「クリスはボクたちと違ってしっかりしてるさ。それにソラも一緒なら安心さ」

「うん、セラ姉の言う通り」

そんな二人を見て冷静になった。

そうね。ソラも一緒だし、ここに来たのは精霊の言葉があったから。害はないはずよ。

「まったく、ルリカはクリスのことになると駄目さ。普段は冷静な判断が出来るのにさ」

……仕方ないじゃない。私は……。

「二人はいいけど、むしろ心配なのはシエルちゃんね」

「大丈夫、シエルも強い子」

ミアの一言でシエルちゃんまでいないことに今更ながらに気付いた。

そ、それはむしろ心配ね。ああ、大丈夫かな？

それから一時間近く経《た》ったけど二人は戻ってこない。

頭では分かっているけど、時間が経つにつれて不安は募る。

「ヒカリちゃん？　どうしたの？」

ミアの声で顔を上げると、ヒカリちゃんが階段の方を見ている。

「ん、ざわざわする」

ヒカリちゃんの言葉を待っていたように、私も人の気配を捉《とら》えた。

朝の食事の時、今日は三階で作業をする人はいないと言っていたのに。

私たちはアイテム袋から武器を取り出し、いつでも戦えるように構えた。

するとそこに慌てた様子で調査員の人が部屋に入ってきて、

「ま、魔物が……」

と息も絶え絶えに言うと座り込んでしまった。

私たちは顔を見合わせ、詳しい話を聞いた。

調査員の話によると、魔物の襲撃があったということだ。

「た、戦えない他の皆は宿舎に集まっている。き、君たちはどうする？」

私たちは相談して防壁の方に行くことを決めた。

「そ、そうか。なら僕は戻るよ。気を付けてね」

調査員の人はそれだけ言い残して慌ただしく戻っていった。

「……ミアとヒカリちゃんはここで待ってる？」

「ううん、私も何か役立てるかもしれないし行くよ。ただ……」

ミアがチラリと壁画の方を見た。

「なら手紙を置いていきましょう。魔物退治が終わってもまだ帰ってこないようなら、またここに戻って待ってればいいしね」

私の言葉に三人が頷き、私たちは防壁に向かった。

そこで聞かされたのは少なくとも三〇〇以上の魔物がここを目指して進軍してきているということだった。

「君たちは依頼を受けていないある意味部外者だ。宿舎の方に避難していてもいいし、逃げても誰も文句は言わない。ただ、一緒に戦ってくれると正直助かるが……どうする？」

聞かれた私たちは……もちろん戦うことを選んだ。

◇◇◇

ふう、無事に戻ってこられた。と思ったのに、そこには誰もいなかった。

「ソラ、そこに紙があります」

クリスが言うように、そこには一枚の紙があった。このナイフは重石《おもし》代わりか？

紙にはルリカの字で、魔物の襲撃があったことと、その手伝いに行くことが書かれていた。

「俺たちも行こう」

階段を駆け上がりながら、あの部屋にどれぐらいの時間いたのだろうかと思った。

本を読んでいる間は、つい時間のことを失念していた。

普通の時なら別に構わないけど、魔物の襲撃があったなら別だ。もっと早く戻ってくるべきだったと後悔した。

遺跡から飛び出すと、遠くから怒号が聞こえてきた。爆発音も鳴っている。

空を見上げたが、生憎《あいにく》の曇り空で太陽は見えなかった。

俺は歩きながらＭＡＰを表示させると周囲の状況を確認した。

ここの遺跡は山を背にしているため、防壁がコの字型に作られている。

人の反応を見ると、遺跡内には誰一人留《とど》まっておらず、防壁組と宿舎組に分かれているようだ。

たぶん宿舎に集まっているのが非戦闘員で、あとは護衛の兵士も数人いるようだ。

ルリカたちの反応を探したが、四人とも無事だった。ミアだけ別の場所にいるのは、治療をしているのかもしれない。

「ん？　君たちは。もう体調はいいのかい？」

ルリカたちのいる防壁に到着すると、休憩していた兵士にまずそんなことを聞かれた。

きっとルリカあたりが俺たちがいない理由を考えてくれたんだろう。

「……はい」

「助かるけど無理は禁物だよ。ちょっと長丁場になりそうだしね」

防壁の上に登ると、眼下に見えたのは魔物の死体の山だった。

「ルリカちゃん！」

見た感じ三人とも怪我《けが》はなさそうだが、顔に疲労の色が見えた。

「やっと戻ってきた。おかえり、クリス」

「うん、ただいま。それで今どういう状況ですか？」

「もうかれこれ三時間近く戦っているさ。今みたいに攻撃が止《や》んでいる時もあったけどさ」

俺たちがあの部屋に行ってから一時間経った頃に魔物の襲撃があったということだから、あれから四時間経ったことになるのか。

そんなにも長い時間あの部屋にいたのか……。

「色々な種類の魔物がいるみたいだな」

今目に付く魔物はゴブリンだが、防壁前の死体にはウルフにゴブリン、オークのものもある。

別種が野良で団体行動とは珍しい。しかもあのゴブリン、こちらが見えているのに突撃してこないのもそうだ。

あと死体の近くに転がっている武器だが、高品質な物には見えないけど、造りがそれなりにしっかりしているように見える。冒険者から奪ったというよりも、あの数だと武器を運んでいた商人でも襲って手に入れたのか？

「しかし、統率している上位種でもいるのか？」

「まるでこちらが疲弊するのを待っているかのようです」

クリスの言葉には、周囲にいる冒険者たちも頷いている。

「ミアはやっぱり治療中か？」

「そうだよ。兵士の人がやられてね。この戦いで一番活躍しているのはミアかもね。だからソラ、会ったら労《ねぎら》ってあげてね」

「分かったよ。あと休んでいた分頑張るよ。それで俺たちは何をすればいいんだ？」

「なら少し見張りを頼めるかな？　休める時に休んでおきたいから……と思ったんだがな」

ため息を吐《つ》く冒険者の視線の先には、進軍してくる魔物の姿があった。

「とりあえず俺たちで遠距離攻撃するか？」

「はい、数が多いから範囲魔法を使おうと思います。森に少し被害が出るかもしれませんが、この際仕方ありません」

クリスはそう言うと詠唱に入り、魔物との距離が砦《とりで》まで一〇〇メートルを切ったところで風の範囲魔法トルネードを放った。

竜巻が巻き起こり、魔物たちを呑《の》み込みながら切り刻んでいく。意思でもあるかのように逃げ惑う魔物を追いかけていく。

その過程で木々も巻き込まれたが、火魔法を使って延焼することに比べれば軽微な被害だな。

俺は時間差で、クリスのトルネードで巻き込み損ねた魔物……主にゴブリンたちに向かって石の弾丸を飛ばすストーンバレットや、石礫《つぶて》を落とす範囲魔法のストーンシャワーを使って撃退に当たった。

「マジか……」

とそれを見ていた冒険者たちが驚いたのは、俺たち二人の魔法で向かってきた魔物を殲滅《せんめつ》したからだ。

「他のところにも行った方がいいでしょうか？」

「いや、ここに待機でいいよ。中央は中央で担当がいるからね」

中央を守っているのはAランク冒険者たちで、接近戦が得意なパーティーらしい。

そのため魔物の接近前なら魔法を撃つことが出来たが、今だともう間に合わないとのことだ。

そしてそれを証明するかのように、剣戟の音がこちらまで響いてきた。


魔物の襲撃が一段落したところで、冒険者と兵士の代表が集まって話し合いが行われた。ルリカもそれに呼ばれて出席した。当人は戸惑っていたけど。

ただその理由はルリカが戻ってから分かった。

状況を整理した代表たちは、少数精鋭で魔物の本陣と思われる場所を襲撃すると決めたようだ。

理由は色々あるけど、一番は魔物の数に対して人手が足りないため、このまま消耗戦を仕掛けられると耐えられないと判断したみたいだ。

そのため、中央で防衛に当たっている複数のAランク冒険者のパーティーが行くのが確実ということになり、手薄になったところに俺たちが入ることになった。

俺たちが選ばれたのはやはり俺とクリスが範囲魔法を使えるからだ。

中央は街道を通すために整備されて開けているから、一度に攻めてくる魔物の数が多い。

「けどソラ、良かったんですか？」

「……命が懸かっているからな」

クリスが心配しているのは、中央に移ったと同時に影とエクスを呼び出したからだ。

途中で呼び出すよりも、戦闘が始まる前に認識してもらっていた方が混乱も少なく済むと思ったのと、やはり主戦力が抜けることを考えて出し惜しみしない方がいいと判断した。

最初驚かれたが、戦力が増えたことを皆純粋に喜んでいた。

もちろんマジョリカのダンジョンでゴーレムコアを見つけたと説明した。

「それじゃ後は頼んだぞ」

日が暮れて、魔物が動き出したタイミングでAランク冒険者たちは静かに行動を開始した。

MAPで確認出来る魔物の残り数は、およそ三五〇。前回と同じなら三〇体前後で部隊を作って攻撃してくるはずだ。

ただ今回は違った。

「おい、あれはまさか……対魔法用の盾か？」

中央に姿を現したのはオークの集団。そのうち二〇体が盾を構えている。

その冒険者の言葉が本当なら、魔法が効かない？

「あれは魔法の盾なんですか？」

「ああ、確か帝国で手に入るやつだ。まさかあんなのまで持っているとは……」

魔法が封じられるとここでの優位性がなくなる。むしろ人数が減っているからピンチだ。と冒険者たちは思っているかもしれない。

「おい、奴《やつ》らの後方を見てみろ」

さらに本来なら最初の部隊のみで終わるはずの襲撃に、今回に限って後方に控えていた部隊も加わってきた。ゴブリンにウルフ、それにレッドオーガか？

それは中央だけでなく、左右でも同じようなことが起こっている。

ＭＡＰを見ると、一つの集団を除いた全ての魔物がここに向かって進撃してきている。

相手も長引かせるつもりはなく、一気に決めにかかってきたようだ。

それでも距離を取って進軍しているのは、盾があっても範囲魔法を警戒してか？

「厳しいが逆にチャンスだな。これで何処《どこ》にボスがいるか分かりやすくなったはずだ。なら俺たちは彼らがボスを倒すまで守りきれば勝ちってわけだ」

その言葉に、周囲の冒険者たちの士気が上がる。

「試しに魔法を撃ってみてもいいですか？」

「試すのはいいが……」

魔力がもったいないと言われたけど、そもそも魔法が効かないならもう使わないからＭＰは残るだけだ。

まずは単体火力の強い火魔法を使ってみた。

一直線にオーク目掛けて飛んでいったが、盾に当たったファイアーアローは掻《か》き消えた。

それならと今度はストーンシャワーを撃ったが、同じように防がれてしまった。

ただ鑑定で確認したら、盾の耐久度が減っていた。

距離があるから鑑定は届かないと思ったが、出来て良かった。

「クリス、とりあえず俺が先に魔法を撃つから、後は任せた」

俺の言葉に隣で聞いていた冒険者はギョッとして驚いていたが、俺は構わずに撃った。

その数ストーンシャワー八発。一個を残し、一九個の盾が壊れた。

「クリス、今だ！」

俺が言うよりも早く、クリスのファイアーストームが戦場を包み猛威を振るう。

ファイアーストームの魔法が消えたあとには、その数を半分に減らしたオークと、後方にいたレッドオーガの集団しか残っていなかった。

「凄《すご》いぜクリスちゃん。よし！　俺たちも打って出て残りを殲滅するぞ。ルリカたちは門の防衛を頼んだ！」

クリスの魔法で勢いを増した冒険者たちは、これを好機と見て止める間もなく打って出ていってしまった。

一組のパーティーを残して冒険者たちが打って出ると、オークとレッドオーガたちは逃げ出した。

「いけないわね」

「ああ、最悪だ」

ルリカの呟《つぶや》きに答えたのは、防衛のために残った兵士の一人だ。

「深追いし過ぎだ。それにあの状況だったらもう少し様子を見て、もう一発魔法を撃ってから出ても良かったはずだ」

その兵士が意見を言わなかったのは、対魔物に関しては冒険者の方が詳しいため、口出しを控えたからのようだ。

あとは冒険者たちがあんな迅速に動くとは思っていなかったみたいだ。

そしてこれは中央だけでなく、左右の戦場でも同じようなことが起きていた。

「魔物ってのはこんな戦い方をするのか？　まるで人間と戦っているみたいだ」

とはその兵士の言葉だった。

俺は人間同士の集団戦なんてものはしたことはないが、兵士がそう感じたのならそうなのかもしれない。

ただ俺が今出来ることは、こちらへ向かってくる魔物を倒すことだけ。

別動隊が早くボスである統率者を倒してくれることを祈るだけ。

けどボスがいるとか、スタンピードに似ているな。

聖都メッサで起こったスタンピードも、確か別動隊の冒険者がボスを倒して収束したんだったか？

そんなことを考えていた時だった。

「おい、あれ！」

兵士が叫び声を上げた。

彼が見ている方は……壁の内側？

見ると宿舎に火が付いている。

さらに風に流れて剣戟が聞こえてくる。

そこに宿舎の方から駆け付けてくる人影があり、血飛沫《ちしぶき》が上がった。

倒れた人に代わって姿を現したのは、黒い衣装に身を包んだ二人だった。

その姿を見て思い出すのはマジョリカのダンジョンで戦っていた男たちだ。

兵士が思わず俺の方を向いたのは、俺のしている仮面が、その者のしている仮面と酷似していたからだ。

隷属の仮面？　ならあいつらは王国の人間か？

「人か？」

と兵士が呟いたのは、目の前に確かにいるのに気配をあまり感じないからだ。気配察知を使っているのにまるで反応がない。いや、集中すると僅《わず》かに感じる。

それこそ虫とか小さい生き物レベルだ。

そしてその気配察知に強い反応が引っかかった。それも背後から。

黒衣の男から目を離さないように気を付けながら体を半身にして強い気配を確認すると、そこにはレッドオーガたちがいた。

そっちに向かった冒険者たちは？　と思い気配を探ったが弱々しい反応しかない。

……返り討ちに遭ったのか？

兵士は人間と戦っているような感じだったと言うが、それはこの魔物の群れを操っているのが人間だからなのか？　だから装備も魔物に不釣り合いなものを持っていた？

そんなことがあり得るのだろうか？　魔物を使役するようなスキル？

レッドオーガが雄叫《おたけ》びを上げたことで、兵士たちもレッドオーガの存在に気付いた。

「クソッ……あいつらやられたのか？」

誰かが呟いたが答える者はいない。

レッドオーガも気になるが、目の前にいる黒衣の男から目を離すのが危険だと勘が告げている。

緊張感に包まれ、俺たちが動けないでいると、そこに新たな闖入者《ちんにゅうしゃ》？　が現れた。

それはシエルだった。

そしてその姿を見て思い出した。

今、ミアは何処にいる？

「ソラ。ミアのことは私とヒカリちゃんに任せて！　セラ、二人のこと頼んだよ。それとソラ、あの人たちのことをお願い」

そのことにルリカも気付いたのか、宿舎の方に走りながら言った。あの人たちというのは、たぶん先走った冒険者たちのことだ。

「分かったさ。それと……」

セラが兵士の人たちにも宿舎に行くように言っている。

兵士たちが即答出来ないのは、ここの守りが手薄になるからだ。

「行ってください。こっちにはこれもいますから」

俺は影とエクスをチラリと見て言った。

黒衣の男たちはそれを見ても無反応だった。いや、俺たちの方を見ている？

「分かった。向こうは任せろ！」

そして兵士たちが動こうとした瞬間、黒衣の男の一人が動いた。

素早く懐から何かを出すと、それを地面に叩《たた》きつけた。

眩《まぶ》しい光が周囲を包み、視界が奪われる。

俺は咄嗟《とっさ》にクリスの前に立ち、盾を構えると何かが飛来してきた。

それは盾で防ぐことが出来たが、その何かは跳ね返ったところで空中で破裂して液体のようなものを撒《ま》き散らした。

「何だこれは……」

それは俺以外の人たちも浴びたようだ。

視界が元に戻ると、そこに黒衣の男たちの姿は既になかった。

浴びた液体が毒か何かかと思ったが、体にも服にも異常は見られなかった。

ここから離脱するための目くらましとして使ったのか？

なら狙いはルリカたち！

「ソラ、黒衣の奴らは兵士の皆に任せるさ。ボクたちはあれと、冒険者たちを助けるさ」

慌てて動こうとした俺をセラが止めた。

「そうだ。対人戦なら俺たちに任せな。嬢ちゃんたちのことはしっかり守る。その代わりあれは君たちに任せた」

見るとレッドオーガたちがかなりの距離まで近付いてきている。

「分かりました。任せます」

俺は素直に従い、兵士たちが階段を下りていくのを見送った。

「まずは魔物の殲滅《せんめつ》だ。とりあえずある程度引きつけてから……」

射程範囲に入ったら魔法や投擲《とうてき》武器で攻撃しようと思って気付いた。

「酷《ひど》い……」

レッドオーガの一体が、手に持った盾に人をくくり付けて歩いているのを。

小さいながら僅かな反応があるから生きている。

明らかに範囲魔法対策だ。

「引きつけてから戦うしかないか。クリスは魔法を使う時は気を付けてくれ」

「はい、攻撃魔法は控えて援護に回ります」

クリスが頷くのを見て、俺は残った冒険者たちの方に振り向き言った。

「俺たちは降りて戦います。ここは任せます」

そしてある程度レッドオーガが近付いたところで、俺たち三人と二体は防壁から飛び降りた。

レッドオーガの数は全部で一六体。さっき逃げていく時は二〇体だったから四体は倒した計算になる。

俺は剣を構えると静かに魔力を流した。

レッドオーガの皮膚はそれ自体が普通の鎧《よろい》並みに硬い。個体差もあるが鉄レベルの硬さを持つものもいる。

そして気付いたのは、人質を取っているのは一体だけでなく三体いた。

なら俺がするべきことはその三体の注意を引くことだ。

俺はその三体に向かって挑発を使い、その場を離れた。

これでクリスが魔法を使える環境が整った。

確かに人質作戦で高火力の魔法の攻撃を防いだのは敵ながら考えられている良い手だと思った。

ただ残念ながらそれだけじゃ俺たちを止めることは出来ない。

人質を抱えたレッドオーガは俺が、残りはクリスたちに任せた。

よし、向こうはクリスたちに任せて集中だ。

剣を合わせて思ったことは、レベルにしては膂力《りょりょく》が強いということだ。速度もある。

それはたぶん状態に表示されている強化が関係しているのだろう。


【名前「――」 職業「――」 Lv「43（38）」 種族「レッドオーガ」 状態「強化」】


だけど苦戦するというほどではない。

あとはミスリルの剣の切れ味が凄い。魔力を流しているというのもあるけど、硬いと言われているレッドオーガの皮膚を簡単に斬り裂いていく。いや、斬った感触すらなかった。

気付けば戦闘が始まってから一〇分ほどでレッドオーガ三体を倒していた。

人質も無事だ。気を失っているが命に別状はなさそうだ。

治療を終えてクリスたちの援護に回ろうとしたら、ちょうど最後の一体を倒すところだった。

「それで何にやられたんだ？」

意識を取り戻した冒険者に尋ねると、

「俺たちを襲ったのは人間……だと思う。黒装束に仮面をした集団だった」

という答えが返ってきた。

思わず俺たちは顔を見合わせていた。内だけでなく外にも同じ存在がいる？

その後俺たちは今の状況を助けた冒険者三人に話した。

「分かった。本当だったら他の仲間を助けに行きたいが装備もないから……こんなこと頼むのは迷惑かもしれないが、どうか頼む、あいつらを助けてくれないか。まだ何人かは息があったんだ」

その頼みを俺たちは受け入れた。元々その予定だったしね。

ただ三人には戻ってもらった。装備もないし、傷は治ったが体力までは回復していない。それに俺たちが離れたことで、中央を守っている冒険者が四人しかいなくなっているから。

「ソラ、大丈夫ですか？」

「……大丈夫だ。それに助けられる命があるなら助けたい」

クリスが心配したのは、魔物だけでなく人と戦うことになるかもしれないと思ったからだろう。

「大丈夫さ。魔物も人もボクが倒すさ」

セラがそんなクリスを安心させようとブンブンと斧《おの》を振り回した。

「もし本当に黒衣の男たちの仲間が潜んでいるなら注意していこう。俺の気配察知でも気付くのは難しいかもしれない」

俺はさっき黒衣の男たちと対峙《たいじ》した時を思い出して二人に告げた。

二人が頷《うなず》くのを見て、俺はMAPを頼りに弱っている冒険者たちのもとを目指した。

冒険者たちの反応があるのは、街道から外れた森の中で、結構奥の方だ。

途中遭遇した魔物は、セラとエクスが瞬殺した。

「大丈夫か？」

そして森の中で倒れている冒険者を見つけた。何人かはまだ息がある。

「ああ、すまな……！　敵だ⁉」

その冒険者の言う通り、こちらに近付く反応があった。

俺はアイテムボックスから予備の武器を出して冒険者たちに手渡すと開けた場所まで移動した。

ここは木が密集し過ぎていて、セラが本来の力を発揮出来なさそうだったからだ。

そして俺たちが移動を完了したと同時に現れたのは、タイガーウルフとオーークと……黒衣の男五人だった。

「気を付けろ。こいつらただのオークとタイガーウルフじゃない！」

冒険者が叫ぶと、空気が張り詰めていくのが分かった。

確かに普通の個体と違って、二体の魔物は色が少し違う。またオークは頬に、タイガーウルフは額に三日月のような傷が刻まれている。


【名前「ダンテ」　職業「――」　Lv「74（27）」　種族「オーク」　状態「強化」】

【名前「シール」　職業「――」　Lv「72（30）」　種族「タイガーウルフ」　状態「強化」】

オークとタイガーウルフを鑑定すると、レッドオーガのように状態が強化になっている。ただ注目すべきは名前付きだということとレベルだ。ネームドモンスター？

さらに黒衣の男たちの中で、一人だけ異様な気配を発する者がいた。その者を鑑定すると、

【名前「シュウザ」　職業「魔物使い」　Lv「46」　種族「人間」　状態「――」】

ということが分かった。

【魔物使い】魔物と契約して使役することが出来る。魔物を強化することが出来る。


この襲撃を指揮しているのはこのシュウザということなのか⁉

また解析を使った結果、【間者《スパイ》】であるということも分かった。

「お前が指揮官か？」

俺の問い掛けに、クリスの方を見ていたシュウザが俺の方を向いた。

「わざわざあれを使うとは何事かと思いましたが……標的は二人、ですか……」

標的？　シュウザは俺とクリスを見て確かにそう言った。

それにあれとは何だ？　もしかしてさっきの黒衣の男たちが何かしたのか？

考えを纏めようと頭を働かせるが相手は待ってくれない。

「……仮面の男にそっちの人間の女は確保を。それ以外は殺していいですよ」

シュウザが手を挙げると、相手が一斉に動き出した。

「魔物はこっちで相手するさ。黒衣の男たちを頼むさ」

先行して突撃してきたタイガーウルフに攻撃を仕掛けながら、セラが冒険者たちに指示を出した。

冒険者たちが素直に従ったのは、一度魔物と戦ったことがあるからか？　何か強いと分かってい
るようだったし。

それならと俺はオークに挑発を使い注意を引いてその攻撃を盾で受け止めた。

エクスは冒険者の援護に回り、影はその場から影による攻撃で援護をしつつクリスの傍《そば》にいる。

クリスも魔法で冒険者たちの援護をしている。

俺はそれを見てオークに集中することにした。

最初に受けた一撃が、明らかにレッドオーガよりも重かったからだ。レベルだけ見れば確かに三
〇近くの差があるが、それだけじゃない。

オークの振るう剣は洗練されていて無駄がない。まるで剣術でも習ったような動きだ。

攻撃を受け止めようと盾を構えればフェイントを掛けてタイミングをずらしてくるし、人と模擬
戦でもしているような錯覚を覚える。

それに加えてオーク本来の腕力が加われば、苦戦するのも仕方ない。むしろ高ランクとはいえ、
冒険者たちが生き残れたことの方がある意味運が良かったと思うほどだ。

ただ、今の俺にはその攻撃も脅威ではない。確かにタイミングをずらされたことで攻撃を受ける
時の備えが難しくなるが、多少のずれではビクともしない。盾に付与した吸収の効果が大きい。

それに相手を最初から人と戦っていると考えて対処すれば惑わされることもない。

逆にそれを利用して相手の行動をミスリードすることが出来た。ただの魔物なら引っ掛からなかっただろう。

俺がわざと隙を作れば、オークはその誘いに乗ってきた。それを利用して剣を振り抜けば、オークは俺の前に倒れ伏して絶命した。

オークを倒した俺はセラの方を見たが戦闘中だった。

援護したいが、素早い攻防の中に割って入ることは無理な気がする。劣勢でもないし、ここはセラに任せよう。むしろ邪魔になりそうだし。

俺は次に黒衣の者たちとの戦いを見たが、そっちは劣勢だった。

というか既に五人中三人の冒険者が地に伏している。

数的優位がなくなり自由になったシュウザが今まさにクリスを狙っていた。

エクスが援護に向かおうとしているが、その前に二人の黒衣の男が立《た》ち塞《ふさ》がっている。

俺は急ぎ駆け出した。

突撃してくるシュウザに対して、クリスは魔法で応戦、影も影による特殊攻撃を使うが当たらない。

しかし影も対人戦はそれなりに経験しているため、フェイントを交えながら影を飛ばす。

そしてその試みは成功し影の一撃がシュウザを捉《とら》えようとしたまさにその瞬間、伸ばした影の動きが鈍った。

何故《なぜ》と思うと同時にシュウザは伸びた影を掻《か》い潜《くぐ》り、クリスに肉薄する。

クリスも回避しようと試みるが明らかに運動能力に差がある。

「！　何⁉」

まさにクリスに向けて攻撃を仕掛けようとしたシュウザは、咄嗟《とっさ》の判断で後方に飛び退《の》いた。

完全に不意を突いた一撃だったのに仕留めることが出来なかった。

これは……俺の決心が足りなかったからだ。

自分でも分かった。剣速がいつもよりも遅かったことに。

「ソラ……」

「クリス下がって。それと影も後退しろ。シュウザには近付くな」

影の動きが鈍った時、シュウザは伸びてきた影に対して手を翳《かざ》していた。

これは俺の勝手な考えだが、影の動きが鈍くなったのは、シュウザの職業「魔物使い」が関係していると考えた。創造で生み出したとはいえ、ゴーレムは魔物だから……。

「なるほど。奇怪なスキルを使いますね。それに鑑定持ちかな？　生け捕りにしろというわけです。それにその仮面……」

鑑定持ちとバレたのは名前を思わず叫んだからか？　それに咄嗟とはいえ転移を使った。

俺は大きく息を吐くと気持ちを切り替える。

ここでこいつを逃がすのは危険だ。都合の良いことに相手も俺たちを捕らえようとしているから逃げることはないと思うが……追い詰めるとどうなるか分からない。

考えられるのは俺たちとさっき遭遇した二人の黒衣の男が、何らかの手段で連絡を入れたかだが……俺とクリスをピンポイントに標的にしたということは、あの二人のどちらかが鑑定のスキルを持っていたのかもしれない。

震える手を押さえるように力を籠《こ》める。

シュウザが剣を手にして、斬り掛かってきた。

その鋭い一撃を盾で受け止めて反撃の剣を振るうがシュウザは簡単に躱《かわ》す。

それから何合が打ち合い、俺は盾をアイテムボックスに戻した。

シュウザの攻撃は巧妙で、盾で防いだ時に一瞬シュウザの姿を見失う時があった。きっと意図的にやっているに違いない。俺の盾を利用して死角を作っている。

「ほう……」

その行為にシュウザは感嘆の声を上げた。

そして口元を歪《ゆが》めるとさらに激しい攻撃を繰り出してきた。

もう生け捕りにするとか考えていないんじゃないかと思うほどの本気の一撃だ。

俺はそれを剣で弾《はじ》く。破壊するつもりで振ったのに、上手《うま》く力を逃がされている。

明らかに対人戦に慣れている。けど……。

俺は並列思考を使いながら記憶のスキルを使い思い出す。そう、ヒカリの戦い方を。

シュウザの動きは、剣と短剣の違いはあるが何処《どこ》か似ていた。

戦いながらそれを観察しシュウザが踏み込んできたところを先読みして一歩後退して……今だ！

シュウザが攻撃した直後に反撃に出た。

退く動作の中で剣を上段に構えて即座に剣を振り下ろした。

予想通りシュウザは最小限の動きで後ろに下がって回避するが、俺はそれを追うように一歩さらに踏み込む。それと同時に振り下ろしていた剣を踏み込んだ勢いを利用して下から上へと振り上げた。

避《よ》けられないと判断したシュウザは無理な姿勢ながら剣で防ごうとしたが、それより速く剣は振り抜かれ……シュウザの腕を切断した。


腕を斬り落とされたシュウザは口元を歪めて片膝《かたひざ》をついた。

俺は注意しながら剣先をシュウザの首筋に向けた。

レッドオーガを斬った時には感じなかった肉を斬り、骨を断つ感触が確かに手に伝わってきた。

手が震えそうになるのを必死に我慢する。動揺しているのを相手に悟られないように。

そして注意して周囲を見れば、向こうの戦いも決着していた。

タイガーウルフを倒したセラが参戦したのと、倒れていた冒険者が戦線に復帰していた。

クリスと影がポーションを使って回復させたのかもしれない。

代わりに四人いた黒衣の男のうち、反応があるのは二人だけだった。視界の片隅に黒衣の男が映ったが、血だまりの中に倒れ伏していた。

「はは、まさか負けるとは。しかも僕の最高傑作の二体がこうも簡単にやられるとは……ああ、そうか。利用されたのか、僕は……」

シュウザは独り言のように呟《つぶや》くと、ウッという呻《うめ》き声を上げて倒れた。

倒れたシュウザは口から血を吐き出していた。

それはシュウザだけでなく、生き残った二人の黒衣の男も同じように倒れていた。

突然のことで頭が真っ白になり、慌ててヒールとリカバリーを使ったが助からなかった。

自決用の毒を仕込んでいたようで、解析をすると吐き出した血の中から毒が検出された。それは極めて致死性の高いもののようだった。

俺はとりあえず他にもシュウザの仲間が辺りに潜伏していないか確認するため、MAPを呼び出し気配察知と魔力察知を使った。

もっともシュウザたちと同程度の隠密能力があると、確実に拾えるかは分からないけど。

だから気休め程度に使ったというのもある。

この時、確かに人らしき反応は既に見知った人たちのものしか分からなかったが、魔物の反応ははっきり捉えることが出来た。

戦闘前に三五〇あった反応は五〇以下までに減り、この場から離れていくのをMAPで確認することが出来た。

俺はそれを見てシュウザへと視線を向けた。

やはり魔物を統率していたのはシュウザだったようだ。死んだことで支配されていた魔物は解放され、逃走を開始したんだと思う。

とりあえず遺跡に戻り、ルリカたちと合流するのが先決だな。

反応を捉えることが出来なかったが、やはり気になる。

俺は黒衣の男たちの死体をアイテムボックスに回収すると、冒険者たちに声を掛けて遺跡へと戻ることにした。

閑話・6

ここまで集めるのか?

それが俺の抱いた素朴な疑問だったが、確実に任務を遂行するならここまでやる必要があるのかもしれない。

最終的に用意した魔物の数は七〇〇を超えた。

強い魔物だとレッドオーガやミノタウロスまでいた。帝国から連れてきたのか? この国には生息していない魔物のはずだ。

ただ時間をかけたお陰で嬉《うれ》しい誤算も生まれた。

「あのパーティー一行が遺跡に?」

そう、理由は分からないが奴《やつ》らが今、遺跡にいる。

風向きが変わってきたと思った。

俺は一応あいつらを生け捕りにしたいということだけは伝えておいた。

最終的に殺しはするだろうが、あれがどうなったかだけは知る必要がある。

そして始まったのが襲撃作戦だ。

一気に攻めないから長期戦を選んだのかと思ったが違うようだ。どうやら相手の戦力を計っていたようだ。

日が暮れてから一気に攻勢に出たところで、俺たちも動き出すことにした。

魔物が派手に暴れて注目を集めてくれているうちに、俺たちは山から侵入して非戦闘員を狙う。

遺跡の調査結果も入手したいから、何人か生け捕りにしたいところだ。

「行くぞ」

戦闘の開始と同時に潜入を開始した。

少ない人数ながら非戦闘員を守るために兵士を護衛につけていやがった。

しかもこいつら、対人戦に長《た》けた兵士だ。

激しい抵抗にあったが、腕も人数もこちらが上だ。時間がかかったのはあの女のせいだろう。

負傷した兵士の傷を瞬く間に治すとか、かなり優秀な神聖魔法の使い手だ。

是非捕獲したいと思ったが、兵士が命懸けで逃がしやがった。

「ああ、確保しろ」

だから二人ほど手を回して追いかけさせた。これで大丈夫だろう。

他にも逃げた奴が一人いたが、そいつも処分するように命令し、俺たちは宿舎を占拠した。


いいことと悪いことがある。

いいことは石板を確保出来たことだ。数が多かったがアイテム袋があったので全て回収出来た。

悪いことはあの女を追いかけた者たちが戻ってこないということだ。

他にも戻ってこない奴らがいる。どうする？

そしてどうしても確保したい奴が出来たから、その様子も見に行かせたがそいつも帰ってこない。

まさかこの石板の解読が出来る奴がいたとは。

もっとも石板の解読をしていた学者連中は懐疑的らしいが。

確かに自分たちが解読出来ないものをあっさり解読されたら面白くもないだろう。

それにそれが本当なのかどうか確認することも出来てないらしいからな。

「戻った、か？」

そいつは興奮していた。

「どうした？」

「ああ、こっちにこい」

人気《ひとけ》のないところに連れてこられて聞かされた言葉に、耳を疑った。

だがこいつは鑑定持ちだ。間違うはずがない。

「異世界人にエルフか……」

それならニホンゴで書かれているという石板を読めても不思議ではない。

ただそれ以上に価値があるのはエルフの方だ。

それからその二人に関しては、特殊な薬品を使ってマーキングしたようだ。

ただそれは俺たちのためというよりも、外で活動しているあいつらに分かるように、らしいが。

「あいつらが確保出来ればそれに越したことはない。ただ失敗に終わったら……」

「俺たちがこの情報を持ち帰ればいい、か」

俺の言葉に目の前の男は頷《うなず》こうとして、周囲に視線を走らせた。

「ん？　どうした？」

「いや、誰かがいたと思ったが……勘違いだったようだ」

一応俺も周囲を確認したが、俺たち二人以外の反応はなかった。

「優先事項が変わった。今俺たちがすべきなのはこの二つの情報を持ち帰ることだ」

「なら」

「ああ、あのことは後でいいだろう。どうせエルフの女を捕縛したら分かることだしな」

どうやら異世界人とエルフの女は、俺たちが追っていたパーティーの者たちみたいだからな。

俺たちは頷き合い、仲間たちを残して脱出することにした。


仲間たちには嘘の情報を伝え、俺たちはここから離脱するために遺跡の裏手を目指した。

協力して逃げなかったのは俺たちの動きを隠すためだ。

悪いとは思わない。俺たちはそういう世界で生きて、そのように教育された。優先するのは個の命ではない、国のために何かを成すことだ。

「よし、あとはここを抜ければ……」

ゾクリと背筋が震えた。

咄嗟《とっさ》に飛び退《の》けば、剣閃《けんせん》が空を切った。風圧を感じるほどの鋭い一撃だ。

そして攻撃はまだ終わらない。

視界に飛び込んできたのは、右手を戻し、左手に握った剣を振り下ろそうとする女の姿だ。

バランスの崩れた体勢で飛び退くことが出来ないと悟った俺は、剣で防ごうとしたが、それより早く相手の剣は振り下ろされた。

それは防ぐことも、避けることも出来ない一撃で、焼けるような痛みを胸に覚え体が傾いた。

すぐに立ち上がろうとしたが体に力が入らない。

俺は顔を上げ、襲撃者を確認した。

そこには冷めた目で俺を見る女が立っていた。

「あの子を傷付けることは許さない」

それが俺を切った女の言葉だった。

俺はそれを聞き、その女の顔を見て、標的のパーティーメンバーであることに気付いた。

「……13、号？」

何かが倒れる音と共に、そんな声が聞こえてきた。

視線を向ければ、先程まで隣を走っていた男が倒れていた。首筋から血が流れていて、死んでいることは一目で分かった。

俺は視線を戻し、改めて襲撃者を見た。

女が二人。確か名前はルリカにヒカリだったか？

それに13号という言葉……思い出した。死んだはずの工作員のコードネームだ。それが生きていたということか？　なら異世界人とは……。

徐々に体から力が抜けていくのが分かった。致命傷だ。俺はもう助からないのだろう。

「あの子？　あのエルフのことか？」

確かこの女はあの魔法使いの女……エルフの幼馴染《おさなな》《じ》みという話だった。

ならせめて苦しめてから死んでやろう。

「はは、その情報はすぐにでも知れ渡るだろうよ。俺たち以外にも持って逃げた奴がいるからな！」

だけど返ってきたのは、

「そっ」

という短い言葉と冷たい視線だった。

そして首筋に痛みを感じ、俺の意識はそこで途切れた。

◇◇◇

「エルド共和国からの連絡が途絶えた、か？」

「はい」

力なく頷く男をジッと見る。

顔色が優れないのは、このところの王たる私への報告内容が芳しくないからだろう。

魔人どもの襲撃や奴隷紋の研究所の閉鎖等々。

「……まあよい。それなりに被害を出すことが出来たようだしな。あれの回収が出来なかったのは残念だが……量産は可能か？」

「劣化品の方なら可能ですが……」

劣化品、使い捨ての方か。それで十分か。むしろ足がつかないという点ではそちらの方がいいのかもしれない。

そう思っていたらドアをノックする音が聞こえた。

私が目の前の者に目で促すと、素早く立ち上がり用件を聞いて戻ってきた。

「報告します。勇者様たちが帰還したそうです」

その報告を受けた私は玉座の間に移動して待つことにした。

待つ間に確認したのは勇者たちのステータスだ。

なるほど……勇者となったのは剣聖か……まあどちらがなっても同じか。

そして待つこと三〇分、彼ら二人が玉座の間に現れた。

時間がかかったのは着替えをしていたからだろう。

それと二人だけなのは、他の三人が動けないからだ。

「ただいま戻りました」

剣聖が頭を下げて挨拶《あいさつ》をしてきた。

剣王の方は不機嫌そうだ。

理由と原因が分かっているから許そう。

むしろ問題は剣聖の方だが……個人差はどうしてもあるから仕方ない。

「うむ、話は聞いて……」

「それで助けられるのか？」

私の言葉を遮った剣王に対して、騎士たちから殺気が立ち上った。

私は手を挙げて鎮めさせると、

「勇者様、教会から優秀な司祭様を呼び寄せたので安心してください。他にも高品質のポーションも用意していますので」

と大臣がすかさず説明した。

「剣王よ。心配なら看《み》に行くとよい」

「ああ、そうさせてもらうよ」

それだけ言うと剣王はさっさと部屋から退出していった。

騎士たちは憮然《ぶぜん》としているが、これは効いている証拠だ。

「すみません。態度がなっていないようで」

「それだけ仲間のことが心配なのだろう。それに剣王が聖女のことを大事にしているのは……いや、今は関係がなかったな」

沈痛な面持ちで目を伏せた。もちろん演技だ。

「それより剣聖よ。今から案内したい場所があるがいいか？」

私の言葉に剣聖は頷いた。

行き先は剣の間だ。

ステータスも見たが、実際あの部屋に入り、聖剣を引き抜くまでは安心出来ない。

「ここは？」

「剣の間だ。ここには聖剣がある」

私の言葉を聞いた剣聖がここに来て初めて緊張したのが伝わってきた。

「この部屋には選ばれた者しか入れぬ」

私は扉を開けると、

「さあ」

と言って剣聖を促した。

少しの間をおいて剣聖は一歩を踏み出し、剣の間に入るとそのまま聖剣のところまで進んでその手に聖剣を握った。

剣聖がゆっくり腕を上げれば、聖剣は台座から引き抜かれた。

私はそれを見て、

「剣聖よ……いや、勇者様。どうかその聖剣をもって、この世界のために魔王を討ち滅ぼしてください」

と深々と頭を下げた。

もっとも心の中ではほくそ笑んでいたが。これで全ての準備が整った、と。

エピローグ

「ここが三人の生まれ育った町か……」

遺跡から北西に進路をとって歩くこと四日。ついに目的地に到着した。

「んー、やっと着いたってとこね」

ミアが体を伸ばしながら言った。

「ふふ、ミアは大変でしたからね」

クリスの言葉にその時のことを思い出したのか、大きくため息を吐《つ》いた。

あの襲撃事件は、終わってからも大変だった。

死者の数は全部で三〇人になったが、あの規模の魔物の進攻に対して、一三〇人ほどで戦ったことを思えば少ない方だろう。しかも魔物だけでなく、人による襲撃もあった。

また死者が三〇人で済んだのは、ミアがいたからこそだ。

俺も神聖魔法は使えるが、ミアほどの効果はないからな。

ミア曰《いわ》く、近頃神聖魔法の効力が上がってきているとのことだ。

それもあってミアは襲撃が終わってからも三日間は忙しく働いていた。

俺も手伝いはしたが、どちらかというと見張りに立つことが多かった。

襲撃があったことを急ぎ報告に行った兵士がいたため、人手が足りなくなったからだ。

一応仕事扱いになったので、報酬は受け取ったけど。

それと相手の正体も分からないままだ。俺は王国の差し金だと思っているが確かな証拠がない。

黒衣の男たちは皆死んだからだ。

俺の仮面が酷似していた件は、特に追及がなかった。フラウから入場許可証を受け取っていたのと、防衛線で活躍したからというのもあるが、仮面のデザイン自体はありふれたものだからだ。

秘密裏に活動する人間が特徴的なものを使うと目立つからな……ただ、解析して分かったのは、魔法が色々と付与された特別製だったということだ。

「それで何処《どこ》に行くんだ?」

「少し町中を歩いて、近くの森に行って、あそこかな?」

そう言って歩き出したルリカは、破壊された町の中を俺たち三人に紹介するように歩いていく。

きっとルリカたち三人には、幼い頃の光景が見えているに違いない。

懐かしそうな、悲しそうな、愛《いと》おしそうな表情を浮かべている。

「それでここが四人でよく来た森かな?」

「そうそう、泥んこになって走り回ったさ」

そこは町からすぐのところにある森で、害獣の類《たぐい》や魔物が一切出ないこともあって、子供たちでよく遊びに来ていたらしい。

「ルリカ姉。ここでの一番の思い出は?」

「そうねー」

ルリカは考える仕草をしたと思ったらニンマリ笑い、

「やっぱクリスがあの木に登って下りられなくなって大泣きしたことかな?」

というと、

「ルリカも困って泣いてたさ」

とセラが付け加えていた。

クリスは恥ずかしそうにしていたけど、

「クリス姉凄《すご》い!」

とヒカリは絶賛していた。

ここに住んでいた頃ということは、ルリカたちはまだ小さかったはずだ。

それなのに五メートル近い木に登ったわけだから、ヒカリの言う通りある意味凄い。

「あとはそうね……ここで待ち合わせしたんだよね」

ルリカは木に手を添えて呟《つぶや》き、

「うん」

とクリスも頷《うなず》いた。

町が攻め落とされた時に、散り散りに逃げることになって、その時四人の待ち合わせ場所として
この場所を選んだそうだ。

「さて、それじゃ最後にあの場所に行こうか」

重くなった空気を吹き飛ばすように、ルリカはパンと頬を叩《たた》いて元気に言った。

「ルリカちゃん、無理していないですか?」

「……大丈夫よ」

そんなルリカをクリスは心配そうに見ていた。

そして向かった先で見たものは、無数のクレーターのようなものだった。

円形の窪地《くぼち》はそこだけ綺麗《きれい》に抜き取られたように、凹凸のない地層がはっきり見えている。

「これのお陰でね。私たちは助かったの」

「誰がこんなことをしたんだ？」

「分かりません。誰がやったのか、そしてここにいた人たちがどうなったのか……」

クリスたちが後に聞いた話だと、このルートで攻めてきた帝国兵の数は万を超えていたそうだけど、その半数以上が今も行方《ゆくえ》不明らしい。

生き残った兵たちは血のような真っ赤な瞳《ひとみ》をした魔女がいたとか、魔人に襲われたなど、色々言っているらしい。


その日はルコスの町で休むことにした。

場所は壊れていなかった家を使わせてもらった。

「三人とも寝ちゃったね」

「やっぱ気を張ってたんだろうな」

ミアの言う通り、ルリカたち三人は早々に横になると寝息を立ててしまった。

ヒカリとシエルもお腹《なか》一杯になったのか一緒になって寝ているけど。

きっとここは三人にとって大切な場所であると同時に、辛《つら》い場所でもあるのだろう。

それでもここに来たのには、何か理由があったはずだ。

特にルリカは森の中では明るく振る舞っていたけど、何処か緊張しているようにも見えた。

「ねえ、ソラ」

「ん？」

「エリスさん、見つかるといいね」

ミアが目を細めながら寝息を立てているルリカたちを見ている。

「そうだな。会わせてあげたいな」

それは俺の、俺たちの心からの願いだった。

だからこそ可能性のある黒い森の中にあるという町に行くわけだが……。

ただ今の俺には一つ心配なことがある。

それは遺跡の隠し部屋で知った魔王の役割と女神についてだ。

ミアが……魔人に狙われた理由も何となく分かった。

女神と親和性が高い神聖魔法の使い手は、女神が世界に降臨する時の器になる。まさに聖女はその条件に合致するような気がする。

あの時の魔人は、それを防ごうとしたのかもしれない。

だから正直ミアを連れていっていいのかという不安もある。

魔王と遭遇することはないと思うが、目的を達成したら速やかに離れれば大丈夫か？　それともミアに理由を話して……いや、ミアを置いていくのも心配だし、ミアの性格だとついていくと言うだろうな。

魔王を守ろうとしているイグニスには悪いが、今の俺は王国、人類側に魔王を討伐して欲しいとも思っている。魔王討伐が成功すれば、女神が降臨することもないのだから。

魔王には同情するが、俺にとっては誰とも知らない者よりもミアこそが大事だ。

ユタカの書いた本には、女神が降臨するのは人類の力で魔王を討伐出来なかった時ともあったしね。

「ソラ、どうしたの？」

「いや、俺たちも寝よう。見張りは影たちに任せておけば大丈夫だろうし」

俺はミアの顔を見て、結局遺跡で知ったことを話せないまま眠りについた。

そこには真実を知った時、女神の魔の手がこちらに伸びてくるかもしれないという恐怖もあった。

特に一番危険なのはクリスだ。

彼女は俺たちと違って、長い年月を生きる種族だから。

そのことを思うと、俺は何故か胸に痛みを覚えた。

回想・コトリ

私の名前は天野《あまの》小鳥《ことり》。日本の何処にでもいる平凡な中学生でした。

過去形なのは、あの日、別の世界に……異世界に召喚されたからです。

眩《まぶ》しい光に包まれてそれが収まって、目を開けるとそこには見慣れない服を着た人たちがたくさんいました。

恐々《こわごわ》と周りを見れば映画とかで見るような武器を持った人たちがいて、身が竦《すく》みます。興味深そうな視線に晒《さら》されて、息が詰まりました。

そこで私は……私たち召喚された六人は王様という人から世界のために魔王を倒してくださいとお願いされました。

それ以外の話は、緊張していたのもあって何を聞いたかあまりよく覚えていません。

場の空気に流されて、言われるまま別の部屋に連れていかれました。

その日は用意された部屋のベッドに倒れ込んだら、いつの間にか眠りに落ちていました。


翌朝、私たち六人は改めて説明を受けることになりました。

主に魔王を倒すために私たちがこれから何をするかということです。

ただ元々体を動かすのが苦手だった私は、武器を使った訓練も駄目だったし、精霊魔法というスキルを持っていても魔法を一切使うことが出来ませんでした。

聖女の美春《みはる》お姉さんや、魔導王の静音《しずね》お姉さんは簡単に魔法を使いこなせているのに……他の人たちが成果を挙げているのを見ると、何も出来ない自分が嫌になりました。惨めになって涙が出てきます。

そんな日々が続いたある日。私はある人に会うように言われました。

そこで私は、職業が精霊魔法士で、精霊魔法のスキルを覚えていても、精霊と契約しないと精霊魔法を使うことが出来ないことを知りました。

そのことを教えてくれたその女性……先生は、顔が綺麗で、つい見惚《みと》れてしまうような美人さんでした。

ただ常に能面のような無表情で、淡々とした声で私に精霊魔法について説明してきます。何か尋ねても素っ気なく、最低限の答えしか返ってきません。

そういえば耳が尖《とが》っていたような気がしますが、それは一度だけ、一瞬見えただけでしたので自信はありません。

苦労の末、私は精霊と契約することが出来ました。

私が契約したのは五〇センチメートルぐらいの小さな男の子の姿をしていて、オズと名乗りました。

オズは水と風の二つの属性の精霊魔法を使えると胸を張っていました。

私がオズと契約した時、「がんばりましたね」と先生は頭を撫《な》でてくれました。

あの時だけは温《ぬく》もりを感じることが出来たような気がします。

でも私が精霊と契約して以降、先生とは会えなくなりました。

精霊魔法を覚えてある程度使いこなせるようになってからは、怖いことの連続でした。

訓練は鎧《よろい》で身を固めた騎士様と一緒にやるようになり、色々なところに連れ回されては魔物と戦わされました。

怪我《けが》をしないように注意してくれていたようですが、間近で聞いた魔物の唸《うな》り声、間近で聞いた断末魔の声。何よりもあの目。憎しみに満ちた瞳は、目に焼き付いて離れません。

初めて戦った日は、眠ることが出来ませんでした。

ううん、一日だけでなく、何日もうなされて目を覚ました。

それでも私が正気を保っていられたのは、オズと、一緒に召喚された人たちのお陰でした。

特に聖騎士の楓《かえで》お姉さんと、美春お姉さんの二人にはとても助けられました。自分たちだって大変なのに、何度元気付けられて、救われたか分かりません。

魔物を倒してレベルが上がると、契約精霊も増えました。

オズと違って名前のないその精霊さんは、真っ赤な炎を纏《まと》った鳥さんでした。大きさはオズよりも小さく、ちょこんと掌《てのひら》に乗ります。

名前がないようだったので、先生に習ったように名前を付けました。

「あなたはトトです。よろしくお願いします」

名前を付けると嬉《うれ》しそうに頬を摺《す》り寄せてきました。

トトは見た目通り火の精霊魔法を使えました。

異世界に召喚されて四カ月ほど経《た》ちました。

魔物との戦いは大変でしたが、オズとトトが助けてくれるからどうにか戦うことが出来ます。

生活も最初は不便に感じていましたが、徐々に慣れてきました。時々日本のことが恋しくなることもありましたが、オズとトトが慰めて癒やしてくれました。

そんなある日です。

楓お姉さんが頭を抱えているのを見ました。

「何かおかしい……」

そんな声が風に乗って聞こえました。

その時、私は声を掛けるべきだったのかもしれません。

楓お姉さんが何を悩んでいたのかを知ったのは、それからさらに一カ月経った頃です。

魔物の討伐から戻ってきた時に、罵《のの》る声が聞こえてきました。

そこには蹲《うずくま》る騎士と、その騎士を足蹴《あしげ》にする剣王の旬《しゅん》お兄さんがいました。

私はそれを見て驚きました。

旬お兄さんは正義感が強く、真面目な人でした。この世界のために魔王を倒すと言って、誰よりも努力をしていました。

物腰は柔らかく、男性の苦手な私でも緊張しないで話せる数少ない人でした。一緒に召喚されたという仲間意識もあったのかも。

そしてそんな旬お兄さんと騎士の間に入って怒っているのが楓お姉さんでした。

最後は剣聖の直人《なおと》お兄さんが旬お兄さんを連れていき、騒動は収まりました。

楓お姉さんはその後ろ姿を見てため息を吐《つ》き、振り返った時に私と目が合いました。

私を見た時に困ったような表情を浮かべていましたが、やがて何が起こったのか、何が起こっているのかを話してくれました。

楓お姉さんの話だと、こっちに来て一月ほど経った頃から旬お兄さんが人が変わったように暴言を吐くようになったそうです。

最初は魔物と戦った後だったこともあって、戦いによる高揚感がそうさせていると思ったそうです。

注意すればすぐに我に返って、謝ってきたということでした。

ただそれが日に日に酷《ひど》くなっていき、今では暴力を振るうようにまでなったそうです。

それでも一日時間が経つと召喚されたばかりの頃の旬お兄さんに戻っていて、しかも怒っていた時の記憶がまるでなかったように消えているみたいです。

「あの子真面目だし、一番ストレスが溜《た》まっているのかもしれないわね。ナオトに面倒を頼んでいるんだけど。シュン君とは水と油って感じで相性が良くなさそうなのよね。一応騎士の方にも相談はしているんだけどね」

そう楓お姉さんは愚痴りますけど、私はそうは思いませんでした。

確かに直人お兄さんは普段飄々《ひょうひょう》としていますけど、隠れたところで自分を鍛えています。

私が何故そのことを知っているかというと、オズとトトが教えてくれたからです。

楓お姉さんと直人お兄さんは向こうの世界では上司と部下という関係だったそうで、評価が厳しいのかもしれません。

それから数日後。私たちは一度お城に戻りました。

騎士のおじさんに楓お姉さんが相談して、体を休めようということになったみたいです。

お城に戻った数日後。楓お姉さんから旬お兄さんの人格が元に戻ったことを聞きました。

やっぱりストレスが溜まっていたのかもしれません。

楓お姉さんの安堵《あんど》の表情から、心配していたことが伝わってきました。


異世界に召喚されて半年が経った頃。私たち召喚された六人は、王様からエーファ魔導国家にあるプレケスに行ってくるように言われました。

黒い森の入り口近くで魔物と戦っていたのですが、レベルが伸び悩んでいました。

たぶん私たちが強くなり過ぎて、弱い魔物では成長出来なくなったというのがその理由です。

ダンジョンには怖い魔物がいると聞いて腰が引けましたが、旬お兄さんの、

「魔王を倒すためだ。行こう」

という言葉が決定打になって行くことになりました。

その言葉に、王様は満足そうに頷《うなず》いていました。

私はこの時、黒い森の奥には行かないのかな？　と思いましたが口を閉じました。一緒に行動している騎士の人が森の奥に行けば強い魔物がいるって話しているのを聞いたことがあったからです。

王様たちだってそのことを知っているのにダンジョンに行くように言ってきたのは、何か理由があるんだと思います。

そしてダンジョンのあるプレケスの町までの長い旅が始まりました。

ダンジョンは怖いけど、ちょっと楽しみにしている自分もいました。

だってこの世界に来て、私の行動範囲はお城の中と黒い森を行ったり来たりの生活でしたから。

そういえば、異世界に来て半年も経つのにまともに街に出たこともなかったと、今気付きました。

必要な物を言えば何でも揃《そろ》えてくれる生活だったから、何処《どこ》かに行く必要がなかったというのもあったかもしれません。

だから馬車の中から見る景色は新鮮で、オズとトトも興奮していました。

けど楽しかったのは最初だけでした。

町に寄っても外には出られませんし、数日休憩したらまた馬車の中です。

それの繰り返しで、プレケスの町に到着したのは王都を出発してから一カ月半後でした。


プレケスに到着して半年ほど経ちました。

ついに私たちはダンジョン最奥部に到着しました。

プレケスのダンジョンは広く、階を降りるごとに環境が変わって大変でした。

草原、森、荒野、湿地帯、なかでも砂漠の階が一番苦労しました。

同行してくれていた騎士の方たちの多くが途中で脱落していき、最下層である三〇階では私たち召喚者の六人だけで戦うことになりました。

実力的についてこられない人がいたというのもありますが、旬お兄さんと静音お姉さんの騎士の人たちに対する当たりが強くなったというのもあります。

特に思うように階を進めない時や、強い魔物と戦った後に苛々《いらいら》するのが増えていた気がします。

ただ私たちには人が変わったように優しくしてくれるので、戸惑ってしまいます。

「今日でこの町ともお別れね」

楓お姉さんのその呟《つぶや》きに、少し寂しさを感じました。

プレケスでの生活でも、基本的に宿とダンジョンを往復する日々でした。

それでも楓お姉さんが交渉してくれたお陰で、決められた範囲ですけど町の中を見て回ることが許可されました。

私たちは一緒に町を歩き、人々の様子を見て、屋台の料理を味わいました。その時の料理の味が忘れられません。お城や宿で食べる料理よりも材料の質も料理人の腕も劣るかもしれませんが、私はどちらかというとこういう料理の方が好きかも。

この世界の、町の人たちの生活の様子を直《じか》に見て、この平和な光景を守りたいと強く思いました。

だから私たちで魔王を倒さないと。この平和を脅かす存在なのですから。

ダンジョン攻略を終え、魔導国家の首都であるマヒアを発《た》った数日後。私たちは襲われました。

「ま、魔人だ！」

地獄の始まりでした。

頭に角を生やし、背中に羽を生やした魔人と呼ばれた者たちは、同行してくれていた屈強の騎士の人たちを紙のように引き裂き、私たちに向かってきました。

楓お姉さんが守り、美春お姉さんが回復魔法を使います。静音お姉さんが魔法を放ちますが、魔人には当たりません。

旬お兄さんと直人お兄さんが奮闘しますが、徐々に追い詰められていきます。仲間が……騎士の人たちが倒されて数が減っていくからです。

皆が戦う中、私は恐怖で身が縮こまり動くことが出来ませんでした。オズとトトが励ましてくれていますが、動くことが出来ません。

ダンジョンの最下層でドラゴンと戦いましたが、それ以上の恐怖を感じました。

あと、角や羽があるけど人と変わらない姿をしているから、というのもあったかもしれません。

私が動けるようになったのは、楓お姉さんが目の前で血を流して倒れた時でした。

私がもっとしっかりしていれば……後悔の念と同時に力が湧いてきました。

私はオズたちの力を借りて、精霊魔法を放ちました。

大きな竜巻が魔人たちを呑《の》み込み吹き飛ばしていきます。炎が鞭《むち》のように伸びて、避《よ》ける魔人を追いかけます。

それを見た魔人の一人は驚きの表情を浮かべて、次の瞬間、私の目の前に現れたと思ったら……

そこで私の意識が途切れました。


目を覚ますと、目の前にはオズが浮かんでいました。

オズは私と目が合うと、嬉しそうに手を叩《たた》いています。

その隣にはトトがいて、甘えるように擢り寄ってきました。

二人のその愛くるしい様子を眺めていたら、徐々に記憶が蘇《よみがえ》ってきました。

「そうだ私は……」

「気付かれましたか？」

呟いた瞬間、私の視界に一人の女性が入ってきました。

ヒッと口から悲鳴が漏れました。

私の視線は、女性の額に固定されています。正確には額から伸びている一本の角に。

「魔人……」

震える声で私はその名を呼びました。

記憶が蘇ります。体が勝手に震え出します。

「……ご安心ください。コトリ様ですね。私たちは貴女《あなた》様を傷付けるつもりはありません」

名前を呼ばれてびっくりしました。

その女性は一歩下がって距離を取ると、

「人を呼びますのでお待ちください」

と優雅に頭を下げた。

距離を取ったのは、私を安心させるためかもしれません。

少し心に余裕が生まれると、今度は別の疑問が浮かびました。

改めてその女性を見ると、その女性の服装は黒のワンピースにフリルの付いたエプロンを着けた、いわゆるメイド服を着ています。

魔人？　メイド服？　コトリ様？　何で私の名前を知っているの？

それから数分後。バンという扉を開く大きな音とともに、二人の魔人が部屋に入ってきました。

突然の大きな音に驚きましたが、それ以上に入ってきた魔人の一人を見て体が震え出しました。

見覚えがある。あの時、私たちを襲った魔人です。

あの魔人に多くの騎士さんたちが殺された……。

「ギード様。部屋に入る時はお静かにお願いします。コトリ様が怯《おび》えているではありませんか。イグニス様も、ギード様を諫《いさ》めてください」

「かてえこと言うなよ。別に壊れるわけでもないしよ」

「ギードには言うだけ無駄だ。諦《あきら》めろ」

その二人の言葉に女性はため息を吐いています。

「それで……ふむ、特に問題はなさそうだな……精霊が守ったのか？」

イグニスと呼ばれた魔人が、私に一歩近付きます。

ゾッとするような冷たいその視線を受けると、まるで全てを見透かされるような感覚になりました。落ち着きません。

「あ、あの……何故《なぜ》私の名前を知っているんですか？」

居心地の悪さに、疑問に思っていたことが口から出ました。

「ああ……お前のことは、お前たちのことは聞いていたからな」

突然のその言葉に益々混乱します。

「お前たちが異世界より召喚されたことは知っている。召喚者の一人、ソラから聞いたからな」

「……そら？」

何だろう。何処かで聞いたことがある。大空の空じゃない。あれは確か……。

頭に痛みが走りました。目の裏が痛みます。

グッと奥歯を噛《か》みしめて堪《こら》えます。

そして……そうだ。何で私は忘れていたんだろう。

私たちはあの時、七人いた。召喚されたのは七人だったのに。

「……どうやら記憶が操作されていたようだな」

「記憶の操作？」

「そうだな。信じる信じないは、お前が自分で判断すればいい」

そうしてイグニスさんが語ったのは、俄《にわ》かに信じられない話でした。

そう、信じられない。信じたくない話です。

だって魔王を倒しても元の世界に帰れないなんて……それに……。

だけどそれを聞いて納得出来ることもありました。心当たりがあったから。

「私はどうすればいいんだろう……」

体から力が抜けていくのが自分でも分かりました。


魔王城に連れてこられて数日後。私は魔王に会うように言われました。

正直気が進みませんが逆らうことも出来ません。

あの話を聞かされてから色々考えることが増えましたが、私の中で答えはまだ見つかっていません。それに……何処かでまだ、心の片隅で魔人たちの話を信じていない自分がいます。

だって、彼らは楓《かえで》お姉さんたちを傷付けたんですから。

イグニスさんに連れてこられた玉座の間は広く、椅子に座って待つ魔王様のところまでかなり歩いたような気がします。それは足取りが重かったせいもあるかもしれません。

玉座には長い銀髪をストレートに下ろした、綺麗《きれい》な顔をした女性が座っています。その耳は私と違って尖《とが》っていました。

その瞳《ひとみ》は閉じられていて、まるで眠っているようにも見えました。

その姿を見て、まず思い出したのは何故か先生のことでした。

そんな私の目の前で、魔王はイグニスさんに呼び掛けられるとゆっくりと目を開けました。

その血のような真っ赤な目を見て心臓が大きく一つ跳ねましたが、不思議と恐怖はありませんでした。むしろ見惚《みと》れている自分がいました。

ただ一番驚いたのはオズとトトの行動です。

オズたちはあたふたと慌てると、突然身嗜《みだしな》みでも整えるような仕草をしてピンと背筋を伸ばすと、魔王に頭を下げています。

違う。正確には魔王の近くにいる強い存在……精霊に、です。

そんなオズとトトの様子を唖然《あぜん》と眺めていたら、近くに人の気配を感じました。

顔を上げると、いつの間にか魔王がすぐ目の前にいました。

近くで見る魔王は綺麗で、睫《まつ》毛《げ》の一本一本まで見ることが出来ました。

けどその目は冷たく、自然と体が震えてきました。

そして魔王は私の方に手を伸ばしてきて、私は思わず目を閉じ……頭にひんやりしたものを感じました。

恐る恐る目を開けて見れば、魔王が私の頭に手を添えています。

それが不意に動き、まるでいい子いい子をするように小さく回ります。

私が驚き目を見開けば、

「大変でしたね。もう大丈夫です」

という声が耳に届きました。

その声は何処か機械的で、感情が一切籠《こも》っていないようでした。

それなのに、私の胸は不思議と温かくなりました。

不意に目から涙が流れ落ち、私は人目も憚《はばか》らず泣いていました。


魔王城で過ごすようになってどれぐらい経《た》ったのかな？

ある意味異世界に来て、一番のんびりした時間を過ごしているかもしれません。

あ、そろそろ約束の時間です。行かないと。

私は部屋を出ると、テラスに移動します。

私が魔王城でこうして自由に歩けるのは、私に敵対する意思がないことを魔人たちが分かってくれたからです。

私は精霊魔法を使えなければ何も出来ない無力な女の子です。

そして私の契約している精霊たちは、魔王様には逆らわないから、私はここでは精霊魔法を使えません。オズたちに頼んでも、手でバッテンを使って嫌々をされるからです。

ただ、今の私はたとえ精霊魔法を使えたとしても、魔王様を攻撃するなんてことはないですけど。

「あ、魔王様。おはようございます」

テラスに行くと、既に魔王様が座っています。

その目の前には湯気の立つ飲み物が置かれています。

私の日課は、毎日ここで一時間ほど魔王様の相手をすることです。

最初の頃は私が一方的に話すだけで、魔王様は特に何か話すわけでもなく、私の話に耳を傾けていました。

それを何度か繰り返すうちに時々小さく笑みを浮かべるようになって、魔王様も自分のことを話してくれるようになりました。

魔王様に妹がいると知った時は驚きました。

感情のない人かと思っていましたが、元々は私たちと変わらないくらい感情豊かな人だったのかもしれません。

ただそんな生活も、突然終わりの時が訪れました。

「今日でお別れです。コトリ、あなたには……あなたたちにはそこでやってもらいたいことがあります」

魔王様のその一言で、私のここでの生活は終わり……ある町に連れていかれることになりました。

一体そこは何処で、何が待っているんだろう？

ここまでのステータス

藤宮そら Sora Fujimiya

【職業】魔導士　【種族】異世界人　【レベル】なし

【HP】680/680　【MP】680/680(+200)　【SP】680/680
【筋力】670(+0)　【体力】670(+0)　【素早】670(+0)
【魔力】670(+200)　【器用】670(+0)　【幸運】670(+0)

【スキル】ウォーキング　Lv67
効果:どんなに歩いても疲れない(一歩歩くごとに経験値1+α取得)
経験値カウンター:1748992/1990000
前回確認した時点からの歩数【352319歩】
+経験値ボーナス　【372390】
スキルポイント　2

習得スキル
【鑑定LvMAX】【鑑定阻害Lv7】【身体強化LvMAX】【魔力操作LvMAX】
【生活魔法LvMAX】【気配察知LvMAX】【剣術LvMAX】【空間魔法LvMAX】
【並列思考LvMAX】【自然回復向上LvMAX】【気配遮断LvMAX】【錬金術LvMAX】
【料理LvMAX】【投擲・射撃LvMAX】【火魔法LvMAX】【水魔法LvMAX】
【念話LvMAX】【暗視LvMAX】【剣技LvMAX】【状態異常耐性LvMAX】
【土魔法LvMAX】【風魔法LvMAX】【偽装Lv9】【土木・建築LvMAX】
【盾術LvMAX】【挑発LvMAX】【罠Lv8】【登山Lv7】【盾技Lv6】【同調Lv7】
【変換Lv8】【MP消費軽減Lv8】【農業Lv4】【変化Lv5】【鍛冶Lv5】【記憶Lv6】

上位スキル
【人物鑑定LvMAX】【魔力察知LvMAX】【付与術LvMAX】【創造Lv9】
【魔力付与Lv8】【隠密Lv9】【光魔法Lv5】【解析Lv7】【時空魔法Lv7】【吸収Lv6】

契約スキル
【神聖魔法Lv7】

スクロールスキル
【転移Lv7】

称号
【精霊と契約を交わせし者】

加護
【精霊樹の加護】

あとがき

はじめまして、もしくはお久しぶりです。あるくひとです。

この度は『異世界ウォーキング6　～エルド共和国編～』を手に取っていただき、誠にありがとうございます。

このあとがきを考えている頃、新たに始めたことがあります。それはジム通いです！

某作家さんも執筆には筋肉……じゃなくて体力が必要だと言っていましたからね。

他にも夏は暑すぎて外を歩くのが辛《つら》かったというのもあります。室内は空調機があって快適……と、筆者のどうでもいい近況報告はこのくらいにして宣伝を。

『マガジンポケット』様でコミカライズ版の『異世界ウォーキング』（著・小川慧《おがわけい》先生）が連載されています。コミックスも好評発売中なので、そちらもどうかよろしくお願いします。

最後に感謝を。執筆にあたり色々と助けて下さった担当のO氏。イラストを描いて下さったゆーにっとさん。校正をしてくれた皆さん、今回もありがとうございました。大変お世話になりました。

そして本書を手に取り最後まで読んで下さった読者様、いつもWEB版を読んで下さる方々、本当にありがとうございます。満足してもらえたら嬉《うれ》しいです。

それでは縁があれば、続刊でまた会えればと思います。

あるくひと

カドカワBOOKS

異世界《いせかい》ウォーキング　6
～エルド共和国編《きょうわこくへん》～

2023年12月10日　初版発行

著者／あるくひと
発行者／山下直久
発行／株式会社KADOKAWA
〒102-8177
東京都千代田区富士見2-13-3
電話／0570-002-301（ナビダイヤル）
編集／カドカワBOOKS編集部
印刷所／大日本印刷
製本所／大日本印刷

Printed in Japan
ISBN 978-4-04-075254-9 C0093

新文芸宣言

かつて「知」と「美」は特権階級の所有物でした。

15世紀、グーテンベルクが発明した活版印刷技術は、特権階級から「知」と「美」を解放し、ルネサンスや宗教改革を導きました。市民革命や産業革命も、大衆に「知」と「美」が広まらなければ起こりえませんでした。人間は、本を読むことにより、自由と平等を獲得していったのです。

21世紀、インターネット技術により、第二の「知」と「美」の解放が起こりました。一部の選ばれた才能を持つ者だけが文章や絵、映像を発表できる時代は終わり、誰もがネット上で自己表現を出来る時代がやってきました。

UGC（ユーザージェネレイテッドコンテンツ）の波は、今世界を席巻しています。UGCから生まれた小説は、一般大衆からの批評を取り込みながら内容を充実させて行きます。受け手と送り手の情報の交換によって、UGCは量的な評価を獲得し、爆発的にその数を増やしているのです。

こうしたUGCから生まれた小説群を、私たちは「新文芸」と名付けました。

新文芸は、インターネットによる新しい「知」と「美」の形です。

2015年10月10日

井上伸一郎

KODANS
1歩踏み出せば、
即成長!?
異世界を歩いて万能に!!!
心優しきのんびり冒険譚!!
異世界に召喚された少年ソラ。与えられた「ウォーキング」スキルの効果は、どんなに歩いても疲れないだけ！国王から見放されたソラであったが、一度異世界へ足を踏み出すと突然レベルアップ!! 実は「ウォーキング」には、「1歩進むごとに経験値1を獲得する」という隠し効果があったのだ！その経験値で様々なスキルを獲得。歩くごとに万能となっていくソラは、のんびり気ままな異世界の旅へと歩み出す！
講談社「マガジンポケット」で連載中!
異世界ウォーキング
5
単行本第5巻大好評発売中!
異世界ウォーキング
Walking in another world
〔原作〕あるくひと 〔漫画〕小川慧
〔キャラクター原案〕ゆーにっと

西浦真魚　イラスト／まろ

二流貴族の三男・アレンは、素質抜群ながら勉強も魔法修行も続かない「普通の子」。だが、突然日本での前世が蘇り、受験戦士のノウハウをゲット。最難関エリート校試験へ挑戦すると、すぐに注目の的に……？

カドカワBOOKS